繁花深处无行迹

黄德海 著

上海文艺出版社

栋方志功书法"花深处无行迹"

（萧文亮写）

梅花深处无人迹，明月一枝霜外斜。

——〔宋〕陈合《题龟峰词后》

目次

001 / "我从来没有觉得你有才能"（代序）

辑一 成长的声音

003 / "让前人来校正我们"
008 / 适合自己的学习方式
016 / 梦想开始的地方
024 / 教养的迷思
029 / 用使人醉心的方式度过一生
035 / 追随内心的眼睛
039 / 普鲁斯特的书房
043 / 我能够在雨水中穿过
048 / 咔嗒

辑二 内在的心事

055 / "你站在我的心中对我说话"
060 / 《读书纪闻》抄
065 / 根须附土
071 / 但从人世识真空
075 / "我希望生活刚刚开始"

081 / 与自己保持文明的距离

086 / 安宁与抚慰

093 / 一句话的底本

097 / 宽阔的人世

辑三　学而时习之

103 / 书到今生读已迟

111 / 金庸小说里的成长

123 / 斯蒂芬张的学习时代
　　　——读张五常

134 / 涉及一切人的问题
　　　——《哥本哈根》的前前后后

151 / 备忘抄

辑四　受益的点滴

167 / 耐可避人行别径
　　　——我读钱锺书的一点经验

175 / 读书、学问于身有亲
　　　——金克木的生平片段和读书方法

186 / 火传也，不知其尽也
　　　——我从傅雷先生受益的点滴

191 / 受过伤的心总是有罣的
　　　——读汪曾祺小记

197 / 乾坤浑白尽，一树不消青
　　　——读字记

辑五　印象与记忆

205 / 梁鸿，对准真问题

210 / 庄严赋尽烟尘中
　　　——记弋舟

216 / 酒后，或需要自觉的遗憾
　　　——张楚印象

220 / 容纳向内填塞的石头
　　　——《国王与抒情诗》，或关于李宏伟

224 / 一个安静的语文教师

辑六　以朋友讲习

231 / 趋向完美的努力会另有成果
　　　——对话韩东

256 / 完美不能给我带来任何东西
　　　——对话李浩

284 / 人如何通过狭窄的竖琴
　　　——对话吴雅凌

303 / 我想破解的秘密是我自己身上的软肋
　　　——对谈走走

322 / 成为一个真正的发光体
　　　——对话周嘉宁

335　后记

"我从来没有觉得你有才能"（代序）

日本律政喜剧《胜者即是正义》（*Legal High*）第二季第七话讲了三个故事，其中一个涉及两代漫画家。宇都宫仁平是功成名就的天才动漫大师，创办了小春日和工作室。这工作室远非其名字所示那样温暖和煦，宇都宫更像是残忍苛刻的奴隶主，夜半鸡叫的周扒皮，对员工兼学徒严厉到不近人情的程度。年轻画家穗积孝不堪重负，终致神经错乱，无法再拿起绘画的铅笔。以 Love & Peace 标榜的律师羽生晴树协助穗积孝把宇都宫告上法庭，而宇都宫的辩护人，正是该剧主角古美门研介。

堺雅人扮演的律师古美门几乎专为坏人辩护，他争强好胜，雄辩滔滔，贪财好色，爱虚荣，爱美食，爱游艇，爱一切天真汉和老实人看来不体面的东西。这样的性格，跟同情弱者、强调双赢的羽生团队两军对垒，好玩的就不只是单纯的胜负之争，官司的输赢还撕扯着他们各自的价值观。羽生一方为了鼓起穗积的信心，要求宇都宫赔偿医疗费和精神损失，并向其道歉。古美门按自己的行事原则，坚称宇都宫没有任何违法行为，不能给愚蠢和无能者额外的补偿。故事到这里，延续的是第二季一贯的主题，宣称人性本善、企望人间充满爱与和平的羽生一方不但经常在法庭上处于优势，还占据着道德的制高点。

　　羽生方的道德优势，在穗积上庭的时候表现得更为明显。略微恢复常态的穗积淡化了经济赔偿，转而强调宇都宫缺乏常识，他的苛刻摧毁了年轻一代对动漫世界的希望，需要郑重道歉。古美门反问："你要求天才有常识吗？"人们应该从达·芬奇、梵高、毕加索、葛饰北斋、手冢治虫那里寻求常识吗？"要想在天才手下工作，就要有受地狱煎熬的觉悟，"否则就应该及早离开。宇都宫"虽然没有常识，举止粗鲁，以自我为中心，却能创作出被人类视为至宝的作品"。这是天才的地盘，容不下普通人的妄想。古美门此时已把案件的焦点从压榨者和被压榨者的纠纷引向了天才与庸人的对峙，翻转几乎已成定局。可是，辩论至此，道德的优势仍然在羽生和穗积手上——再多为天才辩护的理由也不能掩盖一个普通人的凄惨遭遇，不是吗？

　　宇都宫的回应极为强势。对穗积，他认为自己只是做了"理所应当做的事情"，他"只会那么教人"，如果这点强度的苛刻都忍受不了，穗积就应该趁早另寻出路。古美门变本加厉，强调小春日和工作室虽然后继乏人，宇都宫却依然坚持严厉的培养手段，是因为"不温不火的教育方式，是无法培养出想要的继承者的"。接下来，宇都宫说了一段非常动情的话："削铅笔，画画，再削铅笔，每当看到逐渐变短的铅笔，我就感到自己的生命在逐渐消逝。动画的制作就是这样。"古美门和宇都宫联手展示了天才斩钉截铁的人生态度，也以其硬朗洞穿了羽生温情脉脉的伦理期待，也把穗积从道德的高台上驱赶下来，变成了不求进步的废人。案件的道德翻转也已完成，这个故事还有能量继续下去吗？

从古美门事务所"叛逃"到羽生一方的黛真知子（新垣结衣饰）出场，再次把双方的争辩引向另一个方向。她先为宇都宫做了辩护："说穗积先生是你泄愤的牺牲品，这种说法不对吧……你并不是对谁都百般刁难，而是专挑那些能发出与众不同之光的人故意给了他们考验吧。你相信穗积先生是跟你的得意门生细川和梅田一样与众不同的人才，才对他比谁都苛刻。"真知子的话展现了羽生一方的理想，他们的目标不只是官司的输赢，而是要在解决纠纷的过程中提醒每个人改进自我的可能："但是人并没有那么强大，最终是你自己将有可能背负工作室未来的才能摧毁了。你做错了，为什么不肯对他说一句，你很有才能，我看好你。不说出来是无法传达给对方的。导演，你应该向穗积先生道歉。"真知子倾心的方式，不就是现代教育中特别强调的表扬鼓励原则吗？宇都宫只要向穗积道歉，故事的结局将非常完满——他自己脱离官司且赢得爱才的美名，穗积重拾自信，羽生和真知子也能实现 Love & Peace 的双赢主张。

这差不多是嗜好大团圆的喜剧所能期望的最佳结尾了。可不管干什么，日本人仿佛都甩不掉他们身上那股略显笨拙的认真劲，这个认真劲有时会让故事在本该结束的地方又翻出一层。现在，这翻出的一层借宇都宫之口说了出来："穗积，我要告诉你我的真实想法。我……从来没有觉得你有才能。"

这是真心话！细川和梅田也一样。在我看来，你们通通没有才能，一个个都是笨蛋！才能这种东西，本来就是该靠自己挖掘创造的。我也不是什么天才，我只是比任何人都拼命工作，一步一个脚印走过来了。等我回头一看，背后没有一个身影。那帮懒惰的人在山脚唠叨，"谁叫那家伙是天才"。开什么玩笑！我最讨厌优哉游哉长大的慢性子！比我有时间、有精力、感情丰富的人，为什么比我懒惰？那就给我啊！要把这些都浪费掉的话，就通通给我！我还有很多要创造的东西。给我啊！

在这番话刺激下，穗积愤而拿起铅笔画了起来："说我没有才能？你做的动画都过时了，我马上就超过你。国王的名号归我了，我会创造一个比你的更高大的金字塔！别小看我们悠闲一代！所以，在那之前你不准退隐。"宇都宫探头看了一眼穗积的画，一直严肃的脸微微显出点笑容："我讨厌慢性子，不过更讨厌虚张声势、不知天高地厚的家伙。"然后冲法官一鞠躬，对古美门一点头，离开了法庭。宇都宫缓慢而沉着的动作，仿佛为这个最后出现的关于才能确认的问题盖上了印。只是他的微笑还不够严谨，先期透露了一点肯定的消息。

辑一　成长的声音

"让前人来校正我们"

人入中年,徐皓峰去看他的老师,老师提醒他,"别太相信灵感,要啃下一个时代"。徐皓峰下功夫的,是民国武林。把功夫下在这里,有特殊的机缘。将近八年的时间,徐皓峰闭门读书,其间只跟两位八十多岁的老人交往。这两位老人,一位是陈撄宁的弟子胡海牙,仙学正脉;一位是他的二姥爷李仲轩,形意拳正宗。因了这机缘,徐皓峰有诸多作品问世。仙学方面的文章,散见于报章杂志,至今没有结集。武林前辈的口述,以《逝去的武林》为题出版,一时轰动。此后,徐皓峰及与他有关的另外两本口述记录《武林琴音》《高术莫用》出版,外加《大成若缺》,合起来,差不多勾勒出了民国武林的"内景"。

据说毕加索在世的时候,画家们非常不愿意请他参加自己的展览，因为一旦被毕加索扫过一眼，自己费尽心力的精华就会被吸走，成为他画里一个不经意的部分。天才的出现往往有旷世光华相随，甚至某个领域一代人的才情都会集聚到一人之身，其他人的光辉会被遮盖。意识到天才现象的残酷性，是人认识真相的起点。在徐皓峰记述的武林世界里，人们就老实地承认这种残酷："学武术没有陪练制度，但十个徒弟里有一个好苗子，其他九个师兄弟都得给他做牺牲，他们就是他的陪练。"练拳，不是普通人想的那么简单。

"一个人不用功，一辈子练不上档次，就没有危险，当个业余爱好者，也是很快乐的。"如果是意图深入的天才，练武伊始，就处处是险境，因为真东西也会害人，得看你福德是否深厚，能不能经得起实际习练的千难万险。武术是与身体有关的技艺，容不得马虎，碰到真东西了，练习的快慢火候都是问题，一不小心即深受其害。"习者未得详细传授，妄自操作，违反了生理。"就难免有对身体的负面后果。严格一点说，"在正统的武术门派里，随便改拳是要付出血的代价的，甚至一手都不能改"。

拳的套路，是前辈高手经过身心的体味一点点洗发出来的，关涉极其微妙的身体反应，岂是可以轻易改的？不过，每个人的身心状况并不一致，同一个套路要如何适应每个具体的人？这就需要从师父的身教上学，师父根据每个人的不同情况给予具体指点。老派的教法，很像无为而治，"徒弟下功夫，师父后告诉要点。你长进快，先悟到了，师父也不说了，容你再长进，等着告诉你下一个要点"。当师父的若不经意，并不极力督促，其实是引而不发,仔细观察学习者的进度,"在徒弟将成未成、似是而非时,讲出窍要,为印证"。如此情形,需要眼光和决断,啐啄同时,习练者的身体才能打开。否则,愤悱启发的时机不对,在身体的某个境界里僵住,一个人的武术之路也差不多走到了尽头。

进路打开,练武者一旦迈入较高的层面,每个人所需的关键性指点更加微妙,时机也在毫厘之间,这就不免牵扯到秘密传授的问题。陈撄宁在《口诀钩玄录(初集)》里谈到口诀不肯轻传的十四条理由,名目颇多。喜欢陈撄宁文章的徐皓峰应该从这里得了启发,记录口述时很注意武林的守密问题,"对于武人,吝技是美德。公之于众——是件特别可怕的事,因为大众会糟蹋它"。只是武林守密的理由,不像陈撄宁所列的那样繁复,主要是需针对每个习武者的具体情况,一对一地教,"不管公布多少秘密,光有书本,也还是不够"。师父们守密,"很多时候不是保守,而是怕说多了妨碍徒弟"。绝大多数情况下,公开了无用,甚至有害,"绝密的东西公开一练,全都无效,世人便把武术轻贱了",连带着武林也会被轻视。

既然守密如此重要,民国武林的重要人物,为什么最终还是把秘密公开了?"我们的形意拳是李存义传下来的,宗旨是保家卫国","当时民族危机极其严重,想让国民迅速强悍,手把手地授徒觉得来不及",便用书的形式把大部分秘密公布出来,向国家献利器。心情可以理解,但公开之后,效果平平,甚至因为公开而造成了教授的简化,因而"对人的要求更高,学起来更难"。到最后,决意公开秘密的薛颠不得不承认,"学武还是要手把手地教"。

但公开秘密之后的武林，到现在，确实已经是一个"逝去的武林"了，当时决意公开秘密的前辈，大概难以完全免责。后人归罪民国武林人物，是在这里；理解民国武林人物，或许也在这里。

秘密守住了，好的师父会随不同人的具体来指引，徒弟成就的，也是一个特别的自己。"武功要从性情中来，什么性情出什么功夫"，从每个人自身的具体生理上出来的功夫，才真。这可能是学习任何一样东西的诀窍，随——师父随徒弟，徒弟也各随自己的性情。形意拳练的大杆子，"沉，长，颤，都是为了失控"，这样人才能随着杆子走，"杆子失控了，会带着人走，这时正好改自己身上的劲……这个过程要尽量长，在杆子上求功夫，最后功夫都能落到自己身上。一开始就想着怎么使，让它听你的，就没得玩了"。随成近乎本能，临战之际，"脑子就空了，一切招式都根据对方的来……对方动手的征兆一起，我就动了手。不是爱使什么招就使什么招，要应着对方，适合什么用什么"。这是随的大义，不是被动地跟随，而是抢占先机，永远领先一步。练武也好，为人也好，欲得先机，光有书本上的知识和歌诀不行，要经高明指点，悟出产生歌诀的那些东西，人才会有深一层的进境。

我肯定把习武这件事说得太过曲折了，仿佛每一层进境都伴随着无数的沟坎，其实未必。形意拳的一代高手唐维禄，农民出身，到天津找李存义拜师，李不收，唐就留下来做杂役。待了八九年，李存义发现正式学员没练出来，他却练出来了，郑重将其列为弟子。其间唐维禄受了多少辛酸，吃过多少苦，谁也不清楚，他"经历过一段颠倒岁月，从大辛酸里爬起来，只是当时不知道是辛酸，傻乐呵地就过来了"。这个傻乐呵的基础，是诚恳。

读徐皓峰这几本书，感受最深的，就是这个诚恳。民国武林人物讲究"精诚所至，金石为开"，强调"人诚恳，有好处"。习武的人也会说到读书，因为关涉诚恳："古人读经时，遇到不懂处，流行拜经，读一字拜一字，虔诚之下，终会读懂，名为'天真积力久，豁然根本显'。"他们不喜欢机灵人，因为"机灵人都是小器人，做不来长久事"。有了诚恳做底子，才能克服惰性，走过习武之路上的无量关口。因为武术上"真传的话都简单无趣，下了功夫，才有趣"，没有诚恳及因诚恳而来的勤勉做底子，要体味武术中的乐趣，怕没有那么简单。武术中的乐趣到底是什么呢？书中星星点点提到一些，非常动人，有心人不妨自己去看。只恐是，"这般清滋味，料得少人知"。

在一次访谈里，徐皓峰自述其志："我们需要探索、体会前人的生活，让前人来校正我们。如果我们从前人处还得不到助益，这个时代便不知会滑向何方。"这样看，徐皓峰记录民国武林的内景，就不是凭吊，不是叹惋，而是一种从过去时代的真实样貌汲取能量的努力。这个努力因为有武林人物实实在在的性情、见识和勤恳做底子，就不是徒乱人心的呼喊，而是一种切切实实的吁求。

适合自己的学习方式

谈到经典的西方史学名著,以十本为限吧,准漏不掉爱德华·吉本的《罗马帝国衰亡史》。不过,这本书太厚了,较早出版的汉译本是节选的,也有将近八百页。近年出版的全译本,竟然有六卷,每卷近五百页。这么厚的书,又涉及较陌生的历史和很艰深的理论,想到要阅读,都觉得困难。幸好,吉本有一本薄薄的自传,讲的是他自己的故事,文字也浅近一些,可以让我们提前了解一下他的人生经历。

1737年,吉本出生在英国。因为体弱多病,他早期几乎没有受过正规教育,他的知识,大多是自学得来的。吉本十五岁时,父亲送他到牛津大学读书。因为老师"只记得薪俸,不记得职守",加上他在一些问题上的特立独行,十六岁时,吉本就离开了牛津。为了补救，父亲把他送到瑞士洛桑，让博学多识的帕维雅先生重新教导。

遇到帕维雅，是吉本的幸运。在《吉本自传》里，吉本提到了这种幸运："我那可敬的老师有灵敏头脑和谦逊精神，能够懂得他可能有助于我到什么地步。一经发现我的进展超过他的速度和尺度，他就立即识趣地让我自己发挥才能了。"一个细致观察学生的学习进度，并在学生进步迅速时立即调整原先的教学计划，让学生自主进步的老师，当然是好老师。正是在这个老师的引导下，吉本进入了飞速进步的时期。更重要的是，在这个时期，他找到了适合自己的学习方式。

这个适合自己的学习方式，开头就有点神奇。吉本用互译的方式学习两门外语，操英语的他把拉丁文译成法文，等拉丁文的词句全部忘记了，再把法文译本回译成拉丁文，并将拉丁译文与原文比较同异。这样下来，吉本居然掌握了"至少一种正格的文体"，也就是说，他至少学会了一种正确而优雅地使用学习过的外语的方式。不过，虽然吉本愿意向人推荐这个略显奇特的学习方法，但这方法大概未必适应于任何人。我有个朋友，曾经根据这个方法，练习英语和汉语互译，持续了大约半年时间，却并没有取得想象中的快速进步，最后只好放弃了。当然，吉本的成功和朋友的失败并不表明这种学习方法的有益还是无效，只说明了不同的学习方法适应于不同的人。

在这段回顾里，吉本重点提到了对经典的精读。精读经典几乎是每个喜欢读书的人都会经历的过程，也是学习过程必不可少的一步。吉本从学习拉丁文入手选定了西塞罗,"勤奋、愉快地"阅读了他的全部书信,欣赏西塞罗语言的优美,呼吸到他文章里的自由精神。沿着西塞罗启示的方向,吉本还从希腊文读到了色诺芬——这个在当时还被严重忽视的作家,觉得他们"有许多高明的教训可以应用于公私生活上几乎任何一种处境"。吉本不但从精读经典中选择了自己喜欢的作家,学到了知识,还看到了这个知识实践应用的可能,从而变成对自身有益的、活生生的东西。这一点,可不是每个人都能意识到的。

读完西塞罗的作品,吉本扩大了自己的精读范围,制订了严格的读书计划。按他在文中列出的历史家、诗人、演说家、哲学家的范围,他几乎阅读了所有重要的拉丁文作家。在阅读过程中,他耐心地解决书中的难点,并写下自己的阅读心得。精心地阅读一部作品,并有意识地形诸文字,是良好的读书习惯,可以帮助整理读书时的感想,也能锻炼写作能力。吉本的笔记,很多就成了他后来写作《罗马帝国衰亡史》的素材。

即使天才如吉本,也不是每一个读书计划都能够贯彻执行,他读古希腊史诗《伊利亚特》,就有点半途而废的样子。更难堪的是,跟没有读完《伊利亚特》却为以后的希腊文学习打下基础不同,吉本的数学学习简直是个失败的经历,他很快就放弃了,甚至还为停止这一学习而感到庆幸。我们不必急于判断吉本的这种放弃是对是错,只要认识到,这是他认真思考了自己的天赋之后的选择,这个选择在很大意义上造就了作为历史学家的吉本。

在谈论精读的过程中,吉本插入一段,提到了他的朋友韦尔登，他"每逢有一种思想，写一篇文章，都是立即就告诉他的；我和他，对我们共同研究的题目，一起享受了自由谈论的好处"。这就是和朋友分享的乐趣了。学习时有朋友互相砥砺，进步就快一点，从中获得的快乐也会多一点。《学记》里提到，"独学而无友，则孤陋而寡闻"，孤陋寡闻，就是因为独自学习，享受不到"自由谈论的好处"。吉本在独自学习希腊文时，正因为没有朋友交流，"缺乏帮助和竞争"，因而阅读的热情渐渐消失了。

提到阅读心得的快乐，再看吉本的这段文字，除了上面提到的"勤奋、愉快地"阅读西塞罗，还会看到，吉本在勤奋学习的过程中，几乎每一阶段都有不同的快乐——"我又以耽读最优秀作家的作品而获得更大的悦乐"，"我很高兴地看到了荷马的真实形象"。这种发自内心的欣喜，是因为吉本对这类学习充满了兴趣，因而学习时一直兴高采烈。或许可以这样认为，对任何学习来说，兴趣都是最好的途径，它能抵消阅读的辛苦，扩大心灵的容量，从而让学习者获得独一无二的幸福。

吉本在自传里还提到了很多有益的学习方法，有些我们可以学习，有些则是无法效仿的。而阅读这篇小文章和读《吉本自传》的目的，也不是为了模仿吉本，而是要看到，吉本如何选择了适合自己的学习方式。这些方式有的适应于每个人，有的或许只适合吉本自己。每个读者都可以根据自己从阅读西塞罗"所得的称心之处，判断自己长于什么"，并在阅读中"用心吸取最投合于自身的思想和精神"。如果能够借读吉本的机会知道，我们也应该选择一条适合自己的学习道路，那就是最好的收获了。

附：

为渴求进步而奋力学习

在我留居洛桑的最后三年里，可以说我是认真踏实求学而取得成绩的；不过我总想特别认定1755年的后八个月是我异常用功和飞速进步的一段时间。

我采取了一种非常好的方法，练习法文与拉丁文的互译。由于我自己的成功，我愿意介绍这个方法供学习外文的人仿效，我选了某些古典作家，如西塞罗和韦尔托，其文笔的纯净与优美，是最为世人所赞赏的。比方说，我拿西塞罗一封信译成法文；译后将它放在一旁，等到我把原文的词句全都忘记了，再将我的法文译本尽我所能译成拉丁文。于是拿我的蹩脚译文同这位罗马演说家的平易、文雅、恰当的句子逐句对照。我也取韦尔托《罗马共和国变革史》的几页做了同样的试验。我将这几页的法文译成拉丁文，过了一段相当长的时间，返译成我自己的法文，再拿译本与原文细细比观其同异。我逐渐地减少羞愧，逐渐地对自己增添满意。我坚持这种来回翻译的练习，写满好几本练习簿，直到我懂得了两种语言的用法特点，并且掌握了至少一种正格的文体。在进行这种有效的写作练习的同时，以及练习之后，我又以耽读最优秀作家的作品而获得更大的悦乐。

精读罗马古典作品，对我既是练习又是报偿。米德尔顿博士的《西塞罗传》，当时我是超过它的真实价值而欣赏它的，此书自然地引导我去阅读西塞罗的著作。西塞罗文集最完美的版本，一是奥利弗编的，可以装饰有钱人家的书架，二是欧内斯蒂编的，应当放置在博学之士的书桌上，这些本子我都无力买到。为阅读常见的西塞罗的书信，我用的是罗斯主教的英文注释本。我所用的全集本子，是韦尔布格斯所编的对开本两大卷，在阿姆斯特丹出版的，不分轩轾地选录有各家的注释。我勤奋、愉快地阅读了全部书信，全部演说文章，以及关于修辞学和哲学的最重要的论文。我一边阅读，一边赞赏昆体良的话，就是他说的，每个读者都可以根据自己从阅读这位罗马演说家所得的称心之处，判断自己长于什么。我欣赏了语言的优美，我呼吸到自由精神，我又从他的告诫与示范中感受到作为一个男子汉在公私两个方面的意义。从拉丁文读到的西塞罗，从希腊文读到的色诺芬，确实是我首先要向文科学生推荐的两位古代人物；不仅因为他们在风格上和情操上的优点，还因为他们有许多高明的教训可以应用于公私生活上几乎任何一种处境。西塞罗的《书简集》特别可以作为各种书信体裁的范本，从随意吐露柔情和友谊到慎重宣说合理而庄严的愤恨。

在读毕这位集辩才与理智于一身的伟大作家之后，我订了个较广泛的再次学习拉丁文古典著作的计划，分为四大项目：（1）历史家，（2）诗人，（3）演说家，（4）哲学家，以年代先后为序，上起普拉图斯和萨拉斯特的时代，下迄罗马语言和帝国的衰落。我在留居洛桑的最后二十七个月（1756年1月至1758年4月）中，差不多将这个计划执行完成了。此番重新学习，尽管进行快速，却也没有草率或浮浅的弊病。我耽迷于第二遍、甚至第三遍细读德伦斯、维吉尔、贺拉斯、塔西佗等人的著作，用心吸取最投合于我自身的思想和精神。我从不放过一段难懂的或舛错的文字，一定要从可能获得解释的各个方面进行探索；虽然时常失望，但我总是查到了最渊博或最有才能的注释者的。在热烈的探索活动中，我从广大范围上接触到了历史性的和批评性的学问。我对每一本书所作的摘记，都是用法文写的。我的阅读心得往往按照各别的内容写成若干短篇论文。现在我还可以不带一点愧色地读到我的一篇用八页对开纸写的关于维吉尔《农事诗集》第四卷的八行诗句的评论文章。

我的朋友德韦尔登先生以同样的热情参加这个读书活动，不过没有同样的毅力。这位先生的名字，以后还将时常提到。我对他，每逢有一种思想，写一篇文章，都是立即就告诉他的；我和他，对我们共同研究的题目，一起享受了自由谈论的好处。

可是一个天生好奇心极强的人，不大可能在长时间接触拉丁文古典作家的情况下，不想了解他们奉为典范、十分热烈地主张加以研究和模仿的那些富有创造才能的希腊作家。

到这时候，我才懊悔早年因为疾病或懒散、或随意读书而浪费了光阴；我才认为过去老师们所用的方法不适当，他们最初教授母语的时候，是可以很顺当、很清楚地讲到某一个派生词的来源及其变化过程的。我在十九岁时决意弥补这个缺陷，而帕维雅先生教我希腊文字母、文法以及按照法语声调的读音，正好为我铺平了入门的道路。根据我的恳切要求，我们毅然开始阅读《伊利亚特》。我很高兴地看到了荷马的真实形象,因为我早就从英译本中崇拜他了,尽管我所见的形象不大清楚,而且是透过一副眼镜看到的。到了老师让我自己学习的时候,我读通了大约半本《伊利亚特》。以后我又独自解通了色诺芬和希罗多德的很大一部分著作。可是,由于缺乏帮助和竞争,我的热情渐渐冷了下来,于是我就丢开了查词典的枯燥工作,重又自由而亲切地跟维吉尔和塔西佗进行接触。不过在我留居洛桑期间,我对希腊文已经打下了一个扎实的基础,到了合适的时候,我就能从事希腊文学的研究了。

我父亲根据他认为数学这种抽象性学科很有用处的盲目想法,一直希望我,甚至迫使我,分出一部分时间认真学习数学;我也不能拒不接受这样一个极为合理的愿望。有两个冬天,我往特雷托伦先生家里上数学课。他给我讲了代数和几何的初步知识,讲到了教科书上的圆锥曲线。他对我的勤奋和进步似乎感到满意。

可是由于我在儿童时代喜欢数字和计算的倾向这时完全消失了,所以我只满足于被动地听取我那老师的讲课,而没有主动地运用我自己的智力。一经懂得那些原理,我就永远放弃了对数学的探索。如今我也并不后悔我在自己的心灵尚未被严格求证的习惯硬化之前,停止了严重损害那些感受道德事例的细致感情的学习,因为这类感情,不管怎么说,都是必然决定我们一生的行动与主张的。

(选自《吉本自传》(*The Autobiography and Correspondence of Edward Gibbon the Historian*),[英]爱德华·吉本著,戴子钦译,上海译文出版社,2013 年 2 月版)

梦想开始的地方

如书名所示，巴西作家保罗·柯艾略的《牧羊少年奇幻之旅》，讲的是牧羊少年圣地亚哥的一段奇幻之旅。后面选出的这部分，是圣地亚哥梦想开始的地方。

少年圣地亚哥原本在神学院学习，为了追逐梦想，他跟父亲讲了自己云游四方的打算。劝说无效，父亲同意了他的请求，并给了他足够买一群羊的钱，圣地亚哥从此成为一个牧羊少年。现在，他已经做了两年牧羊人，熟悉羊群的生活，能对羊群诉说自己的感受，走过许多新路，也经历了许多幸福的时刻。一切似乎都顺理成章，圣地亚哥要追逐自己的梦想，就很自然地走上了追逐梦想的路。然而，事情没有那么简单，在这个顺理成章背后，隐藏着作者非常有趣的对追逐梦想的思考。

作为农家孩子的圣地亚哥，能够进入神学院学习，已经是难得的机遇。沿着这条规划好的路，圣地亚哥可以顺利地成为神甫，过上衣食丰足的生活，并成为一个普通家庭的骄傲。但对这条道路，圣地亚哥自己并不满意，因为"从孩提时代起，他就梦想着了解世界"。"从孩提时代起"，说明圣地亚哥的梦想不是一时心血来潮，也不是为了虚荣而模仿别人。他没有因为梦想狂热到一开始就逃离神学院的学习，而是认真地学习了拉丁文、西班牙文和神学。直到确认了自己的梦想一直就有，是来自内心持续的呼唤，他才选择中断神学院的学习。有了这样谨慎的选择，追逐梦想才不是单纯的炫耀或鲁莽的反抗，而是听取了内心呼唤后的一个认真的决定。

如此认真的决定，才表明一个人的梦想不是空泛的，他追随梦想的脚步不是盲目的。圣地亚哥的谨慎也启发我们，不要太过偏爱梦想而轻易放弃现实中的自己。

听从了自己内心的呼唤，圣地亚哥没有激进地从神学院出走，而是回家来听取父亲的意见，并意外地发现父亲也有云游四方的梦想。这或许是追逐梦想的另一个前提——小心翼翼地征求亲人的意见，最好能得到来自他们的祝福。不少人以为，自己的梦想是这个世界上最高贵的东西，也是唯一值得珍视的，因而容易用自己青涩的梦想和对梦想的狂热追求困扰别人，尤其是自己的亲人。在《牧羊少年奇幻之旅》梦想开始的地方，柯艾略笔下的圣地亚哥却很好地处理了自己的梦想和周围人的关系，并因此得到了父亲的祝福，他也才会在想起同父亲的谈话时，心情愉快。一个耐心追逐梦想的人，或许要像里尔克在《给一个青年的十封信》中说的那样："避免去给那在父母与子女间常演出的戏剧增加材料；这要费去许多子女的力，消蚀许多父母的爱；纵使他们的爱不了解我们，究竟是在爱着、温暖着我们。不要向他们问计，也不要计较了解；但要相信那种为你保存下来像是一份遗产似的爱，你要信任在这爱中自有力量存在，自有一种幸福，无须脱离这个幸福才能扩大你的世界。""父母与子女间常演出的戏剧"，是说孩子经常用无理的反叛、争执和撒娇有意跟父母作对。这话说得简单一点，就是——不要在追逐梦想的时候，因为自己对梦想的狂热而预先抛弃亲人温暖的爱。

对狂热的梦想追逐者提出建议，保罗·柯艾略或许是这个世界上最有资格的人之一。1947年出生的他，曾在1966—1968年间因性情叛逆被三次送进精神病院，还在1974年被投入监狱。1986年一次圣地之旅改变了他的人生，他自此收敛精神，写出一系列精美的作品，逐渐赢得了人们的喜爱。柯艾略在圣地亚哥梦想开始的地方写下的这些，不妨看做他对自己当年狂热行为的反省，也可以恰当地理解为对即将开始追逐梦想的人一个友好的劝诫。

当然，追逐梦想的过程从来不会一帆风顺，在梦想开始的地方小心谨慎，只能保证一个美好的开端，并不许诺最终的成功。下文选出的部分，少年圣地亚哥已经开始嫌弃他的羊群，并有了新的梦想。此后，他将如何认识自己新的梦想，又如何处理在追逐新梦想的过程中不可预料的困难呢？请继续阅读《牧羊少年奇幻之旅》，柯艾略接着写下的，丝毫不逊色于下面这段故事。

附：

每天都在实现的梦想

这个男孩名叫圣地亚哥。夜幕降临时,圣地亚哥赶着羊群来到一座废弃的老教堂前。很久以前,教堂的屋顶就塌掉了。原来圣器室的位置长出了一棵高大的无花果树。

男孩决定在这里过夜。他把羊群全部赶进破烂不堪的大门,随即挡上几块木板,防止它们夜间出逃。这个地区没有狼,但有一次一只羊在晚上逃了出去,害得他花了一整天时间去寻找。

圣地亚哥将自己的外套铺在地上,躺了下来,把刚刚读完的一本书当作枕头。睡着之前,他提醒自己,必须开始读一些更厚的书籍:读厚书能消磨更多的时间,夜间当枕头用也更舒服。

醒来时,天还没亮。透过残破的屋顶,他看到星星在闪烁。

他心说:"真想多睡一会儿。"他做了个梦,和上周做的梦一模一样,而且又是梦没做完就醒了。

男孩爬起来,喝了两口酒,然后拿起牧羊棍,呼唤仍在沉睡的羊群。他早已注意到,只要他一醒,大多数的羊也都开始醒过来,仿佛有种神秘的力量把他的生命同那些羊的生命联系在一起。两年来,那些羊跟着他走遍了这片大地,四处寻找水和食物。"这些羊太熟悉我了,已经了解我的作息时间了。"他喃喃自语。略加思索,他又想,事情也可能正相反:是他已经熟悉了羊群的生活习性。

然而，总有一些羊会拖延一会儿才醒。男孩就用牧羊棍挨个捅醒它们，同时呼唤着羊的名字。他一直坚信，羊能听懂他说的话。因此，他时不时给羊群读一些给他留下深刻印象的书籍的章节，或者对羊群诉说自己在野外的孤独和快乐，或者评论一下在经常路过的城镇见到的新鲜事。

天刚破晓，圣地亚哥便赶着羊群朝日出的方向走去。这些羊永远不需要拿什么主意。他想，也许这就是它们一直跟在我身边的原因。羊唯一需要的就是食物和水。只要他了解安达卢西亚最好的草场，羊群就将永远跟随他。即使日复一日在日出日落之间苦熬，即使在其短暂的一生中从未读过一本书，也不懂人的语言，听不懂人们讲述的新鲜事，只要有水和食物，它们就心满意足。作为回报，它们慷慨地奉献出羊毛，心甘情愿地陪伴着牧人，时不时还奉献出自己的肉。

如果我变成魔鬼，决定把它们一只接一只杀死，它们也只在整个羊群几乎被杀光的时候才会有所察觉，男孩想。因为它们相信我，而忘记了它们自己的本能。这只是因为我能引领它们找到食物。

男孩对自己的这些念头感到惊讶。也许是因为那座里面长着无花果树的教堂太残破不堪，他又做了一个与以前一样的梦，他开始嫌弃忠诚地陪伴他左右的羊群。他喝了一口酒——这是昨天晚饭时剩下的，然后裹紧外衣。他知道，再过几个小时，太阳就会升到头顶，那时酷热难熬，他就不能领着羊群在旷野赶路了。

夏季是整个西班牙睡午觉的季节。酷热会一直持续到入夜。而在酷热降临之前，他不得不一直披着外衣。然而，每当他想抱怨外衣沉重时，总会想起多亏这件衣服，才不会在清晨感到寒冷。

必须随时准备应对天气的突然变化，圣地亚哥想，并对外衣的厚重心存感激。

外衣自有其存在的理由，而男孩亦有其生活的道理。两年间，他走遍了安达卢西亚的平原大川，把所有的村镇都记在了脑子里，这就是他生活的最大动力。他盘算着，这一次要告诉那女孩，为什么他这样一个普普通通的牧羊人会读书识字：他曾经在一所神学院里待到十六岁。父母希望他成为神甫，成为一个普通农家的骄傲，而他们一生只为吃喝忙碌，就像圣地亚哥的羊群。他学过拉丁文、西班牙文和神学。但是，从孩提时代起，他就梦想着了解世界，这远比了解上帝以及人类的罪孽来得重要。一天下午，回去探望家人的时候，圣地亚哥鼓足勇气告诉父亲，他不想当神甫，他要云游四方。

"孩子，世界各地的人都到过这个村庄。"父亲说，"他们为追求新奇而来，但是他们没有差别。他们爬到山丘上去看城堡，认为城堡今不如昔。他们或是一头金发，或是皮肤黝黑，但他们和咱们村里的人没啥两样。"

"但是我却没见过他们家乡的城堡。"男孩反驳说。

"那些人一旦了解了我们的田园和我们的女人，就会说他们愿意永远留在这里生活。"父亲说。

"我希望了解他们生活的地方和他们那儿的女人，因为从来没有人留在这里。"男孩说。

"那些人来时,口袋里装满了钱,"父亲又说,"而我们这里,只有牧羊人才四处游走。"

"那我就去当牧羊人。"

父亲没再说什么。第二天,父亲给了男孩一个钱袋,里面有三枚古老的西班牙金币。

"有一天我在地里发现了它们。原本想因为你进修道院而献给教会。拿去买一群羊,云游四方吧。

总有一天,你会懂得,我们的家园才最有价值,我们这儿的女人才最漂亮。"

父亲祝福了他。从父亲的目光中,男孩看出,父亲也想云游四方。这个愿望一直存在,尽管几十年来他一直将这个愿望深埋心底,为吃喝而操劳,夜夜在同一个地方睡觉。

地平线被染成一片殷红,太阳露出脸来。男孩回想起同父亲的谈话,心情愉快。他已经到过许多城堡,见过许多女人了。他有一群羊、一件外衣和一本书,用这本书可以换来另一本书。不过,最重要的是,他每天都在实现自己人生的最大梦想:云游四方。一旦厌倦了安达卢西亚的田野,他就可以卖掉羊群,去当海员。等厌倦了海洋,他早已到过许多国家,见过许多女人,经历过许多幸福时刻了。

此时,圣地亚哥望着冉冉升起的太阳想:不知道神学院的人是如何寻找上帝的。只要有可能,他总要找一条新路走走。以前他多次路过这一带,但从未到过那座教堂。世界广袤无垠,如果他让羊群引领自己走上一段时间，定会发现更多有趣的事情。

（选自《牧羊少年奇幻之旅》，［巴西］保罗·柯艾略著，丁文林译，南海出版公司，2009年3月版）

教养的迷思

希拉里·克林顿写过一本《举全村之力》(*It Takes a village*),用大量研究数据得出一个多数人认同因而心下暗自惭愧的结论:"如果父母对孩子充满爱心和关注,他们的孩子就会对家长产生安全感和亲近感,就会成为有自信、友善的孩子;如果父母与孩子交谈、倾听孩子的心声、为孩子读书,他们的孩子就会变得聪明活泼,在学校表现良好;如果父母对孩子严格要求,他们的孩子就可能少去闯祸;如果父母对孩子过于严厉、苛刻,他们的孩子就会变得具有攻击性或焦虑,或二者兼而有之;如果父母对孩子诚实、友善和体贴,他们的孩子同样也会诚实、友善和体贴;如果父母没有为孩子提供一个完整的家,他们的孩子在成年之后,多半也过得不好。"

这差不多就是"教养假设"的含义。下面的话，是《教养的迷思》(*The Nurture Assumption*：*Why Children Turn Out the Way They do*) 作者朱迪斯·哈里斯对这一假设的总结："教养假设是一个文化的产物，这个文化的座右铭是：'我们可以战无不胜。'凭借令人眩晕的电子设备、神奇的生物化学炼金丹，我们可以战胜大自然。当然，孩子天生就有差异，但这不是个问题。我们只要把他们放进这个奇妙的机器里，加进独特的配方，如爱、限制、暂停规则、教育玩具，瞧！出来的就是一个个快乐、聪明、适应性强、充满自信的人。"这是不是目前不容置疑的教育铁律，容不得丝毫的质疑和犹豫？沉浸在流行教育理念中的我们，当然会对作者下面的话感到吃惊："父母的教养并不能决定孩子的成长，孩子的社会化不是家长帮助完成的。教养假设是无稽之谈，许多支持教养假设的研究都毫无价值。"没错，作者的意思就是——"教养假设不是公式，也不是公认的真理。它是文化的产物，是一个被大众喜爱的文化神话。"

作为神话的教养假设是现代学术心理学的产物，建立在弗洛伊德和行为主义者的流行主张上，"婴儿的大脑是一块白板，会永远保留最初印刻在上面的东西"。可几代人之前，人们的观点恰恰相反。丹麦社会学家拉尔斯·丹西克研究发现，那时人们确信，人是"因自身的命运而成为什么样的人，成年之后的生活早已在出生时就已命中注定了。童年时期不是人们关注的焦点，不像如今，童年时期往往引发家长的焦虑……被指责对孩子不够重视而引起的罪恶感在现代家长中普遍存在，事实上，这是现代社会中一种相当新奇的感觉"。当然，这不是说过去的认识就对，只是现代新奇的经验有点矫枉过正，最终演变成了"意识形态的教条"，那些不遵从此教条办理的父母，仿佛在孩子的儿童时期就带上了原罪。

果然是这样对吧？如果孩子没有成为公认的卓越之人，甚至还沦落为社会的不耻之辈，那一定是父母的过错，"责怪父母是一件很容易的事，父母是最容易被击中的目标"。临床心理学家早就确信，孩子会被父母不正确的教养方式毁掉，甚至断定，正因为麦克厄尔希尼太太在怀孕期间读了太多悬疑小说，所以她的儿子卡尔成了一名杀人犯。"教养假设变得如此膨胀，使父母不堪重负，看起来它已经熟透了，并开始腐烂。"如此侵蚀之下，父母得全心全意去取悦孩子，生怕他们有一点不开心、不如意，否则孩子长大后的一切问题可都会怪到他们头上。父母们已经慢慢忘记，"将孩子培养成适应社会的人、不让他们觉得自己是宇宙的中心是完全可行的……父母本来就比孩子知道得多，应该理直气壮地告诉他们怎么做"。

罗伯特·瑞克，政治经济学家，克林顿时期的劳工部长，下狠心辞去了华盛顿的职务，想按照教育专家说的那样，多陪孩子度过"有品质的时间"。可他后来发现，自己的两个孩子并不真的需要他，孩子说的是："抱歉，爸爸，我真的很想跟你去看球，但是大卫、吉姆和我想去广场逛逛。""那个电影很酷，爸爸，但是……说实话，我还是想跟戴安娜一起去看。"人们似乎总是信心十足地断定，孩子需要大人陪伴是客观事实，结果却不过是我们认为孩子需要大人陪伴。朱迪斯·哈里斯的结论斩钉截铁——如果能够选择，"即使是刚学会走路的孩子也喜欢跟其他的孩子一起玩耍"。

斯蒂芬·平克有个很有意味的发现，即儿童习得的是同辈，而不是他们父母的语言和口音，"移民的后代在操场上玩耍的时候，也能很好地学到语言，这些孩子很快就开始嘲笑自己父母的语法错误了"。他把这发现写进了给本书作的序里，我想，这对离开家乡辗转外地的父母是个巨大的安慰，他们实在不用过分担心自己给孩子提供的教养不足。"父母的教养并不能决定孩子的成长，孩子的社会化不是家长帮助完成的"，孩子会"认同他们的同伴，并依据所在群体的行为规范来调整自己的行为"。对子女的教育并非等价交换，付出真诚的努力就一定能有回报，作者用大量案例证明，"有时候，优秀的父母不一定有好孩子，但这不是他们的错"。我觉得父母们需要记住的倒是，别把自己的失败意愿强加到孩子身上，他们"不是一张空白的画布，父母可以在上面描绘自己的梦想"，而是有自己天然的性情和命运。

作者当然不是主张父母对孩子不管不顾，也不要误会她把孩子的成长缺失归咎于同伴——这本书在美国出版时，有人就是这么攻击她的。她其实只是希望让抚养孩子这事变得容易一些，提示父母们用不着对孩子的教育过于紧张，完全可以放松起来。在她看来，养孩子是一件很自然的事，"演化是一个既有胡萝卜又有大棒的过程。大自然让我们愉快地去做她想让我们做的事情……父母意味着享受为人父母的快乐。如果你不觉得快乐，那说明你做得太过头了"。对她的善意忠告，人们当然是照例置之不理，甚至她自己的女儿也按相反的方向抚养孩子。她在序言里半是幽默半是解嘲地说："但我为什么指望我能影响自己的女儿呢？"

《迪克与珍妮》是美国著名的儿童识字书，主角是哥哥迪克、妹妹珍妮和萨丽。后来，三个孩子在《戏仿版依地语迪克与珍妮》中长大了。有一次，萨丽怪她妈妈从来没教她懂得长大以后的世界是怎么回事，妈妈委屈地说："亲爱的，我是依照我走过来的那个世界，把你带大的呀。"灰心的萨丽走出妈妈房间，请来帮忙的牙买加黑人阿姨问她为什么闷闷不乐，萨丽说："我妈我爸从来没教过我怎么过日子，对付这一团乱七八糟。"应该是个胖墩开朗的黑人阿姨吧，开导萨丽说："谁长大了都得把父母教的那套丢了重学，才能出门。你以为，我跑来美国服侍那些白人老粪球（alter kocker），也是我妈教的？"萨丽点点头，觉得遇上了明白人。

这个故事引自冯象的《信与忘：约伯福音及其他》，我觉得是这篇有点紧张的小文再好不过的结尾。

用使人醉心的方式度过一生

除非一个人有冯·诺依曼那样的冷硬心肠，为原子弹的内爆完成了关键计算，同时敢于说，"你不需要为身处的世界负任何责任"，否则，他就不该在原子弹的研制过程中扮演任何角色。但原子弹对科学家的吸引毕竟是致命的，那是炼金对炼金术士的诱惑，很多人要到事后才感受到那尾随而至的、无力承受的道德责任。盟方原子弹项目的主要科学负责人奥本海默，就被这个巨大的怪物折磨得形销骨立。原子弹试爆成功，他脑海中浮现出《薄伽梵歌》的经文："现在我就是死亡，世界的毁灭者。"参与计划的一个年轻物理学家，在原子弹投放之后，难过到在树丛中呕吐。不过，例外仍然存在。一个性情柔顺的女性，就事先做出了决定，她斩钉截铁地表示："我绝不和一个炸弹发生任何关系。"

说这句话的，是丽丝·迈特纳。汝茨·丽温·赛姆的《丽丝·迈特纳：物理学中的一生》提到了她上面的事。1878年，丽丝出生于维也纳的一个犹太家庭，关于童年，她一直记得自己"父母的非凡善良"，以及兄弟姐妹成长于其间的"特别鼓舞人的精神氛围"。虽然从小就对数学和物理学有明显的爱好，但19世纪末的奥地利，仍把女性排除在高等教育之外，丽丝的早期求学经历，十四岁就终止了。20世纪伊始，奥地利终于打开了那扇对女性关闭的大门，迈特纳也于1901年进入了维也纳大学。她即将选择的物理学，不是什么显赫的学问，这门学科在当时更多是一种爱好，还算不上事业。极少数的"学生之所以学了物理，是因为他们想象不出更使人醉心的方式来度过他们的一生"。大概是天生的直觉起了作用，"1902年，丽丝·迈特纳知道了，她就是这种大学生中的一员"。

这种缘于性情的选择并没有为她带来即时的荣耀，在对待女性的态度上，陈旧的社会并没有与物理学的突飞猛进保持同步。迈特纳虽然在德国找到了工作，但仍有很长一段时间需要父母的补助。这种无法自立的生活较为显著地影响了她的精神状态。1910年，父亲去世，迈特纳负疚地写道："我做的每一件事只对我、对我的野心和我在科学工作中的乐趣有好处。我似乎选择了一条道路，它和我最深信仰过的原则背道而驰，那原则就是每人都应该为别人而存在。这并不是说一个人必须无缘无故地牺牲自己，而是说，我们的生活应该以某种方式和别人联系，应该是别人需要的。然而我却像鸟儿一样自由，因为我对任何人都是无用的。这也许就是一切孤独中最坏的一种孤独。"

不过，大部分时间，迈特纳忙得顾不上这些消极想法。她已经在1907年与化学家奥托·哈恩合作，进行放射性方面的研究，并且深深地投入其中。"一战"期间，哈恩仍在战区，迈特纳已经退役，就独自继续他们共同的研究，哈恩只在偶尔休假时过问一下。1918年，迈特纳研究发现了新的放射性元素，并将之命名为镤。当时，一种新元素的发现有可能带来一个诺贝尔奖，但因为这是合作的成果，哈恩的职位又稍高于她，因此，论文署名时，迈特纳慷慨地把哈恩的名字放在前面。

"一战"结束之后的一段时间，对迈特纳的学术和生活来说，都是极为舒适的。她成了教授，开始独立研究她最感兴趣的核物理。1934年，费米用中子照射元素周期表上的各种元素，有了很多有趣而重大发现。这些发现引起了迈特纳的关注，并意识到，进一步的研究需要杰出化学家的协助，她便劝说哈恩重新开始了他们的合作。这次成功的合作在1938年出现了转折，因为纳粹对犹太人日益彰著的恶意，迈特纳被迫于7月份匆忙离开德国。在瑞典，马恩·席格班研究所许诺给她一个职位。这一年，迈特纳五十九岁。

虽然迈特纳早就意识到了流亡生活将有的困顿，但她没想到的是，因为席格班的冷落，在斯德哥尔摩，除了一间近乎空房的实验室，她什么也没有，当然无法进行任何物理研究，甚至连生活都需要朋友照顾。她写信给哈恩说："如果一个人必须依靠友情，他就必须或是非常自信或是有很大的幽默感；我从来不具备前者，而在我的当前处境下唤起后者也是很难的。"在这样的窘境中，1943年，盟方邀请迈特纳前往洛斯阿拉莫斯，参与原子弹的研制。对迈特纳来说，这个邀请意味着"令人神往的物理学、可敬的同事们和脱离瑞典的困境"。就是在这样的情境中，迈特纳说出了"我绝不和一个炸弹发生任何关系"，断然拒绝了邀请。

凑巧的是，迈特纳逃亡的这年年底，哈恩和斯特拉斯曼有了一个重大发现，他立刻写信通知了迈特纳。收到信不久，迈特纳和她的外甥、物理学家奥托·罗伯特·弗里什就此深入讨论，精彩地阐释了哈恩的重大发现，并将这一现象命名为"裂变"。这个重大发现，正是迈特纳当年提议哈恩重新合作结出的硕果。即使离开德国后，她仍然以各种形式参与了这一发现。就像斯特拉斯曼后来写的："丽丝·迈特纳并没有直接参与'发现'又有什么不同呢？她的倡议是她和哈恩的共同工作的开始——四年以后她仍然属于我们的集体，而且她是通过哈恩—迈特纳通信而和我们联系在一起的……（她）是我们集体的精神领袖，从而她是属于我们的——即使她没有在'裂变的发现'中亲临现场。"

哈恩却不这么认为，他很快就声称，裂变是"纯化学"的，他"根本没有接触物理学"。"二战"末期，他更是暗示，如果迈特纳当时还在德国，裂变的发现将是不可能的。1944年，哈恩因为这个发现获得诺贝尔化学奖。但这也没能促成他的大度，据说，哈恩在晚年竟然宣称，丽丝可能会禁止他做出发现。迈特纳本人对此谈得很少，她确信，哈恩完全配得上诺贝尔奖，只是偶尔会指出，这一发现需要物理学和化学的相互协助，并相信，"弗里什和我在阐明铀裂变过程方面是做了一些并非没有重要意义的贡献的"。战后，迈特纳一直维持着和哈恩的友谊，只是作为朋友，劝说他为了自己的声誉，考虑自己在纳粹统治期间的所作所为，并建议德国的科学家群体"发表一项公开声明，表示你们认识到由于自己的消极退让，你们对所发生的事情负有责任"。不过，哈恩没有收到这封情深意重的信，对丽丝后来的相似说法也并不领情。历史向来喜欢偏袒，它习惯选择高亢的声音而遗忘羞涩的人，在关于裂变的问题上，世人更多记住的，是哈恩的名字。

这个遗忘的过程有个反向的高潮。1945年原子弹投放之后，立刻引起轩然大波。因为与原子弹制造基础的"裂变"千丝万缕的联系，又是从德国逃亡的犹太人，有人就想当然地把迈特纳称为"原子弹的犹太母亲"，在一些报纸的照片里，丽丝竟和穿着农民服装的妇女"谈论原子弹"。尽管有些荒诞，但她的显赫声誉竟然打动了好莱坞，他们决意投拍一部以她为主角的电影，在脚本里，迈特纳把炸弹藏在钱包里逃出了德国。已经明显笼罩在哈恩阴影中的迈特纳，并未借机显扬自己，她跟自己的朋友说："我宁愿赤身露体地在百老汇走一趟（也不愿出现在那部影片中）!"

从对待原子弹到对待宣传，迈特纳的态度一以贯之，她清晰的道德感始终向内，从不外求。晚年，迈特纳多次拒绝了请她写一篇自传，或为她的传记提供材料的请求。她觉得，一本关于活人的传记："不是不诚实就是不得体，通常是既不诚实又不得体。"她从这个世界获得的奖赏，绝非虚荣，而是她醉心的物理学："科学使人们无私地追求真实和客观；它教给人们接待实在，带着惊奇和赞美，且不说事物的自然秩序带给真正科学家的那种深深的喜悦和敬畏。"

晚年的迈特纳获得了诸多奖项，她坚持认为，年轻人更需要这些奖励，"一个人在年轻时需要外界的承认，以便发展他在所选道路上的信心"。1968年，迈特纳以九十岁的高龄谢世，因为卓越的工作和清晰的道德感，即使用最严格的标尺衡量，她也配得上弗里什给她选的墓志铭，"一位从未失去其人性的物理学家"。

追随内心的眼睛

20世纪70年代,美国反叛浪潮余波未息,微电子技术异军突起,一个新的时代渐渐展现出其迷人的面容。硅谷得风气之先,成为一时无两的人才高地。其时其地,偶然闪现的思想火花,就会不小心点燃整个世界。乔布斯置身的,正是这样一个神奇的时代,这样一片神奇的土地。而且,他是那么年轻。

永远年轻的,其实是乔布斯的眼睛。自少至老,对照乔布斯不同时期的照片,不难发现岁月和疾患的镰刀在他脸上刻下的痕迹,一头浓密的长发也渐被稀疏的短发代替。唯有那双眼睛,一直锐利、专注。

不是每个人都这么认为。1985年,就在乔布斯即将被赶出苹果之际,他跟自己千方百计挖来的公司总裁斯卡利闹翻了。斯卡利夫人急趋问责,并要求乔布斯看着自己的眼睛。乔布斯照做了。斯卡利夫人大吃一惊:"当我看大多数人的眼睛时,我能看到他们的灵魂。可我看你的眼睛时,只看到一个无底洞,一个空洞,一个死区。"

如此相反的观感,这双眼睛的秘密是什么?

2005年,乔布斯在斯坦福大学的毕业典礼上讲述了自己的人生故事。临近结束的时候,他回忆了自己年轻时着迷的一本杂志——《全球概览》的停刊号。在这一期的封底上:"有一幅清晨乡间小路的照片,就是那种如果你有冒险精神,会在搭便车旅行时看到的景象。照片下面有一行字:'Stay Hungry. Stay Foolish.'"照片下的两个短句,是这次后来非常著名的演讲的标题。

佛家有一个词,叫"初心",喜爱禅宗的乔布斯熟悉这个词——"初心正如一个新生儿面对这个世界一样,永远充满好奇、求知欲、赞叹。"失去初心,人就会"被卡在固有的模式中,像唱片中某一段固定的凹槽,永远无法摆脱出来"。乔布斯一直把自己作为初学者,说"我仍然在新兵营训练",借此脱离以往的成功模式,"Stay Hungry",不失初心。

"Stay Foolish",已有人译为"呆若木鸡",典出《庄子·达生》,强调专注。对乔布斯来说,专注不只是全身心的投入,更是对重要事物的认知。创业初期,在乔布斯生命中扮演了重要角色的迈克·马库拉已经指出这一点:"为了做好决定做的事情,我们必须拒绝所有不重要的机会。"或许是这个启示太过重要,或许是本性使然,在此后的日子里,专注都是乔布斯诸多特质中极其重要的一条。2011年8月，接任乔布斯担任苹果CEO的蒂姆·库克曾说："他能够集中精力于几件事情上，拒绝其他许多事情。"后来，乔布斯给出了关于专注的一个简要版本，"决定不做什么跟决定做什么同样重要"——选择比努力更重要。

跟乔布斯一样，我们面对的，是一个选项过多的时代。只是，未必会有人能如乔布斯一样，经常用死亡来提醒选择的重要："记住自己很快就要死了，这句话帮助我当人生面临重大抉择时做出正确决定。几乎每件事——所有外在的期待，所有荣耀，所有对困窘和失败的恐惧——在面临死亡那刻都将烟消云散，只留下真正重要的东西。"乔布斯为自己留下的真正重要的东西，是"追随内心"，"勇敢地去追随自己的心灵和直觉，只有自己的心灵和直觉才知道你自己的真实想法，其他一切都是次要"。

出于对追随内心的强调，乔布斯向来没有做市场调查的习惯。在晚年跟自己的传记作者沃尔特·艾萨克森的一次谈话中，他提道："我记得亨利·福特曾说过，如果我最初是问消费者他们想要什么，他们会告诉我：'更快的马车！'人们不知道想要什么，直到你把它摆在他们面前。"

这样狂妄的自信之所以没有沦为笑柄，是因为乔布斯除了追随内心的强烈愿望，还拥有把一个完美的产品摆放在人们面前的能力。这一能力要求拥有者能感受事物将生未生之际的"形先之象，象先之气"，在内心看取一个产品的明确未来。说得简单些，就是要重视先机，像艺术家的重视灵感。早在苹果公司把施乐PARC的领先技术指标变成现实的时候，乔布斯就引用毕加索的话说："'好的艺术家只是照抄，而伟大的艺术家窃取灵感。'在窃取伟大的灵感这方面，我们一直是厚颜无耻的。"

一个看得见未来的人，必然是苛刻的。举凡乔布斯的完美主义，极简偏好，甚至他让人无法忍受的乖戾脾气，都与他要把那个看到的未来原原本本置入现实有关。他要用自己所有的力量，敦促所有人，来完成那个在别人看来是幻觉的未来。这一苛刻甚至会延伸到产品看不见的部分，"优秀的木匠不会用劣质木料去做柜子的背板，即使没人会看到"。

斯卡利夫人当时看到的，或许只是乔布斯眼神中的苛刻，错过了其中更深入的部分。而那双眼睛，却在磨砺中越发年轻、明亮，不断传递着一个追随内心者的人生传奇。

还有一件事。2001 年，乔布斯在接受《新闻周刊》采访时说："我愿意把我所有的科技去换取和苏格拉底相处的一个下午。"这一点，也正好是苏格拉底本人的愿望。在《苏格拉底的申辩》里，柏拉图笔下的苏格拉底说："同这些（生时正直，死而为神的）古人交谈和往来，对他们进行考查，将是无法估量的幸福。"只是，在灵魂的鉴别上，苏格拉底向来严苛，不知道始终追随内心的乔布斯，能否有机会兑现这个奢侈的交换。

普鲁斯特的书房

即将离开学校的一个冬夜,偶尔翻开《追寻逝去的时光》第一卷。我很快被这本传说中沉闷冗长的作品吸引了进去,伴着呼啸的风声,读了整整一个晚上。极度敏感的普鲁斯特几乎摄取了生活之流的全部信息,并用细密绵延的文字无漏无余地展现了出来。这次阅读经验让我确信,有一类天才不需要经过常人必经的学习时代,他们可以免去阅读阶段,不用身历写作的阵痛,只要把自己感受到的写出来,就是伟大的著作了。

未经检验的确信毕竟是靠不住的。安卡·穆斯坦的《普鲁斯特的个人书房》表明,我上面的猜测不过是出于无知,毫无疑问,《追寻逝去的时光》的作者是个勤奋的阅读者。

在《书房一角》的序里,周作人说:"从前有人说过,自己的书斋不可给人家看见，因为这是危险的事，怕被看去了自己的心思。这话是颇有几分道理的，一个人做文章，说好听话，都并不难，只一看他所读的书，至少便颠出一点斤两来了。"照这个说法，未经邀请去参观别人的书房，便略有窥探隐私的嫌疑，不免显得冒失。或许西方人不太有这样曲折委婉的心思，或许安卡·穆斯坦觉得《追寻逝去的时光》的作者斤两够重，书斋够大，用不着这么小心翼翼地忌讳，反正，她不但窥视了普鲁斯特的书斋一角，还把探寻的结果写成了一本书。

据尼采说，柏拉图枕头底下放着的不是哲学坟典，也非悲剧名篇，而是阿里斯托芬的喜剧。如此别有会心的发现，逼迫我们重新审视心目中早已定型的、眉头深锁的柏拉图形象，并借机检验自身的盲点。既然安卡·穆斯坦立意掀开普鲁斯特的书房一角，不管其动机如何，我们当然期待她能有尼采那样的"魔眼"，带我们看看《追寻逝去的时光》作者书房里到底藏着什么秘辛，以至于会孕育出那样的皇皇大著。

结果呢，不免有些煞风景，因为不论按什么标准，即使在汉语范围，普鲁斯特读的书都算不上生僻。他的阅读名单上，有在我们的读书界略受冷落的拉辛、拉斯金、龚古尔，有形象日渐褪色的圣西门、夏多布里昂、巴尔扎克、乔治·桑，也有名声居高不坠的波德莱尔和陀思妥耶夫斯基、福楼拜……不过，耳熟能详并不代表了如指掌，如果没有穆斯坦那样对普鲁斯特和诸多作家的熟悉程度，大约很难辨别以上性情不同的作者和他们的作品，如何一点一点地融进了《追寻逝去的时光》——而这，正是《普鲁斯特的个人书房》致力的目标。

不幸没有生在文化草昧初创的时代，普鲁斯特也不得不跟我们一样，被迫与众多经典作品生活在一起。"多则扰，扰则忧，忧则不救"，对一个有志于写作的人来说，丰富的阅读名单未必是什么好事，弄不好还会成为致命的伤害——伟大作者的鲜明个性会冲淡其自身的风格，甚至会让最终的作品驳杂不堪。对阅读深入细致、容易受别人影响的普鲁斯特来说，这一危险尤其显著。

"猛虎行步者，野豺不能行；狮子跳踊处，驴跳必致死。有福成甘露，无福乃为毒。"对一个懂得自觉用功的人，我们大概用不着太替他担心。普鲁斯特仿佛深通中国古代所谓的"为己之学"，虽然性格稍显柔弱，但他的才华始终对准自己，从不旁逸。穆斯坦在书里简述了一个《追寻逝去的时光》里的故事——德·圣卢企图凭自己的学问赢得女性的青睐，以失败告终。她就此得出结论："读书可不是调情的工具，而是一个人独处时为自己做的事情。"不管谁说出了结论，我相信，那个懂得"读书是为了自己"的，是普鲁斯特本人。

对普鲁斯特来说，阅读就是要"吸收他们，将他们化作自己的一部分，参与自己的创作"，因而不是为了"挂在嘴上，引述他们的句子"。普鲁斯特采用的消化和吸收方式，是仿作。他认为，只有模仿，才能净化那些伟大作家对他的影响，"把巴尔扎克或福楼拜的节奏以及他们的特质从他自己的体内清除掉"，进而让那些杰作透过出其不意的巧思，在新作品里再活一次。

谈论普鲁斯特时提到模仿，多少有些不合时宜。自扬格在

《试论独创性作品》中强调独创以来，模仿早就是一个不名誉的词了。扬格声称，"姑且假定模仿者卓越无比（这样的人是有的），但他终究不过在别人的基础上有了可贵的建树，他的债务至少和他的荣誉相等"。以模仿为举债，大约还是因为写作者内心不够丰沛，未能具备普鲁斯特最为看重的转化和调整能力："说到才气，乃至不世出的天才，与其说是靠优于其他人的才智及社会教养，不如说是靠将这些条件予以转化及调整的能力……才气云云，在于想象力的发挥，而不在于想象出来的是什么东西。"懂得转化自己阅读所得的普鲁斯特，像一个小提琴家创造出属于自己的"调子"一样，最终创造了属己的语言，建立了自己想象中的世界。

这个创造的过程并非一帆风顺。穆斯坦提示，在写作《追寻逝去的时光》之前，普鲁斯特已经写了不少文章，有一本未完成的小说，还有成千上万的笔记，但新作品始终找不到满意的形式。造成这一问题的原因，普鲁斯特认为，不是自己缺乏意志力，就是欠缺艺术直觉。他为此苦恼不已："我该写一本小说呢，还是一篇哲学论文？我真的是一个小说家吗？"以后来者的目光看，怎样为普鲁斯特的作品命名，甚至普鲁斯特如何走出了这一困境，都并不重要。要紧的是，这个寻找的过程提示我们，为自己只千古而无对的体悟寻找独特形式的过程，正是一个天才的独特标志。

我能够在雨水中穿过

时不时，我很想读一点自己不熟悉领域的书，虽然没办法清晰地辨别这书在所属领域的位置，也很难抵达专业级的精微妙处，却可以远远看看书中人的样子，比照下来，说不定可以校正自己某些方面的成见或偏见。

拿杜尚来说吧，我早就知道他在艺术领域的大名，但看他的作品，总是有些摸不着头脑。十几年前，我读过一本从英文转译的《杜尚访谈录》，从书上几近于无的勾画痕迹来看，似乎没留下多少深刻印象（不是翻译问题，是因为自己程度太低）。这次读从法文翻译的《爆破边界：杜尚访谈录》，稍微感受到了谈话风格的"自然、通透、明晰"，便接连看了两遍，多少领会到了点杜尚的风采。

1887年，杜尚出生在一个富有的家庭，幼年在"非常福楼拜式的外省氛围中长大"，晚间，家人常一起下棋或演奏音乐。他的外祖父是位画家，母亲也对绘画感兴趣，性情略有点冷淡。他有两个哥哥，艺名雅克·维永的长兄是不错的画家，以雷蒙·杜尚-维永为人所知的二哥是很好的雕塑家，三个妹妹中的苏珊娜·杜尚也在绘画界有一席之地。

家庭收入主要来自作为公证人的父亲，他应该那个时代走在上升通道的人。杜尚对父亲的职业偶有微讽，"政客的风格和公证人的风格是一样的。我还记得父亲家里的契约文书，那种语言风格简直要笑死人"。不过，作为公证人的父亲却不像契约文书那么无趣，某种意义上甚至堪称非凡。他不但没有反对子女从事艺术，还在他们成年后继续提供生活费用。不过，他提前告诉孩子们，成年后提供给他们的资助，将来分配遗产时要先行扣除。"大哥维永得到过很多资助，遗产一分未得，而我的小妹妹以前没有要过任何钱（她一直和父母住在一起），便领到了很多遗产。"杜尚非常赞同父亲的做法，觉得"应该向所有的父亲们这样建议"。

有两位年长自己十几岁的哥哥引路，杜尚不到二十岁就进入了艺术圈。他用不长的时间摸索了当时盛行的各流派技法，但没有进入特定的圈子。杜尚早期作品远算不上惊世骇俗，但表现人体处于运动状态的《正在下楼梯的裸女》，还是被1912年的独立艺术家沙龙拒绝了。他也从此不再期望加入什么团体，独自走向了另一条道路。

另走新路的杜尚，展示出艺术上强大的冲击力。即便我们不熟悉他的整体制作，肯定也听说过他那件被称为《泉》的小便池，知道他涂在蒙娜丽莎唇上的髭须。稍微多了解一点的，会想到他的女装照，提起他那块费时八年也没完成的《大玻璃》，还有那扇即开即闭的《拉里街11号的门》。妹妹苏珊娜结婚的时候，他送去的是一件被称为《不幸的现成品》的制作，"那是一本几何学概论，需要用几根细绳挂在他们孔达米纳公寓的阳台上。风查阅书籍，亲自选择各种几何问题，吹散书页并将它们撕碎"。

即便在艺术界新潮不断的当时，杜尚的制作都因过于大胆而显得格格不入，虽然偶尔会引起反响，但他遇到最多的是不满甚至抵制。有位女士向杜尚订制一件作品，他便制作了《为什么不打喷嚏》，"我把大理石立方体弄成方糖大小，把一个温度计和一块墨鱼的骨头放在一个涂成白色的小鸟笼里，我卖了她三百美元。……这个可怜的女人接受不了，这东西令她发自内心地烦恼，她又把它转卖给了她的姐姐凯瑟琳，没过多久凯瑟琳也受够了"。最终，以相同的价格，这件不受欢迎的制作回到了杜尚的长期藏家阿伦斯伯格手上。

很难评判杜尚在艺术史上的地位，甚至，连"评判"和"艺术史"都是杜尚极力反对的概念。对他来说，从事制作，"并不是感情的宣泄口，也不是自我表达的迫切需求"，更不是为了名声或利益，而是要挑战关于艺术的成见，让人从思维的窠臼中挣脱出来。艺术中最大的成见，是视网膜霸权，杜尚用现成品挑战了这一霸权，让他从事的工作更直接地作用于人的大脑："重要的不是现成品的视觉问题，重要的是使它存在这一事实本身。它可以存在于你的记忆之中。你不需要去看它，就可以进入现成品的领域。……可以这么说，艺术品再也不可见了。它完全属于大脑灰质，再也不属于视网膜了。"艺术品作用于视网膜近乎天经地义，短时间内，人们当然很难接受如此激烈的挑战。杜尚也明白，"我从来做不出什么能让人立刻接受的东西"。

在各种制作中，杜尚展示出他非凡的好奇心，不断突破着艺术的边界。这个访谈录的新译本被冠以"爆破边界"的标题，或许正是这个原因。有意味的是，跟不少天才艺术家把创造性的激烈带进生活不同，日常中的杜尚完全没有他在艺术上展现的那种冲击性，相反，他看起来节制得近乎温和。我有点怀疑，杜尚成年后处事泰然的风度和文质彬彬的举止，部分跟家庭氛围有关，核心应该来自父亲的公正和母亲的冷淡，却又在某种程度上去掉了其中的生硬和刻板，展现出睿智淡然的神态。于是，杜尚赢得了周围人的信任，他平静地说："我有很多朋友。我没有敌人，或者说非常少。"

此前，我最钦佩的人生态度，差不多是塞尚的"劳作，劳作，只有劳作"。这次读杜尚，我意识到，杜尚几近无为的慵懒，也非常令人心折。杜尚似乎无意在这个世界上留下任何痕迹，也不认为自己负有什么天然的责任。他在谈话中经常说，这个无关紧要，那个我不缺乏，"我不期待任何东西，也不需要任何东西"。这一切表现，并非因为愤世，而是缘于天性。他从不嫉妒，也从不抱怨，不觉得人生会留下遗憾。耗时八年的《大玻璃》在运输中震裂了，杜尚并没受到困扰，"带些裂纹更好，好一百倍。这就是事物的命运"。是这样吧,"我们可以接受一切并且依然保持微笑"。

对杜尚来说,人生最重要的并非艺术,更不是工作,"我内心深处有着一种巨大的懒惰。相比于工作,我更喜欢生活和呼吸……我的艺术就是生活;每分每秒,每一次呼吸都是一件作品。一件不留痕迹的作品,既不属于视觉也不属于大脑。这是一种持久的惬意"。从事艺术和无所事事意义相当,不过是杜尚度过人生不同方式。从这个方向看,访谈录第二版的标题恰如其分——"荒废时光工程师"。这个意思,亨利-皮埃尔·罗谢复述得好极了:"他最美的作品就是他对时间的使用方法。"

访谈开始的时候——1966年4月,两年多后杜尚就去世了——他就跟谈话对象皮埃尔·卡巴纳表示:"多亏了我的运气,让我可以滴雨不沾身。"译注云,这句法国谚语,直译应该是"我能够在雨水中穿过"(J'ai pu passer à travers les gouttes)。这就是杜尚吧,他从世界穿行而过,人间箭矢般的雨滴却一丝也没有淋到他身上。我相信,下面这句话不是宣示,而是他无比平淡的自我认知:"我拥有过绝对精彩的人生。"

咔 嗒

读过杨绛《回忆我的父亲》里的一段文字，不知道是不是很多人爽然若失。有一段时间，杨绛无法辨别平仄声，饱读诗书的父亲给她安慰："不要紧，到时候自然会懂。"后来，"我果然四声都能分辨了"。不是每个人都有杨绛这样的福气，在需要的时候恰好有合适的引路人。不巧如我，在知道自己无法分辨平仄声后徘徊了一段时间，因为无人可问，只好不太情愿地放弃了学写古体诗的打算。又何止是平仄，大部分人仿佛天生就会的某些东西，偏就非常莫名地卡住少数人，要到时过境迁之后，他们才学会那个早就该会的什么，或者更无奈地终生与此无缘。不怎么走运的唐诺，在一本关于阅读的书里还忍不住感叹："终于学会了棒球的正确打击要领，是在离开小学棒球队的三十几年之后；终于掌握到如何使用手腕准确投篮也是在离开高中挥汗斗牛的整整二十五年后——所以我们会期盼时光倒流,或至少有时光隧道可回到当时。"

球迷唐诺或许大可不必如此耿耿于怀,不用说世上还有像我这样打了二十年球也没学会用手腕的业余爱好者,NBA那些鼎鼎有名的中锋,除了姚明这样罚球好过后卫的奇观,从张伯伦到奥尼尔再到喜欢披超人斗篷的霍华德,不也从没学会这项本领吗?否则也不会有臭名昭著的"砍鲨战术"(hack-a-Shaq)了。那个没学会棒球打击要领的还叫谢材俊的唐诺,不也是棒球队的成员吗?技术拙劣如我,不仍然可以在球场上疯跑有时还能战而胜之吗?如此说来,在学会那些几乎是必须掌握的关键技术之前,我们已经在半生不熟地使用它们,只是没能从心所欲,跟那些手段超群的高手之间隔着一条技术的鸿沟而已。话说回来,这个结论下得过于坚决,肯定忽略了一些重要的东西,比如这条鸿沟,可能不只是技术那么简单。

彼得·德鲁克在他的自传《旁观者》中讲过一个故事。十二岁那年,他误打误撞地听过一次音乐家施纳贝尔的教学课,受教的是一个十四岁的小姑娘。坚称自己音乐鉴赏力不够好的德鲁克,也听出那女孩的技巧已非常高深。然而,女孩弹完两首曲子之后,施纳贝尔却说:"你弹得好极了,但是,你并没有把耳朵真正听到的弹出来。你弹的是你'自以为'听到的。但是,那是假的。这一点我听得出来,观众也听得出来……我无法弹你听到的东西,我不会照你的方式弹,因为没有人能听到你所听到的。"随后,施纳贝尔示范了他自己真正听到的是什么，小女孩开窍了，一种松弛之后的、更为准确的美展现出来，"这次她表现的技巧并不像以前那样令人炫目，就像一个十四岁的孩子弹的那般，有天真的味道，而且更令人动容"。

这个故事让我意外发现，在技术娴熟的演奏者和真正的高手之间，还有一次甚至多次轻微的调整。能够识别平仄，明白打击要领，会用手腕投篮，都是这类轻微的调整，虽然尚属较初级的序列。这调整与技术有关，却不完全是关乎技术，而是与一个人的整体身心状态有关。不经过多次这样的调整，再娴熟的演奏者也只是匠人，进入不了顶尖高手的行列，最多赢得附庸风雅者的赞叹。身历过这一调整的人，会明明朗朗地踏实起来，身心振拔，就像那个弹钢琴的十四岁小女孩，不再炫目，却令人动容。其实何止小女孩，即使饱学如钱穆，也会有这样的调整时刻。在生平最后一篇文章的开头，钱穆写道："'天人合一'观，虽是我早年已屡次讲到，唯到最近始澈悟此一观念实是整个中国传统文化思想之归宿处。去年九月，我赴港参加新亚书院创校四十周年庆典，因行动不便，在港数日，常留旅社中，因有所感而思及此。数日中，专一玩味此一观念，而有澈悟，心中快慰，难以言述。"

除了少数生而知之的超级天才，一个人在某一领域真积力久之后，大概都会有个阶段觉得对这个领域的事情什么都懂、什么都会了，却总有一丝隐隐的不安，是什么都做了却偏偏忘掉一件大事的那种不安。昼思夜想之际，或经人指点，或心灵福至，突然心念一动，所有此前小小的参差之处都轻微挪动了位置，每一处都妥妥帖帖地对准了，一个境界豁朗朗地显现出来，那丝隐隐的不安也即告消失。怎么比喻呢？就像钥匙对准了锁孔，跟着轻轻一转的感觉——或者像诗人多多说的那样——听到"咔嗒"一声轻响。

大约十年前，我听过多多一次演讲，他说他之所以不停地改自己的诗，是因为始终无法对这些诗满意。那什么时候你才知道某首诗已经改定了呢？一个漂亮女生，这样怯怯地问。改着改着，在某个时刻，你会听到轻微却清晰的一声"咔嗒"，那是盒子严严实实盖上的声音，这时你就知道这首诗真正完成了。据说非常严厉的多多和善地回答。哦，原来如此，那个弹出了自己听到的音乐的小女孩，那心下快慰不已的晚年钱穆，当时在内心深处听到的，就是这轻微的"咔嗒"声吧。

几乎可以断定，不是世俗的夸耀和奖赏，而是这有约不来却常常不期而至的"咔嗒"声，才能把人的勤苦化为甘霖，真真实实地洗掉了属人的尘劳。不过这声音远不是一劳永逸的奖赏，它是一个小小的休止符，更是一条新路的踏实起点，激励人不断向上。前面提到的那个弹琴女孩，如果有机会隔空拜会古琴的一代宗师张子谦，即便已经能够弹奏自己听到的音乐，得到的大概也不会只是赞许，而是如下的话："弹琴与人听，固不足言弹琴。及同志少集，仅供研究，亦不足言弹琴。至我弹与我听，庶乎可言矣。然仍不如我虽弹，我并不听，手挥目送，纯任自然，随气流转，不自知其然而然。斯臻化境矣，斯可言弹琴矣。"

辑二　内在的心事

"你站在我的心中对我说话"

爱因斯坦五十岁生日那天，弗洛伊德给他发去贺信，信中称爱因斯坦为"你这幸运儿"。爱因斯坦对此颇感好奇，他在回信里问弗洛伊德，为何如此强调他的运气。弗洛伊德复信解释，没有哪个不精通物理学的人胆敢批评他的理论；可是人人都可以评判弗洛伊德的理论，无论对方是否懂心理学。我不太清楚现在物理学的外行是否还谨守那个年代的禁忌，但记载这个故事的《爱因斯坦谈人生》，却让无缘研习相对论和现代物理学的人，拥有了一次接近甚至谈论爱因斯坦的机会。

这本薄薄的小书，差不多是爱因斯坦的各类书信节选和有根据的轶事集锦，吉光片羽，弥足珍贵。作家马克斯·布罗德因为有人错误地点评了他的书大为光火，爱因斯坦去信致意。信中，他劝对方不必把这些事当真,"这样安慰自己吧:时间是个筛子,重要的东西多半都会漏过网眼落入遗忘的深渊;而被时间挑剩下的,往往仍是些陈词滥调"。这句话前半句看起来还像是安慰,后半句表达的则几乎是对人的深入探索准确传达至人世的绝望。当然,绝望背后仍蕴涵着爱因斯坦的积极态度,甚或可以说,只有在如此绝望之后,才可能有真正的积极。不过,这积极要与爱因斯坦其他的话参照才明朗:"为思维本身而思维,恰如在音乐中。""我从事科学研究完全是出于一种不可遏制的想要理解大自然奥秘的渴望。"只有把注意力回向思维和工作本身,才有可能避免自己陷入喧嚣人世的无聊争执。编者没有在书中收入布罗德的回信,不知道他是否因为收到这封不太像安慰的信而变得心平气和,但信里一个爱因斯坦的思维特征值得珍视,他似乎总能在别人思考结束的地方,再翻出一层。这翻出的一层,才是爱因斯坦思想很难企及的深邃之处。

不止作家,犹太裔小伙子也向爱因斯坦去信求教。他爱上了一个与家庭信仰不同的女孩,父母虽然也喜欢这个姑娘,却无法接受不同信仰间的通婚。小伙子舍不得自己的恋人,却又不愿与父母决裂,惶惑不已。爱因斯坦回信:"我得坦率地讲,就那些决定孩子们人生方向的重大决策而言,我不赞同父母施加影响。这种事应该由孩子自己说了算。"话说得斩钉截铁,值得每个身为父母的人仔细思量。但爱因斯坦的信没有在这里结束,他接着写道——

不过，当你想要做出父母并不赞成的抉择时，你得扪心自问：我的内心深处是否已经足够独立，使得我能够在违反父母意愿的同时不丧失内在的均衡宁静？如果你对此没有把握，那么我不鼓励你采取下一步行动——这也是为了姑娘的利益。以上就是你做出选择的唯一依据。

回信有经有权，既明确了父母和成年子女在意见不同时的处理原则，又灵活地指向当事人所处的具体情境。在准确表达自己意见的同时，爱因斯坦并未越俎代庖，而是把决定权巧妙地归还给那个必须自己做出决断的年轻人。

体察当事者所处的具体情境，不悬空立论，是爱因斯坦让人感到亲切的地方，也是他思维的卓绝之处。即使对待抽象的问题，他也几乎不抽象以对。在一封写给出版商的信中，爱因斯坦谈到了死刑问题。他认为，废除死刑是可取的，理由之一是，死刑会使万一发生的司法错误无法挽回。即便不是因为司法错误，具体到参与者和执行者，死刑仍有其弊端，这正是爱因斯坦反对它的第二个理由："执行死刑的程序，会对直接或间接参与这一程序的人产生很不利的影响，影响后者的精神。"

如果直接或间接地参与死刑程序还可以相对主动地选择，那么，1933年一位从慕尼黑给爱因斯坦写信的音乐家，恐怕不得不被动面对一些问题。他在当时的德国，找不着工作，处境落魄，情绪沮丧，陷入深深的绝望。爱因斯坦给他回信，除了鼓励他找几个想法相同的朋友，阅读伟大的著作，领略自然风光，还进一步指出:"无论什么时候,就当自己生活在火星吧,周围全是陌生的怪物,对于怪物的行为无须产生浓厚兴趣。"爱因斯坦这里讲的,可以看成一个实质意义上的好人自处的良方:如果不能和社会上的坏东西完全绝缘,不妨尝试着放弃对它们的兴趣——不论无奈的抱怨还是激烈的反对——不跟它们结缘,从而能够于恶劣的境遇里,"在自己的空气中自由呼吸"。

写上面这封信的时候,为了不给对方制造麻烦,爱因斯坦隐去了收信人的名字。但处世审慎的爱因斯坦,还是因为自己的照片,给一位老朋友带去了小小的困扰。1927年,爱因斯坦把一张附有自己所写诗歌的照片赠予老朋友沃尔夫夫人。第二次世界大战期间,沃尔夫夫人乘船来到英国,当时英方不允许旅客携带任何信件或照片,但沃尔夫夫人不舍得把爱因斯坦的照片丢弃。负责检查行李的官员发现了这张照片,立刻停下检查工作,询问沃尔夫夫人是否愿意把照片借给他,以便他能把照片上的小诗抄录下来给同事看。"沃尔夫夫人告诉官员,他甚至有权扣留这张照片;但他说第二天开船前一定奉还。第二天他果然毕恭毕敬地把照片送了回来,此后再也没有盘问或检查行李。"英国官员的行为或许出于对爱因斯坦的敬仰,或许纯属附庸风雅,但我更愿意相信,这是普通人在等因奉此的工作和生活中多出的那么一点善意。这善意与这本小书中透出的爱因斯坦之光相互辉映,默默地护佑着这卑琐的尘世。

对待爱因斯坦的事业和人生,最好的方式大概应该像他对待音乐家巴赫那样——如果可以不用去掉"演奏"一项的话:"对于巴赫毕生的事业,我只有几个字可说:聆听,演奏,热爱,尊敬——并且闭嘴。"或者,像在纳粹期间选择留在德国与犹太同胞一同承受危险的莱奥·贝克,让爱因斯坦用另一种方式参与自己的生活:"在那些对道德存在与否的追问只能得到'否'的回答的日子里,当人性概念都遭到深切质疑的时候,我有幸想起了你,顿时感到内心恢复了平静和力量。多少个日日夜夜,你站在我的心中对我说话。"

《读书纪闻》抄

在现今的读书人里，读书广、腹笥厚，文章又写得端庄雅致的，并不多见。吕大年算是其中一位。遗憾的是，吕先生吝啬笔墨，能读到的，不过是前几年一本薄薄的《替人读书》，再就是眼下这本《读书纪闻》了。仍然是笺笺小册，总共收文五篇，除关于《通鉴》胡注的一篇，均与作者留心日久的"人文主义"有关。我最感兴趣的，是其中的《人文主义者论教育》。

此文是读同题书的笔记，原著收有四篇15世纪意大利人文主义者的文章，拉丁文和英译对照。笔记选介了其中的三篇劝学长文，内容皆是教导后辈如何养成为人处世的格调与风度，凡需引用，翻译即由吕先生自任。我说感兴趣，并不是自己对此文有什么话要讲，而是觉得其中很多言论，今天读来仍然深富启发，愿意抄下来与人分享。

决意抄，还因为在介绍三个作者为什么连篇复述古人的文字时，文中讲到了原因："印刷术发明、推广之前，许多在今天属于书籍、词典的功能，要由人来担当。三篇文章作于1400年至1460年之间，古典知识大都储备于个人，古人的思想、事迹，尤其是著作里的文字，复述一回，就等于传布一回，复述再三则传布再三，并不是劳而无功的事情。"今非昔比，出版印刷现在早已泛滥，仿佛用不着再通过复述以广传播了。但泛滥也有弊端，很多好文字会湮没在嚣烦里，那么，抄一遍也不是非常多余的吧。

选介的三篇文章都谈到拉丁文的启蒙教育，其中一篇说：

不仅高年级的艰深课程应由最好的教师传授，基础知识也应如此；讲授的书籍也不可任意选择，而应是大家之作。马其顿国王腓力浦要亚里士多德教亚历山大识字；古罗马人的子弟入学开蒙即读维吉尔。两者都是明智之举。

不是每个人都有亚历山大那样的运气，无论哪个时代，对任何学习来说，遇到最好老师的概率都极低，能做的，大概只能是"以特有的小心（with the proper care）研读最伟大的心灵留下的伟大的书"。"在这种研读中，较有经验的学生帮助经验较少的学生，包括初学者。"阅读水准有保证，眼界不断提高，哪一天心灵福至，能够帮助我们的较有经验者，或许会在不经意间出现？

一段时间以来，我对某一领域的书籍比较关注。偶然的际遇，我有机会见到这一领域素所敬仰的一位老先生，并可以当面请教。为了准备这次见面，我整晚辗转反侧，试图找出一点独特的心得。数点完毕，不过一两个问题而已——我就此知道了自己这方面的程度。见面时，问题开启了话题，此后主要听老先生谈轶事，说掌故。匆匆一晤，回来再读他的书，老先生的举手投足就浮现在眼前，他那特别的讲话方式也不断在耳边回响，阅读的收获比以往丰富得多。

前面一段话没有引完，被我打了个岔。文中要说的，主要是下面的意思：

幼年所学，根植必深，日后去除也不容易，如果开蒙之初即熟记嘉言懿行，学生会终生遵从，奉为师表。反之，如果开蒙所教有误，之后则须花费双倍的功夫：先要根除谬误，然后再教授真知。蒂莫西是古代著名的音乐家，因为在西塔拉琴上加设琴弦并且提倡新的弹奏法，被迫离开斯巴达。他教琴，学生如果以前跟别人学过，收取的学费比没学过琴的学生要多一倍。

无独有偶，宋代陈旸的《乐书》里，也记载了一个音乐家的故事。康昆仑善琵琶，号"第一手"。唐德宗称美，段善本却不以为然，说他"本领何杂，兼带邪声"。康昆仑叹服，德宗欲令从学，段善本却说："且请昆仑不近乐器十数年，使忘其本领，然后可教。"当然，康昆仑不负所望，"后果穷段师之艺矣"。较之蒂莫西的故事，"昆仑琵琶"更近传奇，但二者都说到旧习难除，提示教育不能不慎始。

写到这里，忽然想起大学时学人作文，完成后自己检查，发现满篇教材腔，不禁冷汗淋漓。后来读到爱因斯坦引过的一句话，才获得一点隔了岁月的小小的安慰："如果人们忘掉了他们在学校里学到的每一样东西，留下来的就是教育。"

越过数页，又有一段文字谈到读书：

如果以为自己的学问将来无需证明，读书就会粗心马虎，不求甚解……如果想到当下所学就是来日所教，经眼的文字就不会有一处不留意，一处不推敲。每一件可能被问到的事情，他都会先跟自己商量一遍，尽力议论出一个究竟。要是能够对人讲解自己听过的课程，作为练习，则是最好不过。正如昆体良所说，教授你学到的东西，是最快的进步途径。

有一个问题大概用不着强调，这里所说的读书，当然是指读各类经典。古人没那么迂腐，不会真的以为任何字纸都值得反复研读。勾起我兴致的，是文章里倡导的以教律读。《学记》提到："教学相长也。《兑命》曰：'敩学半'，其此之谓乎。"张文江老师这样解说，"教师一半是教，一半是学，学生一半靠旁人教，一半靠自己学，这就是'敩学半'。在教学的两方面中，教的主导在学，学的主导在教。好的教师永远把自己当学生，而学问的有些至深之处，只有当了教师才能学会"。15世纪的人文学者，居然把"教"前置到了学习过程中，比较罕见，似乎可以作为《学记》

这段话一个拓展性的补充。

书里有一篇《佩皮斯这个人》，介绍那个在日记里坦白无隐的老伦敦，很有味道。临近文末，交待《佩皮斯传》的作者克莱尔·汤姆林，只寥寥几笔，一半篇幅却是："（她的）丈夫叫迈克尔·弗莱恩（Michael Frayn），剧作家。他的话剧《哥本哈根》，译成汉语，已在北京多次上演，也非常好，值得一看。"这个剧名平实的作品讲了些什么，下笔不苟的吕先生竟如此揄扬？

1941年，海森伯访问被德国占领的丹麦首都哥本哈根，并与玻尔会面。其时"二战"正酣，核裂变应用于军事的可能，早就成为战争双方的关注焦点。玻尔和海森伯的研究领域与此密切相关，却分属两造，海森伯甚至还是其中一方的首要人物。在如此微妙的形势下，这对物理界的名师高徒，究竟在会面中谈了些什么，一直众说纷纭。弗莱恩的话剧给出的，是他对谈话内容的猜测。《哥本哈根》据我所知有两种汉译，较早单行的戈革译本印制有限，颇难寻觅，多年前，我曾专门跑到出版社的门市部购买。这次想找出来翻翻，却遍寻不获。只记得当年阅读的时候，曾感受到简劲对话背后波澜壮阔的历史消息，内心激荡不已。

根须附土

从绘画方面说,生于一九三五年的谈锡永先生,可以称得上家学渊源。其曾祖至叔父辈多有文士,不少人长于书画,其父也以收藏为乐。六岁时,谈锡永师隔山派张纯初先生习画,初识用笔之法;后改从岭南派高剑父弟子赵崇正先生,打下临摹和写生的底子。在一篇文章中,谈先生言及自己的画艺,虽示谦虚,却也隐隐透露出对所奉之道的自信:"笔者本人最不得意的事,正是自己写画,未必都能写出内心意境,因此虽然笔墨游戏,亦不过雪泥鸿爪之意而已,所以从不敢以画人自鸣,因此于笔者论及当代一些画人之时,希望做出反应的人,不可将笔者的画牵涉在内。

'犹倚营门数雁行,'可能是笔者的心态,只可惜并世画人,已不堪屈指而数。"

这篇评价自己画艺的文章,就收在这本《谈锡永谈艺》里。书中文章,多是写于上世纪七八十年代的报刊专栏,谈国画,谈书法,谈金石,旁及诗词。照《自序》的说法,决意写这样一批专栏,并非仅为谈画论艺,却与更复杂的社会文化情境有关,"香港的英国当局,由上世纪七十年代中起,即致力于去中华化,所以便竭力建立'香港文化',依笔者猜想,这可能是利用香港文化独立,来制造一个英国统治下的独立香港"。在此情形下,有人便指出西方绘画只强调效果,因此国画也应如此,并在大环境的推助下蔚为正统。有感于这样的发展会将国画引入歧途,"实有害于艺术作品",谈先生才接连开出六个画评专栏,以期对一时风气有所救正。

熟悉谈锡永先生传统文化造诣的人知道,无论怎样纷繁复杂的现象,谈先生往往能振叶寻根,执简驭繁。面对当年复杂的画坛,谈先生也不是就事论事,泛无所归,而是先行确立评画的标准。收入书中的这些文章,谈先生经常强调标准的重要性,"即使用诗一样的语言来铺陈一些后设理论,亦未免令人觉得空洞,因为评论的本身根本没有标准作为依据","常常读到一些画评,一味用感性的文字来赞美,文字即使堆砌得好,其实亦只是文章作者一人的感受而已,称之为画评,实有未当,那正因为文章本身根本没有标准"。谈先生确立的标准,说出来并不稀奇,不过是人人熟知的笔墨而已:"要批评一家的画优劣,以至批评一张画的优劣，都应该以笔法墨法为批评的主要依据——虽然不是全部依据。""将笔墨确立为国画批评的标准，实在是很重要的事。如果不许立此为批评的标准，可是却又另外提不出标准来，那么，徒然只制造画评界的混乱。"

以此为标准，当然是因为国画发展千年，从未离开笔墨，"不同时代，不同画家，可以用笔墨写出不同风格的画，那就证明，以'笔墨'为标准，并不是荒谬的观点，亦绝非扼杀新生事物。'笔墨'有如人的骨架，结构如是，不可能因为几千年都这样，今日就非生少一块骨头，或生多一块骨头不可"。经过千百年的发展，最终呈现的形态，即是"国画的本质，在于笔墨，这跟西洋的油画水彩画不同。自有国画以来笔墨便是它的生命，自唐至今，国画发展出许多种风格，也形成了多种面貌，然而从未有着一种可以脱离笔墨"。标准一立，本来无需赘言，书中多涉笔墨的原因，则与前面提到的社会文化情形有关："关于'笔墨'这个问题，本来只是'开宗明义'的话题而已，只是因为问题触着一些人的痛点，而且这痛点又有'香港历史渊源'，所以一谈下去便不能收笔，非横说竖说，将'笔墨是国画的骨架'这前提弄清不可。"

当然，以笔墨为标准，并非要用传统来束缚创新，作为高剑父先生的再传弟子，谈先生当然不会忘记剑父先生提出的"笔墨当随时代而变"，甚至非常强调笔墨的变革。"笔墨给人用了千多年，然而在画家手下，他却万古常新。顾恺之用笔墨写《女史箴图》，傅抱石用笔墨写《湘夫人》，同样是用笔墨来写女性的形象，可是其间的差别却十分之大,这就是笔墨效能的发展,而不是淘汰。这就是变革,而不是扬弃。""笔者相信,绝对可以,时代在变,笔墨亦必同时因应而变,他们的笔墨,只能代表他们的时代,一如二高的笔墨代表他们的时代一样,因此后人亦必可另创笔墨法度,一如黎雄才的近期作品,将'斧劈皴'发挥得淋漓尽致那样,写出新面目新气象的画。"

标准的优点是清晰,可能的缺点是板滞,尤其是在无法随机变化的情况下。谈先生于此心知肚明,在讨论具体作品时,这一笔墨标准展示得无比灵活。比如有时候,谈先生会将笔法和墨法分开,强调两者中笔法更为重要;比如指出有人笔墨稍弱,但也不失为出色的画家;比如有人尽管笔墨功夫不错,仍会被判定为普通画家……要言之,笔墨并非写画的最终目的,而是另有一种特殊的标准——意境:"笔者评论国画,觉得以笔墨作为主要的评论依据。谈及画人笔墨的得失,笔墨若能传导意境,才能称为好画。""笔墨只是工具,中国艺术家必须掌握好这工具,然后才能随心所欲来表达作品的意境。"可以说,笔墨加上意境,是谈先生评价画作的基本标准。除此之外,书中还时时提及写画的工具,写者的笔力,留白的艺术,造型的重要,生拙的味道,无一不牵扯到判断的标准。

有对基本标准的把握,又能随时深入具体的画作,根据不同情形做出当下判断,因此谈先生论画,很多时候便显得神光离合,不可方物。这或许正是他自己所说的"相神"境界——"相字画如相人,用形格部位来相人,取法乎下,相人必相其神。然后才为上乘心法。""怎样相神,十分难以解说,只能多看,多听,自己慢慢揣摩,久而久之,才会有点心得。而且学相神必须自己炼神,神与神接,就可得其真相……对欣赏书画,笔者却不肯妄自菲薄,相其神气,自问还有相当把握。"

标准也好,相神也罢,都不免需要验证,比如我们会问,谈先生在当时辨认出多少杰出画家,其辨认是否准确?这本书里,谈先生最为推重黄宾虹,时时提及,多有赞语。当年的有些评语,即便以黄宾虹现在的鼎鼎大名反观,恐怕还会让人吃惊:"近人能够奇正相生,可是却别有生拙之味的,不得不推黄宾虹为首席。笔者常说,近三百年,黄宾虹已经高居榜首,超越了一切名家。"齐白石、潘天寿、傅抱石等,也常见于文中,比如将潘天寿的山水与黄宾虹并论:"对于传统山水画,笔者最服膺黄宾虹与潘天寿。他们两人的笔墨,便分别是对'南宗'与'北宗'的发展。"

与此对应的,则是谈先生对诸多名重当时的人物,也给出了自己的判断。比如有人的画,"当然造诣颇高,而且善于经营气氛,人物与动物的造型也生动。但可能由于缺乏书法根底的缘故,他写出来的线条,却实在令人不敢恭维"。比如某人物画名家,虽能予人物以不同气质,但终究"聪明过于流露,很多时候故意弄巧,虽然未流轻薄,究竟亦非艺术家所宜"。再比如某画家的"飞机山水":"除了他取景的角度,勉强可以说是适应时代之外,难不成他的山水画,便能说是时代精神的代表?完全扬弃笔墨,只一味用乏的线条来切割画面,则简直是斩断一切血缘。……他的'飞机山水'可以说是冷漠的,丝毫都感不到有半点感情。至少,他毫不能起移情作用。"

这本《谈锡永谈艺》读起来轻松愉悦，不想我的文章却从去中华化一路写到了对人的臧否，越写越沉重，实在应该立刻打住。可我读这本书的时候，看到很多有意味的故事，虽然不能一则一则引出来，但不提毕竟不甘，那就抄一个下来——有一年，谈先生看到一幅雪景山水，有老前辈指导："看这类画，须留意树根是否能抓得住山坡，因为是写雪景的缘故，树根及山坡都有积雪，一处理得不好，便容易变成根不附土。这即是从小处作鉴定之法。此幅树根写得甚好，有积雪意而依然附土，全幅黑白处理妥顺，无疑是佳作。"乍读这故事，若受电然，我反复念叨着，根须附土，根须附土，从而感受到了莫大的安慰。

但从人世识真空

数日前，蒙东君兄雅意，持其参编之《南怀瑾故园书》相赠。书收南先生致故乡乐清亲友信札五十余通，精装八开。内文分上下两栏，下为书信原件影印，上为原信释读。一册在手，既可赏南先生之书法，又能见其胸襟抱负，愉目悦心，快意无比。

南先生少小离家，此后终生再未归乡居住。开始写这些信的时候，又至流寓美国期间，不特离乡日远，且复面对异文异种，"远适异国，昔人所悲之苦也"。虽以南先生之修养学问，不至无端歌哭，思乡之情，却也不时流露："忘情，人之所难，我虽学佛学道多年，但念旧之情，依然如故，思之，又为自怜而且自笑。"坐思起行，南先生希望通过自己的作为，为故园尽绵薄之力——即使早知会遇到各种障碍："因为我生于斯，长于斯，且我在外数十年流离困苦，对于人情险巇，世态多变，统统了如指掌。但我仍愿为之，只有一念，我生身于此地，在我有生之年，能使此地兴旺，使后代多福，便了我愿矣！"

爱乡邦，且敬乡贤，为出版曾短期受业的朱复戡先生之诗集，南先生自筹划至于校对，事无巨细，均尽心尽力。与朱先生哲嗣之信，几乎每通必提此事，并嘱对复戡先生诗，以存旧存真为是："有些句子及字，似不必改，见仁见智，都无所谓，仅存真可也……我个性素不拘小节，但存旧存真便好。"此为尊重先贤之意，不妨也看成整理古人作品的通例，既存前人原貌，又供后世有心者从容含玩，即便整理者看来的俗字劣词，后来天赋异秉者读出另外深意，也未可知。

"有自也而可，有自也而不可；有自也而然，有自也而不然。"自古贤圣，皆有其自，乡情无时或忘，处世则不带风土。南先生于前贤尊敬有加，却并不将印书之事当作一己之私，而是失弓得弓，放眼人世："吾辈为先人出书，志在广布世间，俾能留传后世，天下事天下人做，天下书天下人读，何必斤斤计较于乡土一隅而已。"南先生也常劝老友，眼光不必限见目前，而应对世事与文化有远见。"天下事未有始终不变者"，"不出数年，中国传统文化，亦势必恢复（当然，另有一番面目）"。时当1980年代末，常有人对南先生说："不准早死，应为复兴文化而留形住世。"南先生也笑着回应："为了中国文化，我亦暂时没有死的自由。"

如今一谈文化，仿佛全是书生之事。在南先生看来，"千古文人，大都不谙世故"，欲凭此辈复兴文化，恐难实现。更何况除文化外，南先生拳拳眷眷，心系家国教育、交通诸事。其志其心，在于世有益，不在成一书生，"且我平日，亦极少作诗，盖留心经世，绝少情怀也"。偶有所作，便感叹自己"慧业之难除也"。然而善念进入世界，艰难崎岖，绝非袖手者能知，故南先生常引《战国策》中语感慨："弟在外处世经事五十余年，狂风巨浪，久经危机，深谙进退。晋策有言'某之在外十九年，辛苦艰难备尝之矣，人之情伪备知之矣'。"即便如此，有所担荷者迎难而上，以无逸事忧烦，"亦时惕厉咎，不敢过于放逸也"。

1986年，南先生曾有诗，"辗转清溪滚滚流"。此后，南先生在信中言及此诗："因心感太苦，故易为'婉转'及'缓缓'字样。谁知于去冬耶诞节前夕，竟于此溪桥头山洪暴发时，丧我一至为得力学生（朱文光），乃知心之所感，果然不虚，岂不可畏也耶！"朱文光去世，南先生痛失臂膀，更增忧劳："自去冬迄今，因门人朱文光事件之后，公私内外巨细诸务，叠至纷来，分劳乏人。又加其他国家以及中国台湾各地学术往来相访，络绎不绝，穷于应付……又须每日讲课，每晚讨论会等，不胜其烦。"

稼轩词谓："此心忘世真容易，欲世相忘却大难。"南先生既留心经世，物积于所好，诸事猬集，必然难免。然因心之所系大，故能有所排解，有所振拔："人生，利己是没有用的，利世利人是应该的。""我亦年迈，常在身心煎熬中过日子，只是能忘身忘生为人谋，为国谋，尽此微躯，不计成败而已。"及对于其各种行为的质疑问难，南先生直言："自弱冠及今垂暮之年，誉满天下，毫不动心。毁随名高，亦从不在念。"所行"理所当然，义所当为，力之能及，顺手而作，何有于我哉"。将此心放在人世，忘一己之身，便烦恼也成功业，诚如其诗所言："事业名山道不穷，更无妄想念真空。只缘一会灵山后，又堕慈悲烦恼中。"

以慈悲心应世，也无法期待世界给予必然的顺利。相反，烦恼缺憾本是人生之常，"佛说'娑婆世界'即为多有缺憾之意"。因而，南先生主张，"此时此地凡事不必预筹为妙"，万事不妨待时而动："天下事各有因缘定数，如时节因缘不到，急亦无益。"即如打坐，也不可操之过急："静坐气路问题，须切记一原则。任其天然，便无走火入魔之虑。如有通不过处，必任其天然。渐渐必通，切勿助一苗之长为要。"

"等身著作还天地，拱手园林让后贤，以此而报生于此土长于此土之德，而无余无负。从今以后，成败兴废，皆非所计。"南先生以出世之心，高高山头立而深深海底行，所行无非世间事而无所贪恋。他期望的是"愿天常生好人，愿人常做好事"，嘱咐后人的是"老老实实读书，规规矩矩做人"。这多有缺憾的器世间，既是修行人勉强居停的污秽之所，也是必须置身的熔炼之炉，舍此，则所谓大道，仍不免是小径——"八十年来唯一事，但从人世识真空。"

"我希望生活刚刚开始"

对热爱约翰·列侬的人来说,用不着强调《约翰·列侬书信集》的吸引力:即使这本被称为书信集的书里,除了正式的书信,还收进诸多只言片语的贺卡,心血来潮的便条,不知所云的涂鸦……这些都不重要对吧?我们热爱一个远在天边的人,渴望知道他的一切——那些早就熟悉的部分,现在再次看到,让我们重温跟这个人精神结褵的每一个日子,心中泛起暖意;那些还不知道的,无论多么琐细,都让我们欣喜,可以摆放进那个早就在内心勾画好的关于他的完美图画里,或者也不妨是对这图画小小的改进——那更是意外之喜。

没错,意外之喜,就像列侬在他信的末尾,往往会加上的那个"又及","又又及",以及"又又又……及"。即使对一位普通的歌迷,他仿佛都因为信的简短而觉得特别抱歉似的,不好意思地再添上那么一笔两笔,让一个例行公事的回复多了一点摇曳。这多添的几笔,是列侬对世界多出的一部分善意,即便是表达自己的恼怒,即便是面对攻讦——1968年,激进杂志《黑侏儒》刊登了针对列侬的公开信,赞赏滚石,指责列侬的《革命》过于软弱,不比中产阶级医生太太的广播剧节目更革命。列侬显然被激怒了,写了一封情绪激烈的反击信。信近结尾,语气有些缓和下来:"与其天天追究披头士和滚石之间那点鸡毛蒜皮的区别,不如放开心胸,放眼看看我们生活的这个世界,扪心自问:为什么如此,然后和我们携手并进。"落款仍然是著名的"爱你,约翰·列侬"。当然了,最后是"又及":"你打碎的世界,我把它重建起来。"

  人们费尽心思建造的文明世界太过精微,野蛮的公牛总会不管不顾地闯进瓷器店,天才的责任,也差不多就是西绪弗斯一样不断重建这一直被打碎的世界,并且尽量谨慎地不让自己打碎别人尤其是亲人的世界。我不知道是不是每个天才都这样,起码约翰·列侬是这样的——关于披头士的传记已经进入校对阶段,此前已经审过稿子的列侬忽然致信作者亨特·戴维斯(也是这本书信集的编者):"我希望把关于'威尔士人'(列侬母亲男友)和我母亲的那些说法从书中去掉。我原想把这些内容留着,看看我能否接受,但是我越想越觉得,不该让可怜的杰基(列侬异父妹)和茱莉亚(列侬母亲)来面对这个糟糕的世界,因此我决定把这些内容去掉。"

那么，列侬的前妻辛西娅、情人庞凤仪的呢，那个他没有投入更多精力抚育的孩子朱利安呢——他们的世界岂不是被打碎了？谈论别人的有情或者无情是危险的，没人能代替列侬回答这些问题，这本书信集里也只提供了相当有限的线索，但可以猜想的是，对一个敏感而对世界有着同情（共同之情）的人来说，这绝不是一件轻松的事情，甚至会沉重到让人濒临崩溃，年轻时因太过匆忙来不及感受的一切，会不期然笼罩下来。我相信，以下这样的时刻，会在列侬的生命中经常出现："我慢慢地找到了一个真正的父亲的感觉！……我有时在化妆室或其他地方，长时间地想念那些我没能和他在一起，陪他一起玩的时光。你知道吗，我一直在想，那些愚蠢的日子里，他和我在一个房间里，而我只顾埋头读报或其他什么事，我现在知道我全错了！我应该花很多时间陪他，我真想让他了解我，爱我，像我想念你们俩一样地想念我。"

善于内视的列侬〔"我首先是为了自己写的（歌）"〕，一面做着率性而为的自己，一面却若有分身，不时跳出来满怀歉意地看着周遭，并对人解释着那个率性的自我。在和保罗·麦卡特尼关系最紧张的时候，两个人经常激烈地争吵。有一次，正吵得热火朝天，列侬忽然停下来，看着保罗说："我就是这样，保罗。"然后呢？继续大吵大嚷。他当然知道自己的问题，就像做医生的表姐去信批评他的生活方式后，他在回信里说的："请你告诉我有几个伟大或者接近伟大的艺术家身上没有你说的'性格上的弱点'。"他也在给精神同伴的一封信里这样问对方："为什么我们这些天才，包括我自己，会变得这么愚蠢？"

如此撕扯的生活和精神，或许不只是天才的疑问，每个人都会有这样的撕扯时刻吧。只是，当天才为世人所知的时候，他自身分裂的部分，会被外部放得极大——"我仅有的私生活是在自己家里，或者朋友家里，走出大门，我就变成了公共财产。"人们当然会向公共财产索取自己需要的一切，爱，情感，关怀，当然还有金钱。有个自称布拉先生的人想环球旅行，但付不起旅行的费用，便写信请求列侬资助。或许是因为对世界多出的那部分善意，列侬居然给布拉先生回了信："如果我满足所有和你一样的要求，你所说的'巨大的财富'早就不存在了。"当然，无论是真话还是戏谑，有时特别耐心的列侬没有让信在这里结束，而是给出了自己的建议，"你需要的是动力——如果你没有动力，我建议你试试超验冥想，在冥想中，一切都变得有可能"。

这封信在某种意义上可以算是一个巧妙的隐喻，列侬当然不应该去资助诸如此类的贫穷职员，否则，这既会让他自己的（物质或精神）世界倒塌，也会因为此事携带的能量，把布拉先生的世界打碎。不过，以上只是我的想法，并不是列侬的本意，对列侬来说，对待此类事情，更可能的，或许是编者的解释："他既想慷慨助人，尽力而为，又受够了别人趁机得寸进尺占便宜，或者过于麻烦，在他需要做更好更新的事情时，占用了他的时间和精力。"作为名人，尤其是一个天资卓越的天才式名人，他虽然不喜欢自己成为公共财产，但同时也不得不清楚意识到，"这是我自己的选择，必须坚持下去"。那些蜂拥而至的有理无理的要求，是作为名人的题中应有之义，如果不说是必然代价的话。

歌德在跟爱克曼谈话时说："在发表《格茨》和《维特》后不久，一位哲人的话在我身上得到了印证：'如果你为世人做了什么好事，世人就会万般小心不让你做第二次。'"这话丝毫不差地应验在了列侬身上，愤怒和沮丧包围了他很长时间。同样幸运的是，如歌德一般，列侬也在世人的包围中开始了他的第二次，"生活的利刃/天生会刺中你/但无论如何我活了下来"。他得以知道，"生活里，除了敌人还有更重要的东西"。在写给朱利安的信里，他改写了《漂亮男孩》中的句子，"每一天，/以每种方式/我在变得/越来越好"。这话，是写给孩子的，也不妨看成列侬的一次自我确认，就像他1979年写给表姐的信里说的那样："明年我就四十岁了——我希望生活刚刚开始。"成名的代价付过了，他重新意气风发地忙碌起来，期待着第二次为世人做点什么好事。

谁也没想到，这不是新的开始，却是个结局。索取者施展了自己的"变形记"，1980年的这一次，他们向约翰索取的是他的生命，而且，他没法拒绝。1971年写给一位未知女性的信中，约翰在他的"又及"中写道："你也许不敢面对衰老，至于我？——我一天也不愿回头！"就是这样一个不惧怕衰老的人，还来不及把他从长大（还没来得及变老）过程中获得的智慧更多地传递给我们，就被索取者永远停留在人生的壮年。我们再也无法叫醒那个名字叫约翰·列侬的天才，那个对世界怀抱着更多善意的人，再也听不到那些漂浮在未来的、等待他去采撷的歌——是的，我要说的是，从现在开始，我们别再把所有天才的馈赠视为理所当然，别向那些为世人做了好事的人索取太多，让他们在自然生命结束之前每一个新的一天，都可以踌躇满志地写下——我希望生活刚刚开始!

与自己保持文明的距离

河神刻菲索斯娶水泽女神利里俄珀为妻,诞下那喀索斯(Narcissus)。父母去求神示,想知道孩子将来的命运,神谕说:"不可使他认识自己。"长大的那喀索斯成为美少年,鄙视别人,独来独往,只仙女厄科(Echo,回声)终日相随。偶见清泉中的倒影,那喀索斯认识了自己的美,爱上泉水中自己的影子,忧郁而逝。

弗兰西斯·培根曾在一篇文章中分析这一形象,说有些人"不费吹灰之力从自然那里获得了美貌或其他天赋,导致了他们的自恋"。他们"通常不适于从事公共事务……活动的小圈子仅限于忠实自己的崇拜者,后者对他们的一切话像回声一样一呼百应。天长地久,这种生活习惯逐渐败坏了他们的心灵,使他们变得趾高气扬，忘乎所以，最后完全沉浸于自我欣赏"。不妨这么说，陆建德《自我的风景》中收入的关于中西文学的随笔，主要针对的，就是写作中的"那喀索斯"，或者那个被称为自恋的现象。

书中所引萨缪尔·贝克特的自我描画，简直是那喀索斯如假包换的现代变形。贝克特1935年写信给自己的朋友，说自从中学毕业进入都柏林三一学院，他就刻意表现自己的"痛苦、孤僻、冷漠、嘲笑"，以此展示自己智识上的优越，确保自己傲慢的与众不同感。"如果不是心脏病让我担心死去，我还会继续喝着酒嗤笑一切，一边消磨时间，只觉得自己太棒了，没有别的事可干。"这种不断自我确认的心理暗示，会让人判断自己时失去应有的分寸，无视现实，欺瞒围观者，但首先是欺骗自己。这几乎是天赋优异者最无法抵挡的诱惑，像 T. S. 艾略特说的："谦卑是一切美德中最难获得的；没有任何东西比自我的积极评价的愿望（the desire to think well of oneself）更难克服。"有鉴于此，陆建德提醒写作者，应该与自己保持一种文明的距离，从而可以超然独立地观察甚至检讨自身。

没有这种文明的距离，过度沉浸于自我欣赏，写作便容易过甚其辞，甚至会在对外界的判断上失掉应有的分寸，把自己想象成一个受迫害者，"受害者的感觉往往是自恋的特许和自我肯定的仪式，但是它也是自我认知的最大障碍"。像罗素在《通向幸福》中说的，把自己想象成受害者，往往是"假定一切人都会放弃自己的爱好兴趣，一门心思地要陷害他"。可这些想象差不多只表明，这个人把自己看得太重要了，因而臆想出诸多受迫害的场景满足自己虚荣心,其实,他哪里值得人们如此关注和惦记呢?

在某些历史情境下,受迫害心理会发展为"受害者的荣耀"——"假如受迫害是一种资本和荣耀,那自然会有很多人去奋力争取,有时候连排队也顾不上"。那种并非出于内心的勇气和自由而表现出的受迫害姿态,很可能只是"有意讨好一个已经在暗中准备的审判法庭",因为"受害者其实可以与人人敬仰的英雄相提并论。正是受害者的诸多惬意之处,因此总有许多人渴望受害者的地位"。讲述自己(甚至代人讲述)受迫害的故事,很可能只是为了从讲述中获取最大的政治和生活利益。说白了,很多有意而为的受害者作品,只不过是新时代对历史的改写方式,是"根据流行的'PC'(政治立场正确)意识而形成的程式化回忆套路",并非真的深受其害。

不用说受迫害妄想了,即使那些自称高尚的行为,也必须经过严格的自我检验才能成立。T. S. 艾略特的《大教堂凶杀案》,写12世纪坎特伯雷大主教托马斯·贝克特殉教成仁的过程,但他在剧中始终存有疑问的是,托马斯是否最终屈从了封圣的诱惑,他的殉道意愿里有没有掺杂虚荣的动机?这是一个不容忽视的问题,因为"殉教或殉道的背后有着炫目的权力和受迫害者的荣光",故此,"出于自私动机殉道是最大的罪恶"。出于自私的骄傲而殉道,显然是屈服于一种要当圣人的诱惑,可能让一个人成为"神圣的恶魔"。这或许就是书中反复援引乔治·奥威尔的用意:"所有圣人在能证明自己的清白之前都应判定有罪。"

柏拉图笔下的苏格拉底确信,世上没人自愿为恶,只有对恶缺乏认识的人。在这个意义上，没有对自我虚荣的认知，屈服于自恋式的高尚，就不仅仅是诱惑，甚至可能发展为罪孽。如加缪所言："如果对高尚的行为过于夸张，最后会变成对罪恶的间接而有力的歌颂，因为这样做会使人设想，高尚的行为之所以可贵只是因为它们是罕见的，而恶毒和冷漠才是人们行为中常见得多的动力……世上的罪恶差不多总是由愚昧无知造成的。没有见识的善良愿望会同罪恶带来同样多的损害。"

过分突出社会的过错和善事的难得，很像是在鼓励一种抱怨的态度，甚至会引起恶劣的社会反应。好的作家必须意识到，即便他发出谴责之声，"背后也有一种建设性的、善的支撑。他的作品参与形成的舆论氛围产生了可观的压力，使整个社会同感改革的紧迫性"。

话说到这里，大概可以明白，那喀索斯式对公共事务的拒绝，正是自恋的题中应有之义。陆建德在书中称引亚里士多德"人是政治的动物"，强调"政治"与"城邦"（polis）同源，"每个人都是城邦的产物，势必关心并参与城邦的事务"。脱离对公共事务的关注，像奥威尔说的那样，作品很容易失掉生机："回顾我的作品，我发现在我缺乏政治目的的时候，我写的书毫无例外地总是没有生命力的，结果写出来的是华而不实的空洞文章，尽是没有意义的句子、辞藻的堆砌和通篇的假话。"这里所谓的政治或公共事务，"指的是在所有研究领域中，研究政治最能使人有用于同胞，指的是在一切生活中，公共的政治需要做出最大的努力"。

认识到以上问题，为拆毁自己的骄傲进行严格的自我审查，以"特有的小心"(with proper care)对待公共事务,潜入事物,外在的一切将反哺于人,人或许会来到一个更为广阔的地带。

像卢克莱修,能"将其自身消失在对象中",事物在他的诗中焕发出本身的光芒,我们读来,"仿佛不是在读一位诗人之诗(poetry),而是在读事物本身之诗。事物有它们自己的诗,不是因为我们将它们变成什么东西的象征,而是因为它们自身的运动与生命"。

或者反其道而行,唤醒内心深处的沉睡地带,在认识自己的路上再勇敢一点,再迈进一步,束缚那喀索斯的神谕,说不定将变成解脱的秘语:

去拨弄污泥,去窥测根子,
去凝视泉水中的那喀索斯,他有双大眼睛,
都有伤成年人的自尊。我写诗
是为了认识自己,使黑暗发出回音。

如此探索自己的心灵禁区,是人向上的努力,大部分人并不情愿,但有人就这样勇敢地开始了自己的溯游溯洄之路。勇于自我解剖的萨缪尔·贝克特意识到了自己的问题,直面以对,积极寻求心理治疗。后来,他大概听到了黑暗中传回的"纯洁的新乐音",锁闭的心灵打开,一个傲慢自恋的年轻人,慢慢"变得善解人意,谦和大度,颇得圣徒待人之道"。

安宁与抚慰

经过四百多年的时光，蒙田早就凭他的《尝试集》（或译《随笔集》）成为文学万神殿里的一员。那个曾经真实生活在这个世界上的人，经过不息的时间之流，在不同时期呈现出不同的形象。这些形象在每个不同的当下叠加起来，七凹八凸，百手千头，越往后，越难刻写。幸亏好的写作向来是迎难而上，而不是知难而退，我们才有幸读到后出转精或后来居上的各类传记，比如这本《蒙田别传——"怎么活"的二十种回答》。

贝克韦尔大学主修哲学，曾担任古籍管理员十年，自2002年开始讲授创意写作。从经历来看，他几乎是现时代蒙田传记最理想的人选，我们可以期待这本书思考深入，带着对古人的敬意，写得好玩有趣——贝克韦尔不负所望。他从蒙田作品里仔细抽绎出二十个小题目，用来回答蒙田对"怎么活"的探问，如"凡事存疑""有节制""守住你的人性"。讲述蒙田的故事，也始终围绕他自身展开，一开始写"他的一生、他的性格、他的文学生涯"，后来把他放置在时代潮汐里，"渐渐转向他的作品和读者，慢慢幻身为一个二十一世纪的蒙田"。借着这本细心而富有才情的书，我们或许可以悄悄接近那个凭他的精神力量走到了今天的蒙田。

即便已经是二十一世纪，蒙田的书也没有"像河里的鹅卵石那样随着岁月的流逝渐渐圆润光亮"，变得好读起来。他的文章细碎散漫、矛盾重重，很难在主题上保持一致，信马由缰的跑题和枝蔓丛生的偏题屡见不鲜，"枪弹射得到处都是，他骑的马儿也跳跃得失掉了控制"。更何况，蒙田很少在书中下判断或做决定，在几乎任何一个结论上，他都犹疑不决，"可能""也许""从某种程度上说"是他最喜欢的词句，因为这会"软化、减轻我们意见的仓促"。即使做出坚决的判断，接下来他也会立刻抹除。典型的蒙田风格往往是这样的，"我唯一知道的就是我一无所知，但这我也无法确定"。在蒙田看来，万物，包括人自身，皆流转不息，任何坚决的判断几乎都是不可能的："我们、我们的判断，以及一切凡物，都在不停地发展变化。因此，当判断者和被判断者都处在持续的变化和运动中时，对外物是不可能做出任何确定的判断的。"

蒙田的矛盾重重和犹豫不决，另有一个重要原因，就是他对自身局限甚至缺陷的准确认知。他引用泰伦提乌斯的话说："我全身是裂缝，四周都漏水。"除了普通人都有的自私、懒惰、小气、虚荣、自负，蒙田还觉得自己对事反应迟缓，记忆力乏善可陈，

087

部分生理机能也有缺陷。他清楚地知道自己的这些问题，意识到一个人随时可能犯错，因而思考问题时，便把犯错的可能也考虑在内。这样一个自我认识的人，说出一些斩钉截铁的结论，实在会让自己觉得不智。对蒙田来说，他不是不想判断，而是实在无能为力，"如果我的思想可以立稳脚跟，我就不做尝试，而改做决定了"。

有意思的是，对自己的缺陷和由此而来的犹疑，蒙田从不自卑，也很少表现出不满。他对一切不完美欣然接受，甚至把缺陷和不足作为自己区别于人的特征："如果其他人像我这样，仔细审视自己，那他们也会和我一样，发现自己身上全是痴蠢之气。如果除掉这些，我也就除掉了自己。"有时候，他也把这作为人生存的根基："我们的本体有着许多固然的病态的特性……不论是谁，如从人的身上去除这些特性的种子，那么他也就毁掉了我们生存状态的基本。"这怎么摆脱也摆脱不掉的，就是那谁都无法超越的"人性"——"不论我们升到何等的高度，人性都紧而随之。"

相较于很多作品的清晰，蒙田对人性的观察始终处于混沌状态，他从不将某件事"拆分成清晰、表象的小故事"，因为那样"会把要找的东西推进更深的阴影里"。对他来说，重要的是从内心寻找自己的感觉，"人人都朝前看；而我，则看自己的内里。除我之外，其他事一概与我无干；我无时无刻不考虑自己，我审视自己，我品尝自己……我翻滚于自身之中"。然后，他把自内心感知的一切停留在混沌状态，不妄加分析："我表达的是纯粹的经验，没有被艺术或理论改头换面或腐蚀过。"按照哈罗德·布鲁姆在《西方正典》中的说法,这种未经自负的知识和意见加工的混沌状态,是蒙田之后一切好文学的根基,"从莎士比亚、莫里哀、普鲁斯特一直到贝克特"。

写出内在的自我,把对人性的观察停留在混沌状态,最易招致的误解,是写作者的懒惰或肤浅。然而并不,"要写出有关自己的实情,发现近在咫尺的自我,委实不易"。虽然蒙田一直表现得自在倦怠,"当我舞时,我舞;当我睡时,我睡",并假装《尝试集》是无心之作,仿佛是不经意的产物。但他有时也会忘记这个姿态,老实说出写作的辛苦:"这是一条布满荆棘的路,比想象的更加艰难:追随如我们思想那般彷徨的运动,深入它最内里的不透明的褶皱,挑拣、捕捉那无数驱使它的颤抖。"这是一条光荣的荆棘路,要求他紧紧跟随生命的步伐,就像"从一条不知何时会干涸的激流中饮水,动作也需迅速"。这条路也要求他"对人生经验的每一刻都保持一种天真的惊奇",如此,他的作品集才不是或轻率或枯燥的随笔,而是一种开历史先河的尝试。法文里的"随笔"(essai)一词,本意正是"尝试"。

就是这样的尝试,让蒙田对人性的观察足够广,也走得足够远,以至于很多人从蒙田的书里,看到了自我的投影。不少出色的写作者承认,蒙田"简直就是我本人";有人甚至说,《尝试集》"简直就是我上辈子亲笔所写"。"二战"期间被迫流亡的史蒂芬·茨威格,在困苦中发现了蒙田——"个中的那个'你',正是'我'的倒影;所有的距离都因此而消散。"一个活生生的人走进他的心灵,"四百年岁月如烟消失"。蒙田的意义或许就在这里,他因为对人性广泛细致的观察和节制审慎的表达，给予读者准确的对应之感和宽阔的回旋余地，从而带来一种同生共感的暖意，像一只善解人意的手的抚慰。

不过，对一个人的认同不可能有这样非凡的一致，即使同为"最伟大的心灵"，"在最重要的主题上并不都告诉我们相同的事情，他们的共存状况被彼此的分歧，甚至是极大量的分歧所占据"。蒙田的形象在四百年里迭经变化，从最早有人称颂他的斯多葛派智慧，到十八世纪启蒙思想家对他怀疑主义的热衷，到十九世纪道德主义者对他道德性缺乏的遗憾，再到现代主义对他意识流动的颂扬，还有后现代主义从他身上发现的多元和多重，一路走来，始终有人为他喝彩，也不断有人跟他水火难容。把对立双方的名单开列出来，几乎可能是自蒙田以来的整部文学史，或许还要捎带上小半部哲学史。在对蒙田不满的人里，不是最早，但肯定是最典型的，当属布莱斯·帕斯卡。

无论从哪个方向看，蒙田和帕斯卡几乎都彼此分歧，T. S. 艾略特甚至认为，帕斯卡有意把蒙田选作了他的"大敌"（the great adversary）。帕斯卡认为："人对细小事物的敏感和对至大事物的麻木，这表明了一种奇怪的失调。"很不幸，蒙田就是这样的失调者，他对人世琐细的关心，胜于任何至大之事。蒙田觉得，人的缺陷不仅可以忍受，几乎还是值得庆贺的。帕斯卡则根本无法忍受不完美："我们对人的灵魂有如此高的看法，以至于无法想象这个信念若是错误，我们就要因此失去对它的尊敬了。人的幸福完全来自对灵魂的这一敬意。"对蒙田来说，生活里虽然满是诱人跌落的深渊，恶灵在一旁守候，但日子得照样过下去；帕斯卡看到的，是蒙田的反转镜像，虽然太阳每天照常升起，但深渊一直在，恶灵也始终虎视眈眈。

对理性信心满满的伏尔泰，确诊帕斯卡是充满狂热想法的极端遁世观患者，他鄙视蒙田是因为他自己可鄙；在贝克韦尔看来，帕斯卡对蒙田的反对，是因为他"心中怀着神秘主义的惶恐和狂喜"。不过，帕斯卡始终肯定蒙田对人性的洞烛幽微："我在书中看到的并非蒙田，而处处是我自己。"对帕斯卡来说，他大概只是觉得，犹疑的蒙田不能给人确定的力量，而这个力量，却是他无比珍视的。怎么描述这个确定的力量呢？三十一岁时，帕斯卡在一家修道院度过了他生平极为著名的"激情之夜"。这一夜他究竟经历了什么，没人知道，我们只能从他后来一直缝在衣服里的一张纸上的话推测。这张抬头写着"火"的纸上，开头是这样的："确定。确定。感觉、快乐、和平。"出于对帕斯卡的信任，我相信这一非凡的时刻的确给予了他某种不可替代的确定感。抛开这一时刻包含的宗教性因素，帕斯卡未能在蒙田身上发现的，大概就是这个确定感，这也可能是他把蒙田视为"大敌"的原因。

还是引用艾略特《帕斯卡的〈思想录〉》一文中的话吧，它极其准确地写出了帕斯卡不断寻求的确定感究竟是什么："我想不出任何一位基督教作家……比帕斯卡更值得推荐给这样一些人，他们怀疑，但他们有心智去构想，有感受力去体会生活和痛苦的混乱、徒劳、无聊和神秘，而他们只有在全身心的满足中才能得到安宁。"然而，人无法期盼这样的幸运：一旦得到全身心的满足，安宁就会像跳动的火焰点燃了火把，自足地延续下去。更多的时候，人不得不像蒙田那样"amor fati"（爱命运），不论发生什么，都泰然任之，因为"踩高跷毫无用处，我们还得用腿走路"。幸运的是我们，可以在感受蒙田的抚慰、向往帕斯卡的安宁之中，认认真真地走我们自己的人生之路。

一句话的底本

1938年,在纳粹迫害下流亡数年的托马斯·曼到达纽约,有人问他,是否觉得流亡生活是一种沉重的负担。托马斯·曼回答说:"这令人难以忍受,不过这更容易使我认识到在德国弥漫着荼毒。我其实什么都没有损失。我在哪里,哪里就是德国。我带着德意志文化。"

如果不是考虑到托马斯·曼的国籍,这句话差不多可以作为近年腾传众口的"民国范儿"的一个典型了。一段时间里,有人以中国文化的托命人自许,宣称"我在哪里,中国文化就在哪里""凡我在处,就是中国",我猜想,大概就是从以上的故事中学来的。

后来我发现,这样的表达,其实用不着远征异国,稍微隐约一点的意思，梁漱溟也讲过。1939年，战争烽火正烈，梁漱溟活动于华北华东诸战地，曾出入于敌后八个月左右。在此期间，同行的很多朋友因炮火的威胁而举止失措，唯有梁漱溟，一直在险境中坦然自若，朋友不禁感叹："梁先生了不起，若无其事！"在给家人的信里，梁漱溟解释了自己履险如夷的原因："前人云：'为往圣继绝学，为来世开太平'，此正是我一生的使命……又今后的中国大局以至建国工作，亦正需要我；我不能死。我若死，天地将为之变色，历史将为之改辙，那是不可想象的，万不会有的事！"为了避免误解，在把这封信收到传记中时，梁漱溟还特为添加了一个"后记"："此文原系家书，其中有些话不足为外人道。但既然被友人拿去在桂林《文化杂志》上发表了，亦不须再阕。其中狂妄的话，希望读者不必介意，就好了。"

更为明确的说法，见于上世纪五十年代。一个民国人物在给老友的一封信里，这样转述别人对自己的赞扬："他简直不是一个人，而是一个民族。"我忘记了受到赞扬的当事人当时面临着怎样的困窘，需要借这样的话来策励自己；也不知道此人的文字和筹谋，最终是否当得起这个赞赏。但托马斯·曼和梁漱溟在说这些话时，确实身历着艰难困苦，他们的说法，与其说是狂妄，毋宁说是困境中的一种激越反应。不管他们身上是不是真的背负着一个民族的文化，后来，托马斯·曼用《浮士德博士》，部分兑现了对自我的期许；而梁漱溟，也以其"三军可夺帅也，匹夫不可夺志也"的果决，赢得了人们的信任。

其实，自晚清至民国（以至每当板荡之际），类似的话还有很多，简直到了不胜枚举的地步，要梳理清楚其间的关系，难免治丝益棼。幸亏熊十力自撰的一副对联，无意间提示了以上言论的最早出处。也是在抗战时期，熊十力辗转入川，居停北碚时，他时常跟人说起自己挂在北平寓所的对联，"道之将废也，文不在兹乎"。两联均出《论语》，也都是孔子的话。上联取自《宪问》："道之将行也与，命也；道之将废也与，命也。公伯寮其如命何？"下联源于《子罕》："文王既没，文不在兹乎？天之将丧斯文也，后死者不得与于斯文也；天之未丧斯文也，匡人其如予何？"

孔子的两次感叹，一次在履霜坚冰之时，一次处颠沛困厄之中。感叹"道之将废也与"时，孔子正任鲁国大司寇，而子路也在做当权者季孙的私人总管，这时，却有公伯寮向季孙编排子路的坏话。见微知著，孔子知道这其实是季氏对自己师生起疑的信号，鲁国的政治已不可为，而他的政治理想也必将破灭，于是有此感慨。因为感慨的是国事，孔子在这里用了自己素所罕言的"道"。

第二次感叹发生在周游列国途中，孔子与一众弟子被困于匡，眼见有了性命之忧。面临如此绝境，孔子平常深深收敛的光芒不自觉地显露出来，虽然一闪即逝，却让我们罕见地看到了他内在的骄傲："文王既没，文不在兹乎？"文指礼乐制度。春秋时期，礼崩乐坏，孔子以复兴礼乐为己任。现在，礼乐的托命之人有了生命之忧，或存或亡，都是上天的意思吧，哪里是匡人能左右的呢？

即使在如上的言辞里，朱子仍然从中看出了孔子的谦虚，因为这次是讲自己,所以"不曰道而曰文"。能在激荡的情绪里仍然保持克制,显现出深厚的修养,孔子的话就不应该仅仅成为后人仿效的底本,而是作为衡量行为的标尺,时常用来检验我们自身。

宽阔的人世

七八年前,我在一家报社工作,偶在吴玫女士主持的版面上读到一篇《参读之法》,觉得作者学有所本,要言不烦,文字里有一种罕见的弹性,便在网上搜索作者的情况。其时范福潮因在《南方周末》开设"书海泛舟记"专栏,已经文名远播。见猎心喜,我便向当时做图书编辑的朋友推荐,希望他所在的出版社能集中刊行这批文章。这本与上述专栏同名的书经朋友之手出版,已是两年后的 2007 年。因为所收文章多已读过,我读书的心境也有了变化,便没有再行购置,只在心里默默作了个标记。今年续作《父子大学》新刊,此书也一同再版,我才有了温故知新的机会。

两书所记,多为父亲对范福潮读书的指导。范福潮 1957 年出生,其父生于光绪三十二年。两代人年龄相差较大,虽都嗜书,但父亲开蒙于私塾,儿子进新式学校,所受教育截然不同。相差极大的知识结构,容易让两代人不和,难免不为人间喜剧添加些材料。范家父子不但没有反目,范福潮还笔记了父亲关于读书的意见,参以己意,形诸文章,让上代读书人的见识通过下一代的文字流传,算得上克绍箕裘。

《学记》谓,"善歌者使人继其声,善教者使人继其志",范福潮的能继父志,在某种意义上也证明了范父的善教。与新式教育的斩断根脉相比,范父强调读书问学要知渊源,懂家法。除上面提到的《参读之法》,两书中的《书目》《巧读〈诗经〉》《〈史记〉读法》《初学记》《解〈西厢〉》《语录》《问对》等,或提示读书门径,或指导作文诀窍,无论关涉多广,脉络丝毫不乱,几乎是乾嘉学人读书心得的一些基本总结。譬如书中说,"善读书者要知源流,正本清源,从根柢读起。读《史记》前,最好先读《国语》和《左传》,因为后者是源,前者是流,如重耳流亡之事,三本书都有篇章,参读之后,便知哪篇写得好。读唐诗前,最好先读《诗经》、《楚辞》、《古诗源》、魏晋南北朝诗,以知诗风的嬗变与格律的变化"。

就算愿意对古代学问探源知流,时代毕竟已经不同,要像古人那样熟读深思,不躐等而进,已是极大的难题。连范父这样经过旧学训练的人都说:"我生不逢时,饱经战乱,半辈子为生计奔波,难得静心治学,纵使勤奋,怎敢乾嘉学人的读书、考据功夫?"因为这个原因,他觉得自己所作不过是"即兴涂写,一鳞半爪，不成系统"，怕留下来贻误后人，便取来烧了。何况现今旧学传承基本废置，西方学术大量涌入，也罕见有生活优渥到不需为生计奔波的人，恐难再用乾嘉之法按部就班地读书。如何在新的社会境遇和学术现实中知所去取，"执今之道，以御今之有"，或许比单纯的感叹甚至勤奋，来得更加重要。

《父子大学》序里讲："随着环境的变化和年龄的增长，我愈来愈体会到父亲给予我的培养绝非读书作文那么简单，他在教我一种生存方式——一种在乱世中保全自己的本领。"这次阅读给我较深感触的，不是各类有趣的读书法门，而是书中写到的范父对时代的判断，以及在此判断下的应对之方。他告诉范福潮，"身处乱世心不可乱"，"与世无争，适性而为，是乱世中安身立命的最好方式"。他一再约束孩子毋对乱世涉入太深，"看多了暴力和乱相，耳濡目染，长大后就难成一个温和的人"。不止范氏父子，弄脏了别人的书便仔细抄还的梁老师，惨遭抄家后不忘祈祷的李牧师，得了默许也不肯偷盗的雅歌，都有着苦难中的坚韧，乱世里的平静。他们对时代虽有怨怼，却怨而不怒，始终从严要求的，只是自身。

下乡期间，范福潮结识了"右派"老顾。老顾年轻时写过诗，作者拿自己的诗词向他请教，他劝对方打消学写诗词的念头："纵使一心两眼，痛下工夫，穷其一生，未必有成。能真切地品评诗词就不易，何必跃跃欲试？"另有一次，作者自学中医小有所得，酷爱此道的姐夫告诫道："学中医或有家传，或有名医亲授，或进中医学院专修，靠自学很难成才。你若喜欢，拿些书回去读，了解中医治病的原理，学一些健身养生的方法，就行了。"两段话看起来有点消极，却暗含着人在面对世界的庞杂时因知止而来的一点放松，将人生绷紧的丝弦调缓了一点，有一种从容的豁朗在里面。

读自己性情所长的书，也不可耽溺。下乡时同住的王老师，曾对作者说："我自幼天分极好，机缘也好，一生失败，皆因读书所致。俗言开卷有益，其实并非如此，开卷有害之处甚多。如今谋生艰难，少年应该以做事为首务，读书次之，书要拿得起，放得下，千万莫要因书误事……你与我少时性情相同，前车之鉴，不可不察。"读到这番话的时候，我愣了一会儿，心里的什么地方，一点点松弛下来。

乡下"六哥"就没有这么温和，他对作者爱书成癖最为反感，经常数落他在买书上乱花钱。范福潮陪他到外地买了五次幼猪，他坚持给二十四块钱，前者拒绝，他却说："拿着吧，这是吃苦挣来的，你拿这钱买书，我啥也不说。""六哥"这类人，早经了人生的艰难，对事对人都有自己基于世俗的独立主张，却世故里藏着宽厚，对异于自己的部分保持着谨慎的开放态度。这态度掀开了逼仄人世的一角，从密密的书页间透出了清澈的光。对我来说，这是两本小书传递的最为宽阔的人世消息。

辑三　学而时习之

书到今生读已迟

一

处身于现在的时代,不幸到永远也无法回到文化的未开化状态,因此,一个企图在精神领域有所领悟的人,就必然被迫跟书生活在一起。照列奥·施特劳斯的严苛说法——生命太短暂了,"我们只能选择和那些最伟大的书活在一起","在此,正如在其他方面一样,我们最好从这些最伟大的心灵中选取一位作为我们的榜样,他因其共通感(common sense)而成为我们和这些最伟大的心灵之间的那个中介"。

可是你没有恰好生于书香世家,也没在很早就遇上一位教你如何阅读的老师，当然就不会走运到一开始就遇上那些伟大的书。对书抱有无端爱意的你，开始阅读的，只能是你将来弃之如敝屣的那些——小时候，是战天斗地的连环画，地摊上有头无尾的儿童读物，动物的凶残和善良；稍大一点，大人藏在抽屉里的书被悄悄翻出来，没什么了不起的，不过是神鬼出没的无稽传说，形形色色的罪案传奇，以男女情事为核心的拙劣编造……运气好一点，你会碰上巴金的《雾·雨·电》，杨沫的《青春之歌》，曲波的《林海雪原》，甚至封面上印着"迅鲁"的《呐喊》。

那时候，你把从各种渠道弄来的武侠、言情、校园小说包上封皮，偷偷摸摸地在教室里经历别人的喜怒哀乐。很快，你吃了平生第一次冤枉。有个跟你一样喜欢读书的家伙，把一本看卷了边的书像往常一样丢在你的床上，封面上是个妖娆的女人。你还没来得及翻看，书就被没收了，对你期许甚深的老师不待你辩解，就对你一顿拳打脚踢，并从此不再理你。

没错，这不过是你事后的回忆，读这些文字的时候，你还不知道什么是传奇、武侠，更不会知道，有些故事旨在引逗你想象异性日常之外的样子——只有对书的盲目热爱（Eros）引导着你。

你从一个藏书颇富的人家搞到一批历史小说，《杨家将》《薛刚反唐》《罗通扫北》《三请樊梨花》《朱元璋演义》……那一年在瓜棚里，你还不知道有个跟你年龄相仿的女孩正满怀恐惧地盯着这个世界，只顾沉浸在那些早已老旧的故事里，忘记了周遭的燠热，忘记了太阳正慢慢落下西山，直到一本本厚厚的书来到最后一页，直到再上学时，你不知为什么再也看不清黑板。

戴上眼镜的你到县城去上学了，那些"小穆勒"开始出现，她/他们嘴里，全是些陌生的故事和人名，全是你没读过，也从未听说过的清词丽句。恍若走入飞地，飞地上的一切，你都那么陌生。好吧，那就开始领略这个美丽新世界。你每天早晨五点准时起床，背一个小时的诗词，然后去跑步，胸怀里全是"少年心事当拏云"的豪情。

夜晚，你去读那些陌生的名字写下的陌生故事。你当然记得，那天有人丢给你一本大仲马的《三个火枪手》，说可以完全代替你脑子那些满是手汗污垢的租来的小说。你严严实实地蒙在被子里，借着手电的光照，一口气读完。此后两个小时的短暂睡眠，你在半梦半醒间跟达尔达尼央不停地说着话，仿佛在为他筹划，也好像是在劝说自己，用的是庄重的大腔圣调。睡梦中的对话让你疲惫不堪，幸亏同宿人的起床声，唤醒了精疲力尽的你。

你绝对不会忘记，那个第一次吻你的女孩带来了陀思妥耶夫斯基的《罪与罚》。这个名字拗口的人写的书又厚又重，情节紧张到让你溽暑里满身冷汗，你才不管拉斯柯尔尼科夫的结局如何，只急着要知道那个纯洁的女孩索尼娅最终是怎样的归宿。天蒙蒙亮的时候，书读完了，你一直擎着书的左手开始抽筋。用冷水洗把脸，你振奋地写好一封信，骑行了六十里路，把信悄悄塞进她的邮箱。

那时候你肯定不会知道，出于热爱的读书时光已经结束，而那个女孩，也将在不久之后决绝地离你而去。

二

有个幸运的孩子叫约翰·穆勒，你要长大了才知道羡慕。就是他，在父亲督促下，几乎在少年时期就完成了自己所有的读书储备。他三岁开始学习希腊文，没有进过学校，却在十七岁之前阅读了绝大多数希腊罗马古典，系统学习了几何与代数、经院派逻辑学、政治经济学、化学和植物学，最终，他以等身的著作，证实了完备而系统的阅读的必要性。

按父母的理想计划塑造孩子的愿望，是极其危险的，没有几个人能成功，并极易导致精神问题。果然，二十岁的时候，约翰·穆勒遭遇严重的精神危机。以毒攻毒，他竟用对华兹华斯的阅读，安然度过此次危机。在这个年纪的时候，你还没有奢侈到要考虑精神危机，甚至都没来得及收拾好自己的心情，就要按照小穆勒的方式，给自己制定一个完备的学习计划。

你找来了各个学校开列的文史哲书目，比较，甄别，剔除，然后手抄了一份自己的定本，从头到尾读起来，读罢一本，划掉一本。你根本不明白当时哪来的好胃口，不管什么类型的书，只要在这份书目上，《诗集传》也好，《判断力批判》也罢，或者是《蔷薇园》《薄伽梵歌》，你都能兴致勃勃地读下去。有时候从图书馆出来，夜已经很深了，路两旁是婆娑的树，抬起头，能看到天上密密的星。那样的晚上，不知从什么地方来的一股力量，让你觉得身心振拔，走路的时候，脚步都仿佛带着弹性。

以后你会经常想起那些日子，想起你初读索福克勒斯时感受到命运的肃杀，想起你竟然无知到连读《天官书》都用白文本，想起你对读莱辛和罗丹时的惊喜，想起你读完《高老头》时内心的悲愤，想起你读《元白诗笺证稿》时的莙然之感，想起你发现《批判哲学的批判》逻辑矛盾时的欣喜，想起你在摇曳的烛光里读完了黑格尔的《美学》，蜡烛也堪堪烧完，"噗"的一声，你沉浸在怡人的黑暗和静谧里。

即便有这样的美好时光，你还是骗不了自己。虽然书单上剩下的书越来越少，可书中的世界依然纷繁复杂，你也并没多少让自己身心安顿的所得。因为缺乏共通感，你没有找到自己的榜样，并未出现的那个人，当然也不会成为你和最伟大的心灵之间的中介。你变得焦虑，转而根据正在读的书的脚注，来寻找下面该读的书，努力找到每本书更高的精神来处。

有那么一段时间，你一定是得了"大书贪求症"，每天都规定自己读起码多少页"伟大的书"。你当时的想法是，等有一天把这些"大书"读过一遍，那个纷繁复杂的世界一定会显露出它澄澈的面目，跟你平常看到的那个绝不相同。事与愿违，你不但没有读懂那些大书，身心还仿佛被抽走了一些什么，连阅读平常书籍的乐趣都失掉了。那时，你对自己产生了强烈的质疑，觉得你肯定不是被选定的读书人，竟有段时间废书不观。那些美丽的夜晚不再有了，脚步也渐渐失去了弹性。

你闷坐在宿舍里，蔫蔫的，对什么都提不起劲头。走廊上语声渐渺，你看见自己在一间灯火通明的屋子里读书，情境好像是冬天，你身上裹着毯子。其时你大约是被书迷住了，因为你不断用已经发红的手掌拍打着桌子。一个不知是什么的东西，黑魆魆地向读书的你袭来，拿走了你的什么东西。读书的你丝毫没有觉察，继续不时地拍下桌子。你大声地提醒读书的你注意，但声音仿佛被什么扼住了，压根发不出来。你只能眼睁睁看着读书的你，被那个黑魆魆的东西不停地从身上一次次拿走什么。读书的你仍然没有注意，还在兴高采烈地拍着桌子。你看见读书的你一点点枯槁下去，只剩下一副支离的骨架。这时，那个黑魆魆的东西又来了，直奔那副骨架。你实在急坏了，用尽全身的力气提醒那个读书的你，快跑！快跑！读书的你依然一动不动，黑魆魆的东西碰上骨架，骨架慢慢倒下。你走上前，要扶起那副骨架，骨架慢慢转过了头，突然以不可思议的速度向你袭来。你觉得身上有个地方咯噔一下，什么东西确定无疑地流失了。你从梦中醒来，好大一会儿不能动弹。

当从另一个真实的梦魇中醒来的时候，你沮丧得无以复加，觉得在真实世界和精神领域，你都失去了依傍，那个伟大的心灵置身的世界，跟你没有任何实质性的关系。

三

你要到很久以后才看到这个故事。第欧根尼·拉尔修《名哲言行录》记载，有一次色诺芬被苏格拉底拦住去路，问他在哪里可以买到各种食物，色诺芬逐一道来。话锋一转，苏格拉底紧接着问:"人在哪里可以变得美好?"色诺芬哑然无对。"来跟我学习吧。"苏格拉底吩咐道。

在此之前,你只知道,叶芝拥有一个不可动摇的信念,相信"一扇看不见的大门终会打开"。可你并不相信,因为你为自己制作的书单差不多读完的时候,那扇紧闭的大门并没有敞开,有一种什么东西,始终障碍在你和书之间。你也慢慢明白,很多人都有这样的障碍。一位你敬重的前辈学人,就很长一段时间困在各路经典里,产生了相当严重的厌烦情绪。有一件事情始终让他一筹莫展:"如果心仪古典作品的话,该如何才能使自己的生活处境与这些作品建立起活生生的联系?"那些伟大的书一直都在,却从未进入活生生的日常世界。

差不多到这时,你才意识到,仅靠年少情热去读那些沉默的书,任凭你横冲直撞,它们紧闭的大门并不会因为迁就而轻易敞开,自己还会因为碰壁太多而失去基本的阅读热情。想到这一层的时候,你仿佛看到那扇此前紧闭的大门,慢慢地闪开了一道缝隙,有澄澈的光流泻出来。从这条小小的缝隙里,你略微窥见了某种被称为"宫室之美,百官之富"的东西,心下快活自省,口不能言。

你不禁想起了自己当初读《笑傲江湖·传剑》时的情形——一代宗师风清扬出场,令狐冲进入习武的高峰体验。在风清扬指导下,令狐冲一时"隐隐想到了一层剑术的至理,不由得脸现狂喜之色",一时"陡然之间,眼前出现了一个生平从所未见、连做梦也想不到的新天地"。你心中涌起了什么障碍被冲破的感觉,顿觉世界如同被清洗过一遍，街道山川，历历分明。

写作此节时，金庸仿佛神灵凭附，在恩怨纠葛的世情之外另辟出一片天地，清冽的气息在书中流荡。当然，第一次读这本书的时候，你还不会想到，有一天，你或许也会碰上令狐冲那样的好运气。想到这里，你不禁展颜微笑，内心的某个地方，缓缓放松下来。

你不再咬紧牙关，要把无论怎样艰深的书都啃下来。你试着寻找阅读中的"为己"之道，尝试去理解德尔菲神庙的箴言，"认识你自己"，接受你自己，学着辨识自己的性情，并根据自己的性情所向选择读物。那些离你或远或近的"大书"，不再只是"他人的故事"；那些伟大心灵的神态和举止，有时就在你面前清晰起来——他们甚至会不时参与你对日常事务的判断。

"书到今生读已迟"，即便你有再好的运气，也永远不会知道，苏格拉底是如何阅读那些古代圣哲著作的；更不会知道，色诺芬是不是从学之后，明白了"人在哪里可以变得美好"。但你现在确信，有些人就如苏格拉底一样，在引导人过一种亲近幸福的生活。你现在也相信，那个关于苏格拉底的阅读传言是真实的，他说："古老的贤人们通过把他们自身写进书中而留下的财富，我与我的朋友们一起展开它并穿行其上。"

金庸小说里的成长

许多年过去了,我仍然忘不了初读《笑傲江湖》时的激动。小说开头,福威镖局惨遭血洗,林家一门,只林平之劫后逃生,乘坚策肥的公子哥变为刚毅果决的江湖客,让人几乎就要喜欢上了这个牙关紧咬的少年子弟。恰在此时,令狐冲在别人的谈论中出现,使酒任气,豪气干云,林平之的风采随之被掩,洒脱不羁的大师哥让人心荡神摇。传统小说里,我看过的只有托尔斯泰的《安娜·卡列尼娜》,敢把竞争力极强的人物置于主角之前,然后用雄厚的笔力,扭转人们可能已经形成的移情。

这个激动的情绪持续到"传剑"一节,仿佛激流之中忽又翻出一层巨浪,一个注定的高潮时刻到了,惊喜的感觉席卷而来。我至今清楚地记着读到这节文字时的情形——当时我躺在床上,正为令狐冲被罚上玉女峰愤愤不平，因岳灵珊移情别恋而耿耿于怀。情境转移，田伯光的出场引出风清扬，令狐冲进入习武的高峰体验，成长的环节丝丝入扣，清冽的气息在书中流荡。此前的心理阴霾一扫而空，一个明亮的世界铺展在眼前。读完之后，我从床上爬了起来，一边振奋地重读，一边把风清扬的话抄写下来。后来翻看抄写记录，发现我把"放他妈的狗臭屁"之类的话也郑重地写在了本子上。

这真是阅读中难得的惬意时光，此前储备的经验和知识似乎全部调动了起来，在跌宕的情节中贯穿为一体，风清扬教导的那个翩翩少年仿佛也正是自己。很幸运，我跟着金庸笔下的令狐冲经历了这样一次神奇的旅程，也是从那时起，我开始关注金庸小说里人物的成长。

不算没有列入"飞雪连天射白鹿，笑书神侠倚碧鸳"的《越女剑》，除去人物出场时武功级别即已定型、以江湖恩怨为故事核心的《书剑恩仇录》《雪山飞狐》《鸳鸯刀》《白马啸西风》《连城诀》，金庸十五部小说的其余九部，都有人物成长的线索，写作也有一个不断进阶的过程。

开始写成长，金庸走的是典型"气宗"路线，讲究内功为主，招式为辅，走逐步提高之路。表现在作品里，则是人物先把武功基础全部打好，为未来准备好一个充分的自我，才去江湖历险。《碧血剑》的主角袁承志，天资卓绝，拜"神剑仙猿"穆人清为师，修内功，练剑术，同时随木桑道人博习暗器及其他杂项，又偶得金蛇郎君所留秘笈，习而有成，武功正邪兼备。十年后学成下山，江湖几无对手。大概嫌作品连载时为袁承志准备的武功还不够周全，在他遇到困难时，金庸还顺手把此前疏漏的部分补充进来："当年穆人清传艺之余，还将当世各家武功向承志细加分拆解说，因此承志熟悉各家各派的技法招式。""造适不及笑，献笑不及排。"如此预先设置充分的成长，颇有"先学养子而后嫁"的味道，缺了先进于礼乐的洪荒气息，显得太过精巧。

与《碧血剑》相似，《飞狐外传》《侠客行》里的成长，依然单线直进，缺少曲折。胡斐聪明颖悟，凭一本刀谱，练成其父胡一刀留下的"胡家刀法"；石破天性情淳厚，凡事逢凶化吉，最终因不识字而练成奇功"侠客行"。主角或凭禀赋，或因天性，得逢奇遇，心想功成，成长看不出层次，吸引人的，是作者把"弱而强，愚而智"的传统智慧用在小说里的巧思。

这三个作品篇幅都嫌不够长，以超长篇擅场的金庸，还未及展现自己的才华和见识，小说已匆匆结束。要到那些鸿篇巨制，金庸小说里的成长故事才几乎个个精彩。

成长的魅力在金庸作品里初试啼声，是《射雕英雄传》，武林人物不断递进的技艺层级，第一次在金庸小说里充分展现，原先以混沌整体出现的江湖，也变得层次分明，仿佛白光经过三棱镜折射，异彩纷呈。出场各具异相的江南七怪，至丘处机出现，顿时相形见绌；而当桃花岛逐徒梅超风登场，仙风道骨的丘处机，光彩便为之一暗；随后，东邪西毒南帝北丐渐次亮相，大匠宗风，渊渟岳峙，此前登场的人物，立刻风神尽失，整个江湖的景深也随之变化。郭靖的成长，就是在这样一个层级不断递进的江湖中。

郭靖天性淳厚类乎石破天，却并不总能得无心之福。长于大漠，天生神力，随哲别（蒙语"神箭手"）学箭术，迅速成就，转而习武，却扞格不入。各怀绝技的"江南七怪"倾囊相授，但六人（七怪中一人早逝）武功花样繁多，且多有奇技淫巧，郭靖心思单纯、性格拙诚，恰与此路数背反，不免动辄得咎。幸遇全真首子马珏，根据郭靖性格，授以正宗内功。内功培植获益虽慢，但勤于练习，不陵节而施，总能不断进步，郭靖得以踏上适合自己的成长之路。

此后，机灵的黄蓉半逼半诱，明睿的洪七公半推半就，蒙在鼓里的郭靖糊里糊涂学了"降龙十八掌"。"降龙十八掌"思想根源是儒家，内则至刚至阳，外则大开大阖，正与郭靖偏于儒家的朴实诚笃性情相投，因而习焉有成，得以进入武林高手之列。再之后，郭靖去桃花岛，与"老顽童"周伯通结为兄弟，学得"双手互搏"——一种心思单纯的人才容易学会的武功。又因周伯通逼迫，阴差阳错地背熟武林秘笈《九阴真经》，日就月将，终于在《神雕侠侣》中练成，卓然成一代武学宗师。

郭靖的进步路线，是"气宗式"成长的完美体现，自内而外，先基础后提高，先理论后操练，由累土而至于九层之台，法度森严，气象郁勃。金庸在小说里把武功层级、人物性情交叉组合，也产生了炫目的效果，故事跌宕起伏，高手各有风度，成长光彩夺目。这样的成长方式并无不妥，甚至是诸多躁急之人的良药，只是一个人未必总有可以逐步前进的条件和机缘，"一宅而寓于不得已"恐怕更是成长的常态。对这个常态的体察，要到《神雕侠侣》里的"剑宗式"成长,才缓缓浮出水面。

《神雕侠侣》主角杨过聪明绝顶,不但娴于古墓派剑法,且旁学各类武功,很快江湖秀出。不过,他真正步入顶尖高手行列,是在被郭芙斩掉一臂,得到"剑魔"独孤求败的异代传授之后。这个独孤大侠,也正是《笑傲江湖》中剑宗高手所习"独孤九剑"的创始者。

独孤求败无敌于天下,遂埋剑"剑冢",刻字于石:"纵横江湖三十余载,杀尽仇寇奸人,败尽英雄豪杰,天下更无抗手,无可奈何,唯隐居深谷,以雕为友。呜呼,生平求一敌手而不可得,诚寂寥难堪也。""剑魔"持四柄剑驰骋江湖,第一把"长约四尺,青光闪闪","凌厉刚猛,无坚不摧,弱冠前以之与河朔群雄争锋"。第二把"紫薇软剑",因"误伤义士",被"弃之深谷"。持第一、二把剑时,独孤求败血气方刚,争勇斗狠,终因误伤义士,发心忏悔。

知悔有吉,独孤求败得以四十岁前练到第三把剑的程度。这柄伴随独孤纵横天下的怪剑,"两边剑锋都是钝口,剑尖更圆圆的似是个半球",与轻锋利刃的寻常宝剑截然不同。独孤对此剑的提示,也极为奇特,"重剑无锋,大巧不工"。剑术向重灵快,独孤于此翻转,大有"处其厚不处其薄,居其实不居其华"之意。这真是奇怪的指导,即使杨过"想怀昔贤,不禁神驰久之",也不免略略生疑:"想世间剑术,不论哪一门哪一派的变化如何不同,总以轻灵迅疾为尚,古墓派玉女剑法尤重轻巧,这柄重剑却与常理相反。"

机缘巧合,大雕开始引导杨过习练独孤剑术。这次修习,实在大违常规，不是教授内功，不是指示剑招，只是大雕不断与杨过拆招。练习过程中，杨过功力渐长，"越来越觉以前所学剑术变化太繁，花巧太多，想到独孤求败在青石上所留'重剑无锋，大巧不工'八字，其中境界，实远胜世上诸般最巧妙的剑招"。杨过心领神会，终于由博返约，转巧为拙，自轻灵上窥朴厚，认识上更新一层。在这进步的兴奋时刻，小说却斜出一笔，写杨过因上窥而爽然若失，多少体会了独孤求败的寂寥之感，也道出无数高手达至孤峰绝顶时的心理状态："武功到此地步，便似登泰山而小天下，回想昔日所学，颇有渺不足道之感。"

虽然武功不断进步，但杨过对武林、人世及自身的认识始终未变，"向来极重恩怨，胸襟殊不宽宏"。武功境界的提高，并未促进他对人世和自身的深入认知，也导致其命运略显悲苦。金庸看到技艺程度与心性本然的背反，洞察人心的复杂，故有此冷冽一笔。

所遗之剑，尚有第四把，木剑，已"不滞于物，草木竹石均可为剑"，独孤求败于四十岁后用之。飞花掷叶，皆是高明剑招，却仍不是最高境界，需"自此精修"，才能"渐进于无剑胜有剑之境"。武功，甚至任何一门技艺，达至一定程度，此种技艺本身就是局限。在一个局限里"惟精惟一"，开出自己的特色，并不断进步，在达至最高时，轻轻一动，破除技艺本身可能带来的局限，从而脱颖而出，才见识到最为动人的景致。面对这一至高境界，心高气傲的杨过也只能感叹，"前辈神技，令人难以想象"，并"将木剑恭恭敬敬地放于原处"，这真是引人深思的一笔。"天之苍苍，其正色邪？"如武功修习达至木剑的程度，后天的修习是否会改变人的先天格局，杨过的心理图景是否有所改变，器宇是否会由此而趋于宽宏？这问题，大概永远不会有答案了。独孤大侠指示的至高剑术，只好仍遗憾地处于孤独之地。

杨过的成长，已全然不同于郭靖的循序渐进，而是剑宗的跃升式进步，教者只指示出武功的各种境界，并给出关键性提点。这种窍要性的指导，在《天龙八部》中扫地僧点化萧远山、慕容博一段，又别有一番巧妙。

萧远山是萧峰之父，辽国高手，为中原群豪忌羡，截击于雁门关，妻死子失，于是潜入少林，偷学绝技，伺机报仇。慕容博是鲜卑燕国皇裔，图谋复兴，也偷入少林，暗盗武功。正当萧远山、慕容博即将大功告成之时，扫地僧突然显身，"窗外长廊之上，一个身穿青袍的枯瘦僧人拿着一把扫帚，正在弓身扫地。这僧人年纪不少，稀稀疏疏的几根长须已然全白，行动迟缓，有气没力，不似身有武功的模样"。这不起眼的老和尚，却是挫锐解纷、晦名遁世的顶级高手，不免谈言微中——

本寺七十二绝技，每一项功夫都能伤人要害、取人性命，凌厉狠辣，大干天和，是以每一项绝技，均须有相应的慈悲佛法为之化解。这道理本寺僧人倒也并非人人皆知，只是一人练到四五项绝技之后，在禅理上的领悟，自然而然地会受到障碍。在我少林派，那便叫做"武学障"，与别宗别派的"知见障"道理相同。须知佛法在求渡世，武功在求杀生，两者背道而驰，相互制约。

只有佛法越高,慈悲之念越盛,武功绝技才能练得越多,但修为上到了如此境界的高僧,却又不屑去多学各种厉害的杀人法门了。

扫地僧指出慕容博、萧远山从少林偷学的诸般绝技,告诫道:"本派上乘武功,例如拈花指、多罗叶指、般若掌之类,每日不以慈悲佛法调和化解,则戾气深入脏腑,愈隐愈深,比之任何外毒都要厉害百倍。"随后说出两个人的隐疾。二者性格有异,反应也自不同。萧远山犷悍豪迈,经老僧说明病况,"全身一凛",道:"神僧明见,正是这般。"但仍朗然不惧:"老夫自知受伤,但已过六旬,有子成人,纵然顷刻间便死,亦复何憾?"慕容博阴沉尖刻,受伤更深,被老僧点中心病,"脸色大变,不由得全身微微颤动"。

救治萧远山与慕容博,老僧于施治前后反复指点,武功越高,越要用佛法化解,如此才能消除戾气,对人身有益。扫地僧并告诉两个人,"佛由心生,佛即是觉","旁人只能指点,却不能代劳",修习之责在己,终须在自己身上解决。得此指点,萧远山与慕容博望峰息心,枯杨生梯,重得生生不息的力量。成长不为年龄和走过的弯路所限,能在绝境中触动关键,把此前的错误和问题一一收拾干净,"剑宗式"成长崭露锋芒。而金庸将佛法移入武侠,任其层层聚变,种种裂变,顿显威力无穷。

抛开身世,只论武功的进步,《倚天屠龙记》中张无忌的成长要幸运得多,年少时即得以亲炙无数绝顶高手。大概为了塑造张无忌绾合正邪的形象,金庸几乎又要回到写袁承志的老路上去,把张无忌写成身通诸多武林奇技的妖人,什么"九阳神功""乾坤大挪移""太极剑法"……无数高手往往穷一生之力也练不精其中一项，张无忌却都福至心灵，一学就会。如此特殊机缘，世间或许是有的吧，但写在小说里，毕竟少了抽丝剥茧的韵味。

不过，《倚天屠龙记》中张三丰临危授张无忌剑法一段，仍有其翩翩风姿。张三丰不但在教授太极剑时，两次示意的剑招完全不同，且不问张无忌记下多少，而是关心他忘了几成。直至张无忌满脸喜色地叫道，"我可全忘了，忘得干干净净的了"，张三丰才允许他下场比试。原来张三丰传授的是"剑意"，而非"剑招"，"要他将所见到的剑招忘得半点不剩，才能得其神髓，临敌时以意驭剑，千变万化，无穷无尽。倘若尚有一两招剑法忘不干净，心有拘囿，剑法便不能纯"。危急之下授受，于险境中横出一路，正是"剑宗"所长，也是人被逼至绝境时的不得不然。而遗形取意，学剑术在招法套路之外，于忘中约束心思至于专注纯粹，正是"剑宗式"成长动人的潇洒。

现在，我们终于要讲到《笑傲江湖》那个激动人心的成长故事了。令狐冲的性情与其师岳不群大相径庭，岳不群号称"君子剑"，行事似恂恂儒者，强调武功之道内力为先，一切需按部就班，乃"气宗"嫡传。令狐冲放浪跳脱，临大事不拘小节，在《笑傲江湖》中甫一出现，便是戏弄"青城四秀"，"坐斗"田伯光，举手投足，放浪笑谑，更像道家人物。岳不群因其肆心，惩其玉女峰面壁。

令狐冲面壁时，田伯光受人之迫邀其下山，令狐冲坚拒不出，遂至二人动手比武。令狐冲不敌，"剑宗"前辈风清扬出面指点。

他们刚开始的对话，差不多是性情测试。风清扬让令狐冲行剑时"如行云流水，任意所至"，要多所变通，不能"拘泥不化"。不袭成法，率性而为，正是"剑宗"心要之一。令狐冲依言而行，因与自己活泼的心性相投，"感到说不出的欢喜"。

风清扬指点令狐冲华山剑法，谓"招数虽妙，一招招地分开来使，终究能给旁人破了"，令狐冲"隐隐想到了一层剑术的至理，不由得脸现狂喜之色"。风清扬于令狐冲自己悟解之时，借机传授剑术之要："活学活使，只是第一步。""要做到出手无招，那才真是踏入了高手的境界。你说'各招浑成，敌人便无法可破'，这句话还只说对了一小半。不是'浑成'，而是根本无招。"不及事先安排，无法提前准备，临战当机而断，直取要害，这才是"剑宗"所长。心思活泛的令狐冲，只听得"一颗心怦怦乱跳，手心发热"，"陡然之间，眼前出现了一个生平从所未见、连做梦也想不到的新天地"。

令狐冲越练越振奋，"他从师练剑十余年，每一次练习，总是全心全意地打起了精神，不敢有丝毫怠忽。岳不群课徒极严，众弟子练拳使剑，举手提足间只要稍离了尺寸法度，他便立加纠正，每一个招式总要练得十全十美，没半点错误，方能得到他点头认可……不料风清扬教剑全然相反，要他越随便越好，这正投其所好，使剑时心中畅美难言，只觉比之痛饮数十年的美酒还要滋味无穷"。《史记·货殖列传》谓"善者因之，其次利道之，其次教诲之，其次整齐之"。岳不群的教法，类似后世儒家的教诲整齐，有其长，也有其不可避免的副作用；而风清扬的指导，仿佛菩提老祖不教孙悟空"跌足",而是根据他会"丢连扯"的本性,直接教授"筋斗云",是道家高明的因之之道。

"独孤九剑"的窍要,是"料敌先机","这四个字,正是这剑法的精要所在"。东汉黄宪《机论》,或可笺此:"善弈者能出其机而不散,能藏其机而不贪,先机而后战,是以势完而难制。"随后,风清扬借机对剑法细加解说,令狐冲"只听得心旷神怡,便如一个乡下少年忽地置身于皇宫内院,目之所接,耳之所闻,莫不新奇万端",正是进入高一层境界的身心振拔之感。为争取时间多加学习,令狐冲用计谋骗取了一日一夜的时间。此时,书里有段非常有意味的对话,其中就有我抄下来的那句粗话——

风清扬微笑道:"你用这法子取得了一日一夜,竟不费半点力气,只不过有点儿卑鄙无耻。"令狐冲笑道:"对付卑鄙无耻之徒,说不得,只好用点卑鄙无耻的手段。"风清扬正色道:"要是对付正人君子呢?"令狐冲一怔,道:"正人君子?"一时答不出话来。风清扬双目炯炯,瞪视着令狐冲,森然问道:"要是对付正人君子,那便怎样?"令狐冲道:"就算他真是正人君子,倘若想要杀我,我也不能甘心就戮,到了不得已的时候,卑鄙无耻的手段,也只好用上这么一点半点了。"风清扬大喜,朗声道:"好,好!你说这话,便不是假冒为善的伪君子。大丈夫行事,爱怎样便怎样,行云流水,任意所至,什么武林规矩,门派教条,全都是放他妈的狗臭屁!"

逼问虽以风清扬的大喜结束，但此后极长一段时间，令狐冲就一直纠结在正邪之争里。而这段动人的成长经历，也并未就此结束，在洋洋盈耳的急管繁弦之中，金庸忽又冷峭地宕开一笔。令狐冲击败此前武功高出自己极多的田伯光，有意随风清扬继续学习。这时，风清扬忽然问道："你要学独孤九剑，将来不会懊悔么？"令狐冲确信不会，风清扬便不再问，将九剑倾囊以授。风清扬上面的一番话和这句问话，仿佛起于青蘋之末的一丝不祥微颤，预言了令狐冲的来日大难。学成独孤九剑后，令狐冲更是诸事不顺——内力失调，师父嫉恨，师妹他顾，师母惨死……武林中的深层激荡，随着他的进步，不可避免地展现在眼前。一次阶段性成长，几乎涵盖了此人日后的命运，而进步的方式与程度，竟与进步者的命运反复纠缠在一起。"剑宗式"成长，显露出自己极为真实果决的一面，从不许诺一劳永逸，也没有什么可以预先准备充足，即使准备充足也无济于事。一个人的成长之路，或许就是这样一步一步趔趔趄趄走出来的。令狐冲后来武功盖世，与美丽聪慧的任盈盈结为眷属，回首往事，他是不是真的并不懊悔呢？

《笑傲江湖》是金庸小说里成长故事的顶峰，很遗憾，也是结束。封笔之作《鹿鼎记》，主人公韦小宝是江湖混混，不识字，武功也不甚高，一点也看不出成长轨迹，却总能凭极高情商逆境上扬。这是绝妙的社会写照，也是不少聪明人的成长实情，遗憾的是，那些激动人心的复杂成长故事，也在此书中消失殆尽，我们讲述的金庸小说里的成长，也就方便地到这里结束了。

斯蒂芬张的学习时代

——读张五常

大约是不久以前吧,读书忽然变得奇怪起来。不再只关心作者的结论,而是从结论出发,倒推他的学习历程,还原出作者的学习时代,从而体察其学习的独特心得和可能的局限。然后,把作者一生的学与思在脑海里酝酿,渐渐拼贴成一幅完整的图案,再把这图案与已知的小镇景观相比,衡量这图案的位置和边界。有时,逆推作者学习时代的过程中,睡梦中都是作者的身影。等到要把自己的思索和体会写下来的时候,我甚至忘记了哪些真是作者写过的,哪些是我睡梦中的印象——某种意义上,睡梦中的印象与阅读得来的同样真实。出于展示真实而不是事实的目的,我决定写写小镇人的故事。为避免有人用事实核对真实，小镇人的具体行为是高度抽象的，几乎不可还原。当然，在开始之前，我得先说说小镇的事。

很久以来，世界上已经存在着一些小镇。这些小镇悬浮空中，却与真实世界有着直接而坚实的联系。她们经常移动，只显现于那些勤于建设她的地方。小镇不拒绝任何人，但不是任何人都能看到她们的存在。有些人即使获知小镇的存在，也未必能走得进去。这些小镇会在阳光不甚明朗的时候在某些地方投下虚幻的影子，吸引一部分人的关注。这些小镇有大有小，但任何小镇都四通八达，甚至有人断言，如果知晓某种心灵的秘密，星布的小镇会变成一座，展现出奇幻的色彩——据说那是人类能看到的最高秘密。有人说，进入过小镇，并为小镇的发展做出贡献，就进入了不朽的行列。

要写的第一个小镇人，是斯蒂芬张。

惊奇

无论何人，进入小镇的第一条件都是惊奇。

斯蒂芬的童年，时局板荡、民生多艰，逃难是生活的常态。有段时间，斯蒂芬在一个边远的村子里住了下来，白天涉水寻食、山上拾薪，晚上给一位逃难的古文教师生火，听老先生朗诵古诗和古文。在山火黯淡的光影里，斯蒂芬暗自记诵了很多古诗文，这为他未来的小镇之路提供了最基本的文化条件。可火光照亮的不只是古代诗文的美与温馨，在山火燃尽的白昼，斯蒂芬要面对饥饿和问题。在这个村子,斯蒂芬认识了一个小女孩。小女孩家贫,很快要饿死了。她有一天问斯蒂芬:"我快要死了吗?"斯蒂芬如实回答。小姑娘又问:"我做错了什么呢?"无言以对,斯蒂芬哭了出来。这些早期经历给了斯蒂芬最早的现实图景,为他未来的小镇事业奠定了坚实的身体感受。

除了早年最直接的感受,一个人的性情也会选择自己的机缘,而机缘会带来独属一个人的惊奇。斯蒂芬不喜欢循规蹈矩的生活,逃难归来,他就在一条深巷里认识了许多奇人。这些奇人算不上成功,起码当时的社会还无法识别他们。但他们凭着自己对某一方面的热爱深入钻研,对各自喜爱的领域有着独特的见解,并享受着这些独特带给他们的幸福。这些独特的见解因为脱离了照例的繁复和迂执,在抵达思想的深处时往往快速而准确。斯蒂芬日益与这些朋友谈天说地,也跟他们辩论。与此同时,他还跟一些父执学习一些古老的文化技艺,并钻研一种先进的艺术样式。与这些奇人的交往唤醒了斯蒂芬内心的某种潜质,"一年而野",斯蒂芬逐渐变得头脑灵活,胸怀也日益宽广起来。

但社会辨识系统永远落后于"先进"(用《论语》"先进"义)的人们,拥有了独特惊奇的斯蒂芬并没有因为这些换得好成绩,反而因为成绩差而调皮,几乎成了老师们的"眼中钉"。但是,性情以无限巧妙的方式安排了适合斯蒂芬自己的社会情境。虽是大部分老师眼中的沙石,但仍有些老师不以成绩论英雄,他们大概懂得某种独特的"相人术"。因此,在这个时期,斯蒂芬还是得到了几位老师的鼓励,其中一位老师非常赏识他的才华,常把他的作文当成范本，在同学之间传阅。虽然不安分的斯蒂芬最终仍免不了被逐出校门的惩罚，但这位老师的话后来成了他成长中的生机："你的学习方式与众不同，我不知道怎样教你。但你的想法不同于我认识的所有学生，只希望你不要管他人怎样说，好自为之，将来你或许会有幸进入那些小镇。"此为斯蒂芬知道小镇之始。这让他有了自信，更对老师口中的小镇有了最初的惊奇。

因为家中子女多，斯蒂芬自小没什么人专心管教，虽然因此给了他独自思想的机会，但来自血亲的鼓励，是每个人都需要的。血脉里的某种东西，会给人基本的奋进激励，也让人能够持续地发展下去。可十六岁之前，因为学习成绩差，重视人才的父亲认为斯蒂芬没什么希望，几乎没有正式跟他谈过话。有一次，斯蒂芬的书法无意间被父亲看到了，父亲便仔细了解了他这方面的情况。从此以后，父子对谈的机会增多了。有一天，母亲劝斯蒂芬陪父亲下棋解闷，父子开擂，斯蒂芬连胜三局。父亲询问了儿子的学棋情况后，喜出望外，正色道："我以前低估了你，现在改变看法了。虽然下棋是小道，但你将来做什么都会有成就的。要告诉你的是，我对小镇人佩服得五体投地。"

父亲的话，加深了斯蒂芬对小镇的惊奇，也改变了他的一生，是他志学之始。

攻读

二十三岁那年，斯蒂芬只身来到一个小镇。这个时期，正是这个小镇发展最兴旺的时候。到达小镇不久，因为参观小镇前辈们的图谱，斯蒂芬震惊于自己的所见。他发现，自己在世界中由好奇而获致的知识，正是小镇前辈们的处理对象。这个令人眼界大开的发现，让斯蒂芬很快就喜欢上了这些图谱，并开始花大量时间研读。

随着研读的深入，图谱背后不同性情的前辈缓缓展现在斯蒂芬面前。这些前辈有的渊博，有的深湛，有的睿智，有的厚重，而他们的共同点是对真相的好奇。这些各不相同的前辈提供的不同思维图谱，在斯蒂芬面前展现了一个全新的图景。夜以继日，小镇前辈们留下的图谱渐渐读完了，斯蒂芬头脑中形成了复杂的小镇景观，精妙无匹。更为巧妙的是，这些景观与斯蒂芬此前对世界的印象渐渐融合在一起，仿佛整个世界都得到了完满的解释。展现在斯蒂芬面前的，是一个完美无瑕的世界景观。

志得意满的斯蒂芬一度置图谱于不顾，整日到小镇外游玩，用他读图谱得来的新眼光重新打量世界。但这时，斯蒂芬发现，小镇外的世界跟他进入小镇前完全不一样了，虽然所有事物的位置都没有改变，但每一处细节都有细微的变化，小镇图谱获得的知识竟与现实世界格格不入，那个完美无瑕的世界只是一个虚幻的设想。这样游荡了不短时间，若有所悟的斯蒂芬重新回到小镇，又坐下来攻读前辈们的图谱。

更奇特的情景出现了。斯蒂芬原先心仪的诸多前辈图谱不过是遵循某些规则的游戏，跟小镇外的世界毫不相关。而另一些略显笨拙的前辈们的图谱却有着更强的生命力，只要把其中因时间变化而略显陈旧的某些色彩变化，这些图谱就会重新焕发出夺目的光芒，并跟小镇外的世界有更深入的联系。根柢上，这些图谱的血脉与小镇外的世界联结在一起。

就这样，斯蒂芬书桌上的图谱满了又空，空了又满。寒暑移易，最后，斯蒂芬心目中只剩下三位前辈。而当他更深入钻研下去的时候，却发现这三位前辈操着不同的语言，通向各不相同的方向。这些差别，斯蒂芬起初怎么也无法拼接在一起，他们仿佛通向不同的远方，讲着互不相干的故事。于是，斯蒂芬每日都沉浸在三位前辈的思维世界中，把他们留下的图谱左读右思，前后贯穿。在此过程中，图谱有时变得广阔无边，有时又变得简单直接。斯蒂芬有时思量整幅图谱，有时又盯住图谱的某个细节反复观看。

这段时间，斯蒂芬昼夜不分，由博而专，由专而博，反复数次。光阴匆匆，春秋再易，小镇的整个建设图谱渐渐在斯蒂芬心中完满起来。

问学

在斯蒂芬进入小镇的前后五十年间，小镇由两组相互竞争的人群建设得越来越坚实。这两组人数量并不一致，一组由一人独撑大局，一组人由一群天才组成。奇怪的是，在后来的时代进程中，一群天才组成的一组人对小镇脉络的影响，始终与另一人旗鼓相当。斯蒂芬当时进入的，是天才成群的一组。凭着自己体悟的小镇图谱，斯蒂芬对小镇的规则有了基本的了解，也免不了略有了些顾盼之心。就在这时候，一位老师进入了斯蒂芬的视野。

这位老师述而不作，他影响这个小镇的方式是讲授。他的教学方法非比寻常，总是先假设学生已经学过高深的知识，然后引导学生回头思考那些基本的前提是否存在问题。更奇特的是，不管哪一批学生，他问的问题永远相同。有人问他原因，他说："问的问题年年相同，但答案会不同。不管你怎样回答，我都可以根据你的回答知道你对小镇规则的理解程度。"另外，几乎很少有同辈或学生拿自己的研究成果给这位老师看，因为据说他眼光异常锐利，匆匆看过一眼，很多小镇人深研有得的结论，会变成老师课堂上不经意的一句话，组合进他讲述时那深不见底的序列中去。偶然的机缘，斯蒂芬听了老师的一节课，如受电击。他三年间读破前辈高手图谱所累积的心得，几乎被老师全盘推翻。乍看起来，斯蒂芬对前辈图谱的理解并无问题，但当这位老师提起某部分内容的时候，他发现，自己的心得总像在哪里差了一点。很多这种偏差累积起来的时候，斯蒂芬不得不承认，自己仍然是这个小镇规则的门外汉。

心雄万夫的斯蒂芬，当然不甘心永远做门外汉。他时常回到父亲的鼓励和朋友们的谈论中去，让自己从复杂的小镇景观中振拔起来。因为老师的奇特，斯蒂芬渴望登堂入室，获知老师胸怀间的小镇秘密。但这位老师并不平易近人，甚至有些拒人于千里之外。有一段时间，斯蒂芬经常把自己从小镇里习得的规则向老师请教，但所有这些都会被老师三言两语打发，他每每讪讪而归。老师的拒绝，让斯蒂芬开始反思自己所学。为了彻底认识那些规则，每在发问之前，斯蒂芬都会再回到前辈高人或同辈高手的图谱中间，通宵达旦地翻阅，并将问题改了又改，直到自己再也无法修改才去问。渐渐地，斯蒂芬认识到，问题比答案重要，学会了问，其实已经走到了答案的门口。就这样，对他的提问，老师留意的时间越来越长。因为有些问题一时说不清楚，斯蒂芬得以与老师坐下来讨论。最后，当斯蒂芬的问题涉及老师讲述的那个深不见底的序列时，他得以入室与老师单独讨论。

与老师的日夕谈论，让斯蒂芬看到了老师那个惊人的序列，小镇的规则在他眼前又一次展现出不同的面相。但志向不凡的斯蒂芬不满足于知道这个序列，现在，他要知道的，是老师怎样想到了那个序列。从这时开始，斯蒂芬不再单纯学习这个序列的一切，转而关心起老师的思考方式来。渐渐地，斯蒂芬发现，这位老师不但想得深广，而且想得准而快。拥有如此奇特思维能力的原因，斯蒂芬在亲炙中慢慢摸索出来。他发现，老师永远从最浅近的问题入手，然后一层层推进去，会把某一方面的问题推到一个外人极难想到的层面，最后归结到几个最基本的概念。同时，不管来人提出如何奇特的结论，老师都能不存成见地站在对方的立场上考量，并随着不同的角度站在不同的立场上得出自己的结论，然后归结到他那深湛的序列中去。斯蒂芬慢慢地把这些独特的心得按自己的性情组合进自己的知识结构，这时，他已经由读图谱时的博而专，变成了现在的专而听，以至于听而不闻，开始营造自己的小镇图谱。这样的斯蒂芬，很快在小镇崭露头角。

不久，斯蒂芬遇到了平生第二次重大的选择机会。随着学习的深入，斯蒂芬发现，小镇前辈的图谱虽是属于这个小镇的，但有些图谱在最深处四通八达，从边缘延伸出去，与另外一些小镇的图谱有着千丝万缕的联系。而这时，需要斯蒂芬的一个决断——是把这些图谱四通八达的脉络斩断，只关心这个小镇的一切，还是跟着这些图谱延伸的方向，到另外的小镇去探险。斯蒂芬反复思量，最终还是委决不下，不得不去请教老师。老师郑重地说："现在你有两条路可选。一条是去小镇另一边跟从另外一位老师，并让自己有机会到另外的小镇学习。一条是把你在这个小镇习得的规则细致化，并以之在世界上演习。选择这两条路等于选择不同的人生，第一条路会让你跟小镇建立更坚实的联系，但或许会让你终生默默无闻。而以你的天赋和能力，选择第二条路可以很快成名，但小镇更深的秘密，那是另外一个问题了。"在这里，性情又一次做出了属于自己的选择，对这个小镇魅惑力的体认和强烈的用世之心，让斯蒂芬决定留在小镇上。

切磋

现在，斯蒂芬开始准备自己的小镇建设方案了。一旦投入建设，他便发现，自己攻读和问学得来的所有知识，脱离了虚拟的语境，突然变得与世界方枘圆凿。矛盾的处境让斯蒂芬废然而止，暂时离开小镇的建设，街头巷尾地观察，并反思自己的所学。

半年后，斯蒂芬卷土重来，提供了一份简略的小镇建设方案。这个方案引起了小镇轻微的骚动，质疑和赞许接踵而至。不同的反响刺激了斯蒂芬，他把这份简略的方案详化，并送给自己的老师阅读。不久，老师的改稿来了，斯蒂芬打开退回的手稿，顿时心头冰凉。他耗尽心血写的详细方案,被老师改得密密麻麻。沮丧的斯蒂芬夜间重新打开老师改动的方案,仔细研读每一处质疑,越读越心惊,因为每处改动都牵扯到这个小镇最深远的序列。于是他整顿心情,仔细消化老师改动的每一处,并把这些修改处最终归到自己问学得来的基础序列。等把这些修改消化完毕,斯蒂芬大有脱胎换骨之感,觉得自己的水准上升了一个级别。

此后,斯蒂芬每设计小镇某处的图谱,都会从老师的角度重新审视,改了再改,想了再想。这个时期,斯蒂芬化繁为简,渐渐把自己攻读和问学得来的结论简化到少数几个原则上。等把这些结论放入小镇建设方案的时候,根据世界的实际情况,加上变化,斯蒂芬自己的方案幻化出奇幻的色彩,开始有了小镇的光芒。

更让人高兴的,是斯蒂芬在这过程中有一批天才的同辈可以互相交流。他们日夕相处,把自己的心得与大家交流,然后各逞机锋,互相逼问,把发言者的结论推到一个此前想不到的高度。"君子以朋友讲习",身边这批天赋卓越的朋友,让斯蒂芬穿上了幸运的套鞋,走入一个梦想的世界。在这过程中,他也渐渐明白,一个人生活在这个世界上,不是孤独的个体,外界的声息,会将养一个人的精神,鼓励一个人走得更远。就像他后来写的:"到了思维的艰深高处,如果没有一个识者在旁不断提醒和鼓励,不容易成事。"

"如切如磋,如琢如磨",美玉经过精心雕琢,渐渐显露出完美的样态。后来,因为老师的鼓励,他离开小镇,到一方真实的世界上为小镇贡献自己的力量,而那,是另外的故事了。

尾声

未来的某个时间,白发苍苍的斯蒂芬有机会问老师自己对小镇的贡献。老师告诉他:"不知你是否还记得我当时问你两条路的选择。你选择了这个小镇,那么,对小镇的建设你能做的只是粉刷和擦洗,让小镇保持常新的姿态。简单地说,你做的事情是小镇的图谱说明,而不是重绘。真能重绘小镇图谱,需要另外的际遇。"斯蒂芬点头称是,认为这是对他最准确而深刻的评价。

老年的斯蒂芬锋芒不减,继续着进退自如的小镇图谱说明。有一天晚上,当年的小女孩来到斯蒂芬梦中,对他说:"谢谢你的工作,我现在脱离了饥饿。但你回答的只是我的一部分问题,因为我问的是幸福,你给我的只是富足。"言犹在耳,斯蒂芬从睡梦中醒来,决定把自己的经历写出来,给有耳能听的年轻人,让他们在求学的路上知道一点路径。

如果有人能听到这些,斯蒂芬的故事,就可以结束了。

涉及一切人的问题

——《哥本哈根》的前前后后

一

1922年6月，37岁的尼耳斯·玻尔来到德国哥廷根，在那里做了七次关于原子结构理论的演讲。此时，离玻尔发表奠定原子结构设想的"伟大的三部曲"，已经过去了整整九年。九年来，"三部曲"经历了"一战"炮火和无数实验的考验，已经在科学界广为传播。1922年12月，玻尔会因为这个贡献，被授予诺贝尔物理学奖。那时，大部分人相信，玻尔掌握着"原子结构的秘密"。"巨头"来临，德国各地的教授和学生纷纷赶来听讲，由于盛况空前,这一周,后来被人们称为"哥廷根的玻尔节"。

那一年,沃尔纳·卡尔·海森伯年仅二十岁,尚未博士毕业,他也随着导师索末菲来听玻尔的演讲。因为对玻尔第三次演讲中的说法不满意,少年意气,海森伯便站起来反驳。玻尔警觉地关注到了这个年轻人的批评,尽管这批评还可能有若干瑕疵。散会后,玻尔邀请海森伯一起散步,试图更为深入地讨论。这次哥廷根的山间散步,一直持续了三个钟头,海森伯在《原子物理学的发展和社会》中回忆,"这次散步在我的科学生涯中具有极其深刻的影响,或者说我真正的科学生涯是从那天下午开始的"。此后,玻尔和海森伯的导师索末菲联系,商定海森伯1924年访问哥本哈根。在那里,玻尔主持的"理论物理研究所"已于1921年落成。这个小小的研究所,因为玻尔过人的魅力,以诸多才华横溢的年轻人的加入,很快就将成为量子物理学的"圣地"。

在这块圣地,海森伯时断时续地待到1927年,直到这年10月他到莱比锡大学任理论物理学教授为止。短短两三年间,海森伯充分展示了他直趋本质而略过细枝末节的天赋,为量子物理学的进展做出了伟大贡献。1925年,海森伯、玻恩和约尔丹合作撰写了著名的"三人论文",标志着矩阵力学的创立。1927年3月,海森伯提出了著名的测不准原理。此后,测不准原理和玻尔的互补理论一起,成了量子力学哥本哈根解释的中心内容。1933年,海森伯获得1932年度诺贝尔物理学奖。在跟玻尔相处的这段时间里,海森伯不光做出了极端重要的创造性贡献,还与玻尔建立了深厚绵长的友谊,他们一起登山,远足,彻夜长谈,不停争执……这一段友谊,持续到后面要重点提到的1941年。

1938年,德国化学家奥托·哈恩和弗里兹·斯特拉斯曼在实验室发现了一个特殊的现象,这就是后来被丽丝·迈特纳和奥托·罗伯特·弗里什命名的"核裂变"。成果公布不久,全世界的物理学家很快明白了这一发现隐含的惊人意义,"核裂变"除了有助于开发新能源,还可能催生出毁灭性的战争武器。20世纪初开始的这段物理学史上的黄金岁月,同时召唤出了一个邪灵,这个邪灵将一直游荡在物理学,甚至整个人类的上空,对人类历史产生重大影响。

1939年9月,德国入侵波兰,第二次世界大战拉开大幕,纳粹德国立即着手研究核裂变应用于军事的可能,邪灵渐渐显露出它的狰狞面目。因为非凡的物理天赋和崇高的学术地位,海森伯成为德国与武器研发有关的铀计划的负责人。与此同时,深知核威力的爱因斯坦上书美国总统罗斯福,提请其注意核武器的进展。1941年,美国政府接管铀研究工作;1942年,盟国原子弹计划开始;1944年,玻尔加入盟军原子弹研究团队。

1940年4月,德国入侵丹麦。丹麦的反抗组织在积极活动,大部分丹麦民众也随即对德国人采取了"视而不见"的抵抗方式,除非被迫,即使德国人在身旁,聊天和问候也只在丹麦人之间进行。丹麦官方不再指望短期内驱逐德国人,他们编了一套八卷本的《一九四〇年前后的丹麦文化》,请玻尔撰写前言。悲观的丹麦人乐观地希望,即使多年内处于纳粹的统治下,他们也可以凭此书保持自己的文化传统,为教育后代做准备。玻尔认真对待了这一任务，并在文章里引用了安徒生："我出生在丹麦，这里有我的家，我的世界从这里开始。"以此表明对自己国家的忠诚。正是在这样的形势下，1941年深秋，海森伯来到了哥本哈根，玻尔冒着被本国人误解的风险，邀请海森伯见面一谈。

从流传的各类掌故来看，玻尔是一个宽厚大度的人，几乎不愿说任何否定性的话，尤其是在他成名之后。"很有趣"几乎是玻尔的口头禅，熟悉他的人都知道，这几乎是他最严厉的批评了。玻尔这样做，并非因为他是好好先生，而是跟他意识到自己对别人的责任有关，他怕尖锐的批评伤害别人。玻尔七十寿辰时，"尼耳斯的儿子们"合写的《尼耳斯传奇》，最能看出他的性情："爸爸呀，您要到什么时候才学会说'不'？……尼耳斯答……儿们啊，你们假如/处境如我，/就会体验到/自由，而且/会感受到向别人/说'不'时的责任了。"

就是这样的玻尔，却在这次和海森伯的交谈中发了火，导致会面不欢而散。因为没有旁观者的记录，当事双方也说法不一，两个人这次究竟谈了些什么，一直深陷在历史的迷雾里。有一点毫无疑问，他们的谈话涉及了核物理，甚至涉及了原子武器的问题。正是原子武器这个邪灵，干扰了玻尔和海森伯的会面，让他们维持了多年的深厚友谊自此冷淡下来。

二

1945年，"二战"欧洲战场的战役即将结束，美国派遣一支代号"阿尔索斯"(Alsos)的部队收集纳粹德国的军事科学情报，并防止德国与原子能有关的研究人员落入苏联手中。这支部队科学方面的负责人，是海森伯的老友和同事，出生于荷兰的犹太物理学家萨缪尔·古德斯密。战争开始后，有朋友曾致函海森伯，请他设法保护古德斯密的父母，海森伯也给有关当局写了信。现在，古德斯密收到了父母早已被杀害于奥斯维辛的噩耗。

阿尔索斯部队逮捕了许多德国的科技人员，并把其中最重要的十个原子科学家送到英国一个名为"农庄馆"(Farm Hall)的地方关押了一年。关押，大概是当时盟军所能给与海森伯的最好待遇了。战时，就有人策划绑架甚至暗杀海森伯，因为他"有可能"正在为希特勒制造原子弹。海森伯等被捕之后，有人甚至主张枪决他们。

关押期间，盟方原子弹研发成功，并投掷两枚在日本的广岛和长崎。原子弹爆炸的消息传来，这些被关押的科学家大惊失色。讨论时，针对德国为什么没能造出原子弹，海森伯说："我们没有百分之百地要去做（制造原子弹）这件事，且另一方面政府也很不信任我们，就算我们有此意愿，要让这个计划通过也不会太容易。"两天后，他们发表了一份简短的声明：

1941年底，有关核分裂的初期科学研究显示，可以利用核能产生热，进而驱动机械。但另一方面，也发现以当时德国的技术水准，并不适合制造原子弹，因此后续的研究工作便专注于发动机的研究……

声明的要点是，因为技术条件的限制，德国科学家没有花全部力气在原子弹研制上。或许正是以上的说法触怒了古德斯密，1946年，他撰写了《德国是如何输了这场竞赛？》一文，驳斥上述的声明，并于1947年根据他在阿尔索斯的经历写成《阿尔索斯》一书。古德斯密指出，上述声明不过是谎言，德国科学家之所以没有在战争期间造出原子弹，完全是他们在科学上的致命自负和愚蠢错误造成的，并非因为他们没有努力。

古德斯密的说法既否认了海森伯具备制造出原子弹的科学能力，又暗示了他对纳粹的效忠，在道德和科学上双重否定了海森伯。这两项指控极大地困扰着海森伯，因此，当1947年有机会见到玻尔时，海森伯立即回到1941年的话题。他大概是想通过交流，确认自己曾对玻尔强调过制造原子弹的技术困难，从而表明他的态度在战中和战后是一致的。然而，这次谈话虽未不欢而散，却也一样话不投机。后来，海森伯沮丧地在自己的回忆录里写道："我们都觉得最好不要再提起过去的事。"

这次失败的见面从某种意义上肯定了古德斯密的指控，加之玻尔夫人玛格丽特战后一直坚称"那是一次充满敌意的来访"，责难笼罩着海森伯的整个战后岁月。1949年海森伯到美国时，招待会邀请的参与盟方原子弹制造的物理学家，一半拒绝出席，因为他们不愿跟试图为希特勒制造原子弹的人握手。1951年的一次国际研讨会上，有人偶经一家饭馆，发现海森伯在独自用餐。那个朋友眼中健康、乐观、心胸开阔的海森伯，终于变成了战后的颓唐老人。邀请海森伯赴美的维克托·魏斯可夫（Victor

Weisskopf），曾在自己的回忆录中写道："他完全变了，不再是我过去认识的海森伯……甚至连相貌都变了，这不完全是年纪的关系，看得出他的压力太大了。"

不过，海森伯的辩护者还是出现了。1956年，罗伯特·容克出版了他的《比一千个太阳还亮》。这本书引用了海森伯给容克的一封信，谈到了他跟玻尔的谈话，称他曾问玻尔，"战争期间，物理学家是否应该从事铀的研究"，并打算告诉他，"（原子武器的制造）原则上是可能的，但它要求我们在技术方面花费难以想象的力量，而我们认为在目前战争进行过程中是办不到的"。海森伯信中的回忆，跟他一直以来对此事的说法基本一致。海森伯后来还拒绝了容克关于此次会面的采访要求，因为他觉得没有人"能够正确表达我对这个问题的看法"。

与海森伯的谨慎说明不同，容克在书中高调宣称，"在德国从事原子研究工作的德国专家们并不希望（原子弹研制）获得成功"，并自觉地把原子研究工作导向了"无害化"。如此高调不仅未能成功为海森伯辩护，反而成了海森伯狡辩成性的证词，以致很少有人再愿意区分书中海森伯和容克观念的不同，并最终引起了玻尔的注意。一向谨慎的玻尔打算给海森伯写封信，重新探讨这段他们都不愿再提的往事。玻尔的这些信，虽然跟他的其他文稿一样经过了反复修改，最后也没有寄给海森伯。至此，对1941年的那次会面，玻尔仍然保持着对公众缄口不言的状态，直到他1962年逝世。

1977年，海森伯去世一年之后，其妻伊丽莎白·海森伯因为有感于人们对战时海森伯的误解,决定写一本书,"把海森伯的政治生活,以及他国家的罪恶历史如何迫使他做出与它争论的情况,都描述出来"。在这本《一个非政治家的政治生活——回忆维尔纳·海森伯》里,关于1941年的见面,伊丽莎白写道:"海森伯在他面前看到了原子弹这个幽灵,想通知玻尔,德国不会制造原子弹,也没有能力制造它。这是其心中的主旨。如果玻尔能把它告诉美国人——他希望这样,那么他们或许会放弃这个非常昂贵和花费浩大的研制工作。"据说,伊丽莎白写完此书,曾向玻尔夫人玛格丽特征求意见,玛格丽特提出了很多尖锐的批评,但书出版的时候,那些意见全部没有被接受。

1992年,关于此事的一个核心材料公开。这个核心材料,就是十个德国科学家被关押在农庄馆的谈话记录。原来,关押方在农庄馆到处安装了窃听器,海森伯他们所说的一切都被秘密录音。1993年,细心阅读过这批材料的托马斯·鲍尔斯出版了他的《海森伯的战争》。这本厚厚的书,用丰富的史料和雄辩的文笔,意图证明,以海森伯为首的科学家在原子弹问题上,"非不能也,实不为也":"如果这些物理学家真的想制造原子弹,他们必须大声疾呼,而且要持之以恒。热忱是绝对必要的,缺少热忱是致命的,恰如一剂不留痕迹的毒药,任何计划都不可能成功。"不仅如此,在鲍尔斯眼里,海森伯还通过提供错误的核心科学数据,"不只是拒绝这个计划,站在一旁看着计划失败,他根本就扼杀了这个计划"。

除此之外,鲍尔斯还在书中提出,海森伯战后不愿承认是自己的密谋扼杀了德国的原子弹计划,是因为他担心他和他的朋友被指认为叛国者，因而，在整个战时，海森伯在纳粹、德国以及德国外的一切之间小心翼翼地维持平衡，始终走在刀锋上。为海森伯的辩护，鲍尔斯既大胆，又"体贴"，也理所当然地引来了批评，连海森伯"标准传记"的作者大卫·C. 卡西第都撰文称，"作为历史，它是不可信的"。

三

这样一座小径分岔的花园，简直是悬疑作品里才有的故事，怪不得为农庄馆英国记录文本作序的查尔斯·弗兰克爵士感叹，可惜这本书未能及早问世，以供弗里德里希·迪伦马特采用。

弗兰克爵士的感叹其来有自。1962 年，有感于世界性核武器竞争的愈演愈烈，迪伦马特创作了哲理剧《物理学家》。剧作虚构了一个自称莫比乌斯的物理学家，发现了一种能够据以发明一切的万能体系。唯恐这一体系被用于军事目的，并导致人类的毁灭，他抛妻别子，带着这个秘密走进了疯人院。东西方的科学情报机构获知这一消息，分别委派托名牛顿和爱因斯坦的两个物理学家潜入疯人院，意图获悉这一体系。后来，莫比乌斯说服了牛顿和爱因斯坦，他们同意一起待在疯人院里。就在此时，疯人院女院长突然闯入，宣布他们的对谈已经被窃听，并早已通过偷拍拿到了莫比乌斯体系的所有资料。秘密失守，"世界落入了一个癫狂的精神病女医生手里"。这个剧本主题明晰，结论鲜明，对话中很少有道德的含混之处，展示了迪伦马特在核武器问题上明确的是非观。

天才如迪伦马特,如果能根据农庄馆材料构思一部新剧,人物甚至都是现成的,用不着另寻灵感了。然而,早在农庄馆记录公开的1990年,迪伦马特就过世了,另一个剧作家敏锐地看到了这个机会。这个剧作家,就是英国人迈克·弗雷恩(Michael Frayn)。他受《海森伯的战争》启发,于1998年创作了话剧《哥本哈根——海森伯与玻尔的一次会面》。剧中共有三个角色,玻尔、玻尔夫人玛格丽特和海森伯。三人均已过世,对话的是他们的灵魂,以此方式,他们更为自由地探讨了1941年的那次会面。

作者没有把自由放任到信马由缰的程度,与天马行空的《物理学家》相比,《哥本哈根》还显得相当拘谨。剧中的对话,几乎"无一字无来历",连玻尔的口头禅,他无限修改文稿的习惯,以及海森伯对音乐的极度喜爱,都不走样地出现在剧本里。甚至,剧中还出现了量子物理学的诸多典故,包括著名的双缝实验,薛定谔的猫,尤其关于海森伯的测不准原理和玻尔的互补理论。加之剧中人物的对话往往突然从一个时空跳跃到另一个时空,剧本显得相当晦涩。

大概正是这些现实因素捆住了作者的手脚,《哥本哈根》主题含混,人物对话格格不吐,充满歧义。然而,正像玻尔曾经说过的,诗人受到音节和韵脚之类的约束,从而必须比普通人更殚精竭虑地对自己的素材下功夫,故此能够更好表现人类社会中那些微妙的关系。与此相似,史料的限制让《哥本哈根》更好地从历史中汲取了能量,捆绑作品手脚的历史绳索,反过来成为走出人性迷宫的阿里阿德涅线团，刺激作者在歧路重重的历史谜团里找出一条崎岖的小径。

剧中有一个隐藏的，但并非不重要的推测，即海森伯不愿离开纳粹掌权的德国的原因。如果海森伯在1939年决意离开德国，凭他当时在物理界的地位，很容易就能获得一个人人羡慕的美差。他可以继续享受在物理学上的至高地位，并保持道德上的白璧无瑕。海森伯主动放弃了这个机会，他大概希望像正直的普朗克曾对他建议的那样，在纳粹的罪恶下，不是出走，而是"坚持下去……建立一些'生存之岛'，用以挽救有价值的东西，使之熬过这场灾难"。他当时的说法大概是真诚的："我是德国人，我必须保住那些与我共事的年轻物理学家，并在战后重建德国物理学。"

或许是出于谨慎，作者让剧中的海森伯给出的留在德国的理由更少歧义，当然也更为单一。海森伯对玻尔强调，"人们更容易错误地认为刚巧处在非正义一方的国家的百姓们会不那么热爱他们的国家"。而这种爱，海森伯也说得非常感性："我出生在德国，德国养育了我。德国是我孩提时代的一张张脸，是我摔倒时扶起我的一双双手，是鼓励我、引我上路的一个个声音，是紧贴着与我交谈的一颗颗心。德国是我寡居的母亲和难处的兄弟，德国是我的妻子，德国是我的孩子。我必须知道我该为他们选择什么！再战败一次吗？再让伴随我长大的噩梦重现吗？"

即使承认海森伯的理由，他也无法逃避被责问的命运，因为他不是一个纳粹治下的普通老百姓，他的爱国向来不是简单的，他的天才同时对他提出了严苛的责任。他战后面临的争议和责难，本质上是因为他的重要性引起的。他的研究领域与原子武器的研制密切相关，而他又是那个必须决定是否全力投入原子弹研制的人。海森伯当时或许相信，只要自己掌控着原子问题的研究计划，一切就不会失控，"自己在火车上，火车就不会走错方向"。剧本里，海森伯说，在决定是否制造原子弹的问题上："我是那个必须做决定的人。"这一点，他自己都觉得荒诞，"在一个存活着二十亿人口的世界上，我是要对他们负起那种不可能的责任的人"。剧中，后来加入了盟军原子弹研制计划的玻尔称，他很幸运地"躲过了做决定"。就像魏斯考夫为海森伯夫人的回忆录作序时说的："那些从来没有处于这种境况下的人，应该感谢命运不要他们去做出这样的一些决定。"不用说海森伯的决定中隐含着细微的正面线索，即使由此得出了人性晦暗的结论，也应该记得海森伯当时的危难处境，"如得其情，则哀矜而勿喜"。

给出了海森伯不离开德国的理由，作者开始细致地推测海森伯哥本哈根之行的目的。在剧中，结合后世人们的推测，借人物之口，作者给出了很多说法——为了向玻尔炫耀德国的胜利和自己的得意，充当间谍打探盟军原子弹研制的进展，向玻尔借回旋加速器提炼纯铀，劝玻尔跟德国大使馆合作甚至与自己合作（"劝降"），赶来向量子物理学的"教皇"玻尔寻求预先的赦免……作者对以上说法只是点到为止，剧本最为关注的，是一个更为重大的问题。在第一幕中，海森伯把这个问题表述为："一个有道义良知的物理学家能否从事原子能实际应用的研究?"第二幕，回忆过两个人的深厚友谊，这个问题像一个埋伏巧妙的不和谐音符，又在对话中冒了出来："作为一个物理学家，他是否有道德权利从事将原子能应用于爆炸的研究？"通过两次问话，作者强烈暗示了海森伯这次来访一个可贵的、但并无太大成功希望的可能——他来征询玻尔的意见，就像他在一份关于1941年会面的备忘中写的，"如果出于明显的道德关怀，能否在所有的物理学家之间取得共识，人们不应该试图研究原子武器"。在两个人的对话中，仿佛可以隐隐约约看到裸露在战争中的世界的另外一种前景。

剧本暗示，这个美好的前景有一丝微弱的可能。第一幕临近结束的时候，海森伯再次来到玻尔的门前，自陈来这里的理由，"我几乎可以面对面地看到，某种好的东西，某种光明、热心和有希望的东西"。非常可惜，光明并未显现，在两幕中，谈话都以玻尔"惊呆了"结束，他确信海森伯"正为希特勒研制原子弹"。出现在剧本结尾的那种情况，只变成了一种空幻的良好愿望，"非常可能，正是由于哥本哈根那短暂的片刻，一切得以幸免"。

这个终止却是一个提示，让人特别注意到玻尔在这部剧中的作用。玻尔从小就被人认为是"世界上最好的人"，他受人尊敬的弟弟称他"好像是纯金制成的"。在剧本中，海森伯也反复强调，玻尔"是一个十足的好人"。正是在玻尔浑厚的道德光彩映照之下，一种剧中海森伯代表的、更高的、稍纵即逝的人性可能——不是或不只是海森伯，而是一切人的点滴美好累积出的可能——透出一点点光芒。我有时候会揣想，这点微弱却不可替代的光芒，才使得人们对道德的谈论不全是连篇的废话。

当然，这一切猜测，剧作都没有，也无意坐实。正像作者说的，他在这个作品里，不是要为海森伯开脱，而是强调，"确定海森伯的动机何其之难"。在《后记补遗》里，作者引用了德国剧作家弗里德里希·黑贝尔的话："在一部好的戏中，每一个人都是对的。"每个人只能在自己有限的视野里做选择，对他本人来说，这个选择是正确的，甚至是唯一的。一部好戏应该理解每个人物的出发点，即使这个出发点恰恰是他的局限。出于这个考虑，弗雷恩把玻尔和海森伯的尖锐矛盾钝化了，从而把诸多锐利的、几乎不可调和的事实和人性矛盾置于更宽厚的视域之中，进而在含混的语境中探讨更好的人性的可能。

四

《哥本哈根》在伦敦首演之后，立即引起轰动，这份轰动很快传递到欧美各地。然而，"名满天下，谤亦随之"，此剧也迅速遭到了各方的质疑。有人指出剧中的科学性错误，称其对物理学人物的评价存在问题；有人觉得此剧的核心，即海森伯的动机问题实在不值一提；甚至有人荒唐地指责，作品企图把制造原子弹的罪过巧妙地推到从德国流亡出去的犹太人身上……关于海森伯哥本哈根之行的罗生门故事，又在话剧问世时重演了一次。

"在美国，人们对该剧的最常见的批评是我应当更重视纳粹体制的罪恶，尤其是对犹太民族的大屠杀。"针对这样的批评，作者指出，纳粹的罪恶"已经是人尽皆知而无需指出的。毕竟，这是本剧已知的事实"。文学作品无需为任何已知的事实添砖加瓦，它要探测的，是幽暗未知的世界。作者的目的在剧中海森伯的话里有所体现，"如果我们判断人的动机仅凭他们行为的外部效果而不考虑他们的意图，我们应当需要一种同样的伦理"，而"意向的认识论正是此剧的关怀所在"。正因为意图难以断定，对一件微妙之事的讲述能够到达的高度，最终取决于作者的用意，一个善意的作品，才有利于探索人性深处的光明。

这出话剧引出的最不可思议的结果，是关于此次会面的玻尔文件的公开。按照协议，这批文件应在2012年公开。但此剧的巨大影响，让玻尔家族决定提前十年公开这批材料。这批材料里，就有前面提到的，玻尔读过容克的书后准备写给海森伯的信。信的第一稿，玻尔的语气极为尖锐，尤其考虑到玻尔极少轻易说"不"的性格："我认为我有责任告诉你，我在你致该书作者的信中看到你的记忆这样误导了你是何等吃惊。""就我个人来说，我记得我们会谈的每一个字；那次会谈是在我们丹麦这边的极其悲惨和极其紧张的背景下进行的……你那种含糊其辞的谈话方式只能给我一种强烈的印象，那就是在你的领导之下，德国正在为发展原子武器做一切事情。而且你提到，用不着讨论细节，因为你对那些问题完全清楚，而且在以往两年中或多或少是在为此做准备。"

在后来的五年中，玻尔反复修改着他要寄给海森伯的这封信，最后一稿，玻尔的语气已经缓和下来："很久以来我一直打算就一个问题给你写信，关于这个问题我不断地接到许多方面的探问……你在一开始就谈到，你感到确定的是，如果战争持续足够长久，则其结局将由原子武器来决定……当我（没有回答并且）也许显得对你的话有些怀疑时，（你告诉我）我必须理解，在那几年中，你几乎是尽全力研究这个问题并且（确信）它一定能成功。"按照弗雷恩《后记补遗》中的说法，玻尔不断重写这封信，显然不只因为遵循着"不断改写自己的文稿"的习惯，而是"不但力图满足他个性特有的对精确细微的关注，也力图以同样富于个性的考虑来照顾海森伯的感情"。

就在这封口气最缓和的信里，却有一个最为重大的问题，即"（另一方面，你并没有暗示过，德国物理学家正在做出努力），阻止原子科学的这种应用"。这是战后流传很广的一个说法，即海森伯曾声称，由于道德的顾忌，他有意拖延了原子弹的制造。或许被容克那本书误导了，或许很多传言影响了玻尔，因为关于那次会面，从现有的材料来看，海森伯从来没有如此高调的声明。

在1969年出版的回忆录《原子物理学的发展和社会》中，虽然玻尔已经去世，海森伯仍用一种非常审慎的方式描述了那次见面："我暗示说，现在制造原子弹原则上是可能的，但那需要技术上做出巨大的努力和尝试，而且物理学家们也许应当问问自己，他们是否应该全然在这个领域工作。"双方的深厚情谊，刊落了玻尔的愤怒质疑和辩护者加诸海森伯的道德虚饰，《哥本哈根》致力探讨的这次会面，终于在当事者的口中不再那么南辕北辙。

玻尔的文件公开九个月之后，哥廷根海森伯档案馆的主任，无意间把海森伯会面后不久写给家人的一封信公之于众。这封信的出现至少解决了一个问题，即海森伯在当年总共跟玻尔会面三次，最后一次，他们是在玻尔的朗读和海森伯演奏莫扎特奏鸣曲的友好氛围中分手的。或许是因为争吵暗示的事情太过重要，或许是因为争吵的主题逐渐覆盖了那次友好的分手，此后两个人的记忆中，只留下了不欢而散的印象。

在这封信里，海森伯还罕见地对玻尔略有微词："即便像玻尔，也无法完全将思想、情感和仇恨完全分开。"而按照战后与海森伯一起在哥廷根工作多年的汉斯-彼得·迪尔的说法，海森伯在晚年不再对玻尔如此苛求，"海森伯一直爱着玻尔，直到他生命的尽头……海森伯一遍又一遍地重温那次宿命的会面，力图追索当时的情景"。

俱往矣。战后的玻尔和海森伯，都对原子能的和平使用付出了大量的心血。玻尔在 1950 年即有致联合国的公开信，倡导"开放世界和合理的和平政策"，呼吁终止军备竞争；而海森伯则在 1957 年，和包括他在内的 18 位科学家发表了反对用核武器武装西德的声明，击败了政府的提案。不过，大概跟这次会面的争议一样，关于核武器的问题，也将始终处于吵闹之中吧。

迪伦马特在《关于〈物理学家〉的二十一点说明》中曾言，"凡涉及一切人的问题，只能由一切人来解决"，"个别人想自己解决的任何尝试都必然失败"。这个说法隐含着一个相对平和的内核：如果个别人尝试解决涉及一切人的问题，就必须学会了解人性的参差不齐，并准备承担这参差不齐带来的种种后果。

备忘抄

半年前,一位朋友跟我说,我某篇两三千字的文章写得不错,可惜太短了,论证也不周密,建议我改用论文的形式再写一遍,把文章的意思完整表达出来。前段时间稍有空闲,我就把那小文章拿出来改,改好后却发现,虽然篇幅增加了,论证也似乎严密了点儿,可对我自己的认识提高并没有任何帮助,甚至,因为要迁就论文的格式和特点,其中有几句我觉得非常必要的话不得不删除。这发现让我陡然一惊——是不是在严格意义上,每篇文章只有一种最适合的方式(当然未必是作者找到的那种)?一旦文章改作,格于新形式,原先不漏不余的表述方式必然遭到破坏?

朱熹有一次对弟子说:"寻常读书只为胸中偶有所见,不能默契,故不得已而形之于口。恐其遗忘,故不得已而笔之于书。若读书先有立说之心,则此一念已外驰矣,若何而有味耶?"这不禁让我揣测,是否我们称为文章的这个存在本身就已经是局限?兴致勃勃写一篇文章,有时候可能并非为了认知真相,而是"以己意敷演立说",甚者"只是要作好文章,令人称赏而已"。这或许就是章学诚发现的问题:"周秦诸子之学,专门传家之业,未尝欲以文名。苟足以显其业而可以传授于其徒,则其说亦遂止于是,而未尝有参差庞杂之文也。两汉文章渐富,为著作之始衰。"

话绕得有些远了,其实我只是想说,因为上面的一惊,我去翻看这两年为或不为写文章记下的笔记,发现居然忘记了很多当时触动很大的话,还把其中不少重要的话误以为是自己想出的。这样一来,我就很想把这些笔记整理出一点儿,不是写什么文章,只略加规整,用札记的形式,回忆或再次思考有些话为什么触动了我,现下是否还有作用。当然,这些首先是抄下来给自己看的,因命之为"备忘抄"。

一

多年之前,因为遇到种种困境,我经师友提示意识到,"古之学者为己"应该毫不犹豫地置诸座右。或许是因为潜意识的重视,凡是看到与此有关的话,都会不自觉地记下来。其中时时回想起来的,是维特根斯坦的话:"就改善你自己好了,那是你能为改善世界所做的一切。"

偶然看到威斯敏斯特教堂无名墓碑上的文字,觉得跟维特根斯坦的话如出一辙："年轻时我梦想改变世界。成熟后，我发现不能改变世界，便将目光缩短，决定只改变我的国家。进入暮年，发现无法改变国家，我的愿望仅仅是改变一下家庭，但这也不可能。行将就木，我突然意识到：如果一开始我仅仅去改变自己，我才有可能改变家庭、国家甚至世界。"

真要比较起来，维特根斯坦说得更为清晰果决，没有丝毫幻想色彩（改善你自己并非改善世界的充要条件，甚至连可能也不承诺，只是说如果有改变世界的可能，改变自己是一个人能做的一切），但对每个可能需要经历漫长一生的人来说，威斯敏斯特教堂墓碑上的话或许有广泛的借鉴意义，因为几乎把"为人"的各个阶段都讲到了。何况，鉴于碑文与教堂和死亡相关，这段话大概可以延伸出更为特殊的意义。

相似的话在书中往往可见，有时表现得更为神秘幽眇，比如柏拉图笔下的苏格拉底说："不是神决定你们的命运，是你们自己选择命运……美德任人自取。每个人将来有多少美德，全看他对它重视到什么程度。过错由选择者自己负责，与神无涉。"或者伊玛目·冉巴尼的《书信集》里写："一旦目光长期盯着外在事物，即使在自身中观看几眼那是不会有成就的，最好还是把目光从外在彻底收回。"无论使用了怎样不同的概念，也不管牵扯到的诸神是什么样子，在这些话里，那个"为己"的核心，始终没变。

每个人的"为己"都可能遭到双向的阻碍，既构成自身向上的环境障碍，也可能因不够为己而成为自身障碍，比如权力、财富、虚荣，也或者如勒庞《乌合之众》描述得那样，是跟上面一切都相关的名声:"名望的特点就是阻止我们看到事物的本来面目,让我们的判断力彻底麻木。群众就像个人一样,总是需要对一切事情有现成的意见。这些意见的普遍性与它们是对是错全无关系,它们只受制于名望。"

外在的东西并非不重要,甚至非常重要,可一旦忘记切身,这一切都极其可能反回来吞噬自己。我记得有一次跟一位才华出众的哲学研究者聊天,他非常自信地说,哲学最终是复杂的思维游戏,只有那些足够聪明的人才能领会,跟有用无用无关,也跟信不信无关,否则就会落入世俗权力的陷阱。我大惊失色,心虚地问道:"如果我们说的自己都不信(相信不相信,不是信仰不信仰),那这套复杂的东西还有什么意义呢?"

我后来意识到,幸亏因为知识储备不足没有质疑对方的说法,否则可能会陷入相对主义(或绝对主义)的雄辩陷阱。有用和无用、信和疑之间的问题,原本就无法彼此说服。学而为己并无推广的可能,差不多只能在局限范围内安顿自己的身心或跟少数朋友商量。即便一个人部分克服了权力、财富、虚荣、名声的影响,仍然会有更高层级的外在阻碍"为己"的可能,在这条道路上,几乎没有一劳永逸可言。

尽管困难重重,一些人还是会由于为己带来的安顿时刻付出该有的努力,抵达破除部分障碍而来的某些特殊时刻,如里尔克笔下的罗丹:"或许正因为他的发展是在不断的寂静中进行的,当大众为了他而争辩,或反对他的作品的时候,他后来才能有那么坚定的态度去应付一切。因为众人开始怀疑的时候,他已经没有丝毫怀疑了。他什么都置诸度外了。他的命运已经不依赖众人的赞许或咒骂了；当人家以为可以用讥诮和仇视来践踏他时，他已经坚定不移了。"

二

人一旦意识到自己性情中的问题，很容易忍不住加以辩解，就像吃痛的人会不经意回护自己的伤处。回护动作做得多了，渐渐地就会形成习惯。比如像我这种性躁的人，就时时想着克服这一问题，并不停抄下提示耐心的话来告诫自己——抄得多，正是因为变得少。

俞正燮《癸巳存稿》云："高欢与长史薛琡言，使其子洋治乱丝，洋拔刀斩之曰，乱者必斩。夫违命不治丝，独非乱乎？其意盖仿齐君王后以椎解环，不知环破即解，乱丝斩之仍不治也。《汉书·龚遂传》云，臣闻治乱臣犹治乱丝，不可急也，缓之然后可治。"世事无限纷繁，企图一刀而决，往往会因颠顶鲁莽而偾事。这是对事的耐心。

阿城说民间剪纸："往往形扭曲了，而意识没有扭曲。造型上的扭曲，成为一种幽默，一种心智。艺术中有妄想表现类型，例如现代绘画中的超现实主义，但在中国民间剪纸艺术中还没见到。现实对老百姓再残酷，再不合情理，但情绪在民间剪纸艺术中不转化为妄想。这是一种什么样的心力？"不轻易把极端情绪转化为妄想，却能涵容幽默与心智，这是艺术的耐心。

T. S. 艾略特《四个四重奏·东科克 III》写道："我对我的灵魂说，别作声，耐心等待但不要寄予希望，/因为希望会变成对虚妄的希望；/耐心等待但不要怀有爱，/因为爱恋会变成对虚妄的爱恋；纵然犹有信心，/但是信心、爱和希望都在等待之中。/耐心等待但不要思索，因为你还没有准备好思索：/这样黑暗必将变得光明，静止也将变成舞蹈。"等待但并不抱有必然成就的希望，等待而不陷入对美好的虚妄期待，这是灵魂的耐心。

其实想清楚了，就差不多会认同章太炎书写的一副对联："性躁皆因经历少，心平只为折磨多。"或者听得进徐梵澄的劝告："凡事一定要从容做来，一定急不得。"缺乏耐心而又不愿承认，往往会在遇到问题时抱怨不休，这就是为什么常见的情形"多是唠叨诉怨长"。

《明史》载，"（夏）原吉有雅量，人莫能测其际"。"或问元吉，量可学乎。曰：'吾幼时，有犯未尝不怒。始忍于色，中忍于心，久则无可忍矣。'"缺乏耐心如我，其实原本没什么对治的良方，要有所改进，弄不好就要加上意志，用耐心来克服没有耐心。

当然了，意志也没有那么可信，不过总归可以试试——不试，又怎么能知道是否有效呢？我在唐诺的书中看到一句话，觉得或许提示了一种可能："人的意志力通常是一年生的草木，总是禁不起季节偷换会凋谢枯萎，你得想办法抢在意志力消失之前，让它成为一种生活习惯才行，并小心在颠沛造次和休假时刻别破坏它。"

三

是《五灯会元》里的故事——（香严智闲）屡乞沩山说破，山曰："我若说似汝，汝已后骂我去。我说底是我底，终不干汝事。"师遂将平昔所看文字烧却。曰："此生不学佛法也，且作个长行粥饭僧，免役心神。"乃泣辞沩山，直过南阳睹忠国师遗迹，遂憩止焉。一日，芟除草木，偶抛瓦砾，击竹作声，忽然省悟。遽归沐浴焚香，遥礼沩山。赞曰："和尚大慈，恩逾父母。当时若为我说破，何有今日之事？"

我最钦佩的，是香严一把火烧掉所读书的果决，有一股刚烈的挺拔之气。我想说的是，虽然悟不悟不是凡人可以想象，但不妨把上面的故事看作耐心之一种。接受教育的过程中，人往往会迫不及待地希望外界提前确认自己是否具有某种过人的天赋，或者有权威人士预言自己能否在某个领域取得成功。弄不好，这恰恰是永远无法成功的标志。

我在朱天文书里看到的故事，或许可以回应上面的问题——日本女画家小仓游龟，曾问她的老师安田韧彦，她学画到底有没有才能，是否遐想而已？安田正在作画，闻言搁笔，回头怒喝她："你入我门来一共画过几幅画，来问这个？成功不成功是画到死后别人说的话！"

毛姆《人性的枷锁》写到，菲利普在巴黎学画，因目睹女同学死于饥贫，心下不安，便去问老师："请您诚实地告诉我，我有没有画画的天赋?"老师看过他的画之后,跟他说:"要是你想听我的忠告,我得说,拿出点勇气来,当机立断,找些别的行当碰碰运气吧。"然后,或许是为了让这断然的说法有点儿缓冲的余地,就又补充道:"如果我年轻时,有人能告诉我这句话,我愿意以现在的一切来换。"

尽管有些不情愿,我们或许不得不承认,上面两位老师说出了某种事实。并且,即便已经拥有或者被确认有天赋,好的老师仍然不会提前给出必然成功的保证。在一次讲课中,布洛克发现了一位极有写作潜力的学生,她的天赋和经验都足以支持她写下去,可这个学生说,"如果她的文学前途没有保证,就不想浪费时间在写作上"。布洛克虽然告诉了她是多么优秀,却由此觉得,她"永远不会达到自己的目标,因为她缺乏那种非达到目标不可的决心"。"在创作成功之前,几乎每个人都得经历一段非常崎岖的道路。如果还没动笔写,她就开始担心自己的努力最终会付之东流,又怎么指望她走到那段崎岖道路时,面对挫折和失望,还能站起来?"

那么,在学习是否能够成功这件事上,到底怎么做才是对的呢?我想来想去,完全想不出办法,似乎任何可能的答案都会变成敷衍,甚至会给学习者造成不必要的成功幻觉。没什么好办法,就借冯内古特的一个故事来结束吧:"我曾经问过画家悉德·所罗门这样一个问题:如何区分一幅作品的好坏……在这个问题上他给了一个我所能想到的最好的答案,他说:'看过一百万张画,你就不会再出错了。'"

四

曾在某处读过一则寓言——蝎子要过河，找青蛙帮忙，青蛙不干："你会蜇我的。""不会的，我蜇你我自己也完蛋啊。"青蛙想了想，同意了。游到中间，蝎子蜇了青蛙。下沉的时候青蛙问："为什么？现在你也死了。""我不知道，我只是忍不住。"这寓言真有经过世事者的锐利，锐利到尽管你觉得绝望，却几乎没有办法置疑。

说实在的，我很长一段时间怕看到这类直率的真话，像"可怜之人必有可恨之处"，像"人性的曲木造不出任何笔直的东西"，每看到一次就觉得对人世失去一点温暖的幻想，也对笨拙的自己能否好好走进这样的世界持严重怀疑态度。我当然知道，这不是因为说者的问题，而是我不能承受太多真实所致。与此同时，我也渐渐认识到，这大概就是人间世的基本情形，无论你怎样惊惧，都不得不学着跟这些事实相处。

慢慢看得多了，也就偶尔能意识到，这些乍看起来令人绝望的话，其实有时反而会对人形成帮助。冯班《钝吟杂录》中有一个说法："小人至恶，然其所为，可以情理揣量。必有不利，彼亦不为也。惟愚人为不可知。愚者自以为智，其恶往往出人意外，不可不防也。先兄每戒人勿近愚人，吾始谓不然，及更事多，然后信之。不惟愚人，老而耄（昏）者，亦不可近。"意识到这一点，是不是起码有助于我们远离愚人和"老而耄者"，不致因自己精神的柔弱落入二者无意挖出的陷阱？

另外还可以设想的一层，是对世事和自我反应的洞察，可以避免很多不必要的人事纠缠。司马光《涑水纪闻》载："吕蒙正相公不喜记人过。初参知政事，入朝堂，有朝士于帘内指之曰：'是小子亦参政耶！'蒙正佯为不闻而过之。其同列怒，令诘其官位姓名，蒙正遽止之。罢朝，同列犹不能平，悔不穷问，蒙正曰：'一知其姓名，则终身不能复忘，因不如无知也，不问之何损？'"吕蒙正并非完人，也会记仇，但他知道该如何对待自己的问题。我不知道吕蒙正的行为是不是可以称得上相体，但可以知道的是，这样的处理方式不但给了对方机会，也给了自己精神上较为从容的空间。

另一个宰相的故事，是丙吉的："吉逢清道群斗者，死伤横道，吉过之不问，掾史独怪之。吉前行，逢人逐牛，牛喘吐舌。吉止驻，使骑吏问：'逐牛行几里矣？'掾史独谓丞相前后失问，或以讥吉，吉曰：'民斗相杀伤，长安令、京兆尹职所当禁备逐捕，岁竟奏行赏罚而已。宰相不亲小事，非所当于道路问也。方春未可大热，恐牛近行用暑故喘，此时气失节，恐有所伤害也。是以问之。'掾史乃服，以吉知大体。"现代人看到这样的事，大概会觉得丙吉是故意装糊涂或有意做样子吧，但古人把这叫作知大体。

我们或许可以不必纠缠在这样的古今不同评价上，而是考虑人因不同的身位对问题的不同思考方式。《明史》邹元标传："初，元标立朝，以方严见惮，晚节务为和易。或议其逊初仕时，元标笑曰：'大臣与言官异。风裁（风纪）踔绝（卓绝），言官事也。大臣非大利害，即当护持国体，可如少年悻动（怒形于色）耶？"当然，只看一个人说的，并不能说明什么，还要听其言而观其行，邹元标后来在朝"不为危言激论，与物无猜（与世人无所争竞）"，可见其言行之一致，并非以和易博取名声也。

五

翻朋友圈的时候，看到有人抄写《齐民要术·种瓜》里的一段话，觉得好玩，就翻出全文来看："瓜引蔓，皆沿茇上。茇多则瓜多，茇少则瓜少。茇多则蔓广，蔓广则歧多，歧多则饶子。其瓜会是歧头而生；无歧而花者，皆是浪花，终无瓜矣。"茇（bá）是草木的根，这里指谷子收割后留下的高茬。歧是瓜蔓分叉的地方。浪花是不结果实的花，也叫狂花或谎花。

瓜生长的时候，蔓遇到谷茬的阻碍，就沿着它攀援而上或岔开去生长。谷茬多，瓜蔓就多，因而分叉就多。那些结果的花，都是分叉处开出来的，非分叉处开的花是浪花，不结果实。如果可以引申，是不是可以说，那些人世间必然会有的磕磕绊绊，是一种作为障碍的缘起，反而可能成就一个人开出歧头之花，结出丰饶的果实？

不过，这样的结果也并非必然，一个人遇到障碍的时候，最好不要期待必然的美好结局。栋方志功有一幅版画，上题"花深处无行迹"，这是不是说，那些美好的所在，并没那么容易到达？

在这里，大概需要河井继之助那样的勇力："浮心最无用。死后入棺中，棺盖打铁钉，百尺深埋于地下，然后浮心去尽，乃生真心。此之谓地下百尺之心。"

这死尽偷心的决绝方式，大概最容易成事，不过也可能会给人过于激烈的印象，那就不妨如王阳明所说，并不期待什么必然的结果，却每时每刻提示自己深厚培育："后生美质，须令晦养深厚……花之千叶者无实，为其英华太露耳。余尝与门人言：人家酿得好酒，须以泥封口，莫令丝毫泄露，藏之数年，则其味转佳，才泄露便不中用，亦此意也。"

人生之隐显出处，或语或默，恐怕并无一定之规，差不多只是一种不得已。我在某处看到一段话，觉得深邃从容，足以释我之疑，就顺手抄了下来："古典哲人们并不对自己在实在过程中的作用抱任何幻想。他们知道，他们的参与式行动，就其范围而言，仅限于对个人生存与社会生存中的无序保持敏锐的警觉，准备好对神显事件做出回应，以及实际做出回应。他们既无法掌控启示运动本身，也无法掌控那些使他们能做出这种回应的历史条件；他们通过这种回应面对大众秩序施加的影响，并不会比对话式说服（经过文字著作的增强）达成的影响更深远。在这种近乎完美的现实主义中，唯一明显的瑕疵是，这些哲人终究还是愿意为社会设计各种秩序范式，尽管他们明知，这个社会在精神层面不会接受这些范式，而在历史层面注定要没落。"

有了上面这段话，我觉得这小小的备忘抄写可以结束了，因为不但说得严密，仔细思考起来还有某种危险的味道——或许正因为严密,才危险。我记起今年在都柏林的时候,看到三一学院的玻璃窗扇上,写着毕业于此的王尔德一句话,精警机智,显示出思想的某种本质,足以用来结尾了:"An idea that is not dangerous is unworthy of being called an idea at all."

辑四　受益的点滴

耐可避人行别径

——我读钱锺书的一点经验

一

谈论向以聪明睿智著称，且博览群书的人，是极其危险的，尤其是谈论一个钱锺书这样，时常站在人生边上，以旁观者眼光洞察人心与人生的人。你在写下每一个字的时候，都会担心他那双明亮的眼睛，早已闪过一丝狡黠的光，带着显而易见的嘲讽。

钱锺书文字机智俏达，思路与表达往往出人意表，平常的一句话，也常能翻出花样，给人理智或情感上的愉悦。这些文字引动笑意,却不能说是幽默。钱锺书对人心的看法太过透彻,幽默到他这里,往往容易化为讥讽。读他那些以 wit 著称的小品,或锋刃旁出的书评,这感觉即非常明显。我是常在感到文字板滞的时候,即抽出钱锺书的书来读,玩味其中流动的机趣,字缝里淌过的浅笑,再动笔时,便仿佛偷得一点灵动。

读过钱锺书的文字,当然不会忘记那些别出心裁的比喻。我记得当年读《围城》的时候,因其比喻的精妙,时时抚掌大笑,并用一枝红蓝铅笔,在上面密密麻麻地标示了比喻的不同类型。《宋诗选注》里谈到苏轼的时候,钱锺书说他风格上的大特色是比喻的丰富、新鲜和贴切,用一连串五花八门的形象来表达一件事物的一个方面或一种状态,仿佛旧小说里讲的车轮战法,连一接二地搞得那事物应接不暇,本相毕现。钱锺书本人的比喻,在连一接二的丰富形象之外,另开理趣一路,即便是掉书袋,也掉得优雅从容,往往精妙得让人停下阅读,忍不住咂摸起来。

对某些文学批评或文学史来说,以上这些文字上的特点,几乎很难算是优点,更难说是某种风格,甚而至于竟是某种缺陷。很长时间以来,我们的文学早就把苦难和同情当成最大的理所当然,也不愿意容忍特殊的个性了。很遗憾,钱锺书不是配合某些观点产生的,他的文字也不是为了迎合某些私人订制的趣味,在我看来,这种精雕细琢后的耀眼才华,恰恰是我们文学上长期缺乏的——当然,那前提,是真的有才华,鲁莽灭裂的自我夸赞,不在此列。

或者也可以把代表钱锺书小说顶峰的《围城》,从狭窄的文学术语评定中释放出来，如此，我们将看到，这小说的诸多意象和人物，已毫无疑问地进入汉语，尤其是书面汉语。遇到进退维谷的两难处境，我们经常会说，自己进入了某种"围城"，"围在城里的人想逃出来，城外的人想冲进去。对婚姻也罢，职业也罢，人生的愿望大都如此"；看到高校的种种人间活剧，很容易让人记起这小说里的"三闾大学"；碰到心地良善而性格软弱的读书人，我们会说他是方鸿渐；看见无聊无趣无脸皮的所谓知识分子，不禁觉得是李梅亭再世；遇上矫饰做作的女性，我们会联想到苏文纨；那个自己心目中的女孩，不恰恰是唐晓芙的样子……用不着把典型人物的话再重复一遍了，一本小说中的意象或人物，最终进入一个族群长期使用的语言，仿佛虚构的人物进入了现实，早就用实绩显现出写作者的观察力之深，表现力之强，以及他对这个世界的独特认知。

容易引人误解的是，钱锺书富有特点的文字，偶尔会让他作品的某些局部过于耀眼，以致掩盖了其总体的巧妙构思（《围城》的结构，用了《易经》的渐卦），但无论如何，钱锺书对人生的深邃认知，以及他对时代的切身之感，并未因此削弱。出现在《围城》结尾那座慢了五个钟头的祖传怪钟，写尽了钱锺书当时最内在的人生感受：

这个时间落伍的计时机无意中包涵对人生的讽刺和感伤，深于一切语言、一切啼笑。

二

钱锺书自称是"retired person"（闭门不管天下事的人），加上他文字里时常表现出的智者冷眼，最容易让人以为他在扮演一个埋头读书、不问世事的角色，并以此为傲。热衷时事却对人世艰难无法体察的人，明里暗里讥刺过钱锺书对时代的鸵鸟态度。如果稍稍多一点对言外之意的思考，去掉自己的别有用心或别有会心，甚至稍微认真地读一读钱锺书的作品，就可以在他各书的序言和古体诗里，分明地看到冷眼背后的热肠。

《人·兽·鬼》、《围城》和《谈艺录》，均写于抗日战争时期，《人·兽·鬼》序言："假使这部稿子没有遗失或烧毁，这本书有一天能够出版。""此书稿本曾由杨绛女士在兵火仓皇中录副。"《围城》序："两年里忧世伤生，屡想中止。"《谈艺录》开始则言，"余身丁劫乱，赋命不辰。国破堪依，家亡靡托。迷方著处，赁屋以居。先人敝庐，故家乔木，皆如意园神楼，望而莫接。少陵所谓：'我生无根蒂，配尔亦茫茫'，每为感怆"，因而，此书"虽赏析之作，而实忧患之书也"。抗战时期的心情，上面的引文，差不多足够说明了，只再选一首诗，"故国同谁话劫灰，偷生坏户待惊雷。壮图虚语黄龙捣，恶谶真看白雁来。骨尽踏街随地痛，泪倾涨海接天哀。伤时例托伤春惯，怀抱明年倘好开"（《故国》，1943年）。

新中国成立后，关于钱锺书与时代的关系，引起的争论更多，我很怀疑，很多人是把他不愿同流合污的狷介自守，当成了浮沉随浪的乡愿之举。写于1973年的《再答叔子》，流露出他对世事的遥深感慨："四劫三灾次第过，华年英气等销磨。世途似砥难防阱，人海无风亦起波。"而对自己在这世事中的表现，钱锺书也在《〈干校六记〉小引》里提到，他说自己在历次运动里，既不是随众糟蹋好人的糊涂虫，更不是大判葫芦案的旗手、鼓手或打手，而"惭愧自己是懦怯鬼，觉得这里面有冤屈，却没有胆气出头抗议，至多只敢对运动不很积极参加"，因此应该写一篇属于自己的《记愧》。

如果以上还不足以看出钱锺书对身处时代的沉痛之感，不妨再看他去世前九年，即《槐聚诗存》中收入的倒数第二首诗，名为《阅世》："阅世迁流两鬓摧，块然孤喟发群哀。星星未熄焚余火，寸寸难燃溺后灰。对症亦须知药换，出新何术得陈推。不图剩长支离叟，留命桑田又一回。"我不知道这首诗的具体所指，但从中可以看出，钱锺书绝不是两耳不闻窗外事的腐儒，而是对世间一往情深的热血之人。钱锺书曾引过席勒的一首小诗，"最有善政之国家正如最有淑德之妇女，均悄然不引人谈论"。这也不妨看作钱锺书的处世之道，他的热情，不是放在表面的叫喊或振臂上，而是自反而缩，不轻用其身，用自己独特的行为方式，为这人世尽一己之力。不空喊，不虚饰，用自己的专长表明自己的担当，是钱锺书的处世之道，或者竟也应该是所有肆心者应知的态度。1974年的《老至》，颇能见其心志：

迷离睡醒犹余梦，料峭春回未减寒。

耐可避人行别径，不成轻命倚危栏。

三

钱锺书避人而择的别径，是他的皇皇巨著《管锥编》。对此巨著，揄扬者不惮其夸饰，贬损者不计其极端。最常见的对此书的不屑，是称引所谓"一地散钱——都有价值，但面值都不大"。也有人把钱锺书对钱仲联《韩昌黎诗系年集释》的批评，反用在对《管锥编》的评价上，即书中引了无数人的话，写作者本该"去调停他们的争执，折中他们的分歧，综括他们的智慧或者驳斥他们的错误"，却"往往只邀请了大家来出席，却不肯主持他们的会议"。

《管锥编》几乎实现了本雅明的理想，"写一部通篇都是引语、精心组合无须附带本文的著作"。用《七缀集》里的话来说吧："许多严密周全的思想和哲学系统经不住时间的推排销蚀，在整体上都垮塌了，但是它们的一些个别见解还为后世所采取而未失去时效。好比庞大的建筑物已遭破坏，住不得人、也唬不得人了，而构成它的一些木石砖瓦仍然不失为可资利用的好材料……眼里只有长篇大论，瞧不起片言只语，甚至陶醉于数量，重视废话一吨，轻视微言一克，那是浅薄庸俗的看法——即使不是懒惰粗浮的借口。"

也就是说，常被人看作散碎的《管锥编》，起码不是钱锺书有意的疏失，而应看作他有意的追求。这个追求，外在似乎有些散碎，往内里看，却也并非像表现的那样。起码对我来说，有时自以为深思有得的某些结论，翻看《管锥编》的时候，发现钱锺书早已在某个角落里，透彻地说过了。《管锥编》里那看似散乱的珠玉，并非"如七宝楼台，眩人眼目，碎拆下来，不成片段"，却如帝释天之宝珠："网之一一结皆附宝珠，其数无量，一一宝珠皆映现自他一切宝珠之影，又一一影中亦皆映现自他一切宝珠之影，如是宝珠无限交错反映，重重影现，互显互隐，重重无尽。"

《管锥编》的志向，大约可用钱锺书的一句诗来说明，"中州无外皆同壤，旧命维新岂陋邦"，也即《谈艺录》所谓"东海西海，心理攸同；南学北学，道术未裂"。这样的贯通之意，落实下来，即在学科上打通文史哲，在地域上横跨中西印，为中外学术交流通其骐骥，甚至引导后来者重估中西学术，从而在现时代生出新的学术可能。书中那一段一节的文字，背后映现出的，是钱锺书一以贯之的打通学术壁垒之志。

或者可以说得更坚决一点，《管锥编》的写作，用的是破体为用的方式，以相应中西文史的复杂系统和作者置身时代的具体情境。那些被钱锺书召唤进书中的旧雨新知，并非没有会议主持，只是他们的谈笑风生，在书中经过了微妙的精神转换，牛奶化为营养，不生犄角，变成了钱锺书自己的血肉，因而常常难以辨认。《谈交友》里的一段话，或可作为对《管锥编》，也是对钱锺书的认识方式之一种：

大学问家的学问跟他整个的心情陶融为一片，不仅有丰富的数量，还添上了个别的性质；每一个琐细的事实，都在他的心血里沉浸滋养，长了神经和脉络，是你所学不会、学不到的。

读书、学问于身有亲

——金克木的生平片段和读书方法

数年前,忘记读一本谁的通信集了,其中有两段话,意思极好,就抄在了本子上:"学问、逻辑是一障,文字是一障,名词是一障,要能于此斩关而过,始得学问于身亲耳。""你学圣贤之学,能言语于身亲乎?"当时打动我的,就是这个学问、言语的于身有亲。

写《读书·读人·读物——金克木编年录》的过程中,因为很多事若合符节,我就经常想起上面的话。有意思的是,我逐渐意识到,这个学问的于身有亲,很多时候并非从容的选择,而是环境导致的不得不然。大概是这样吧,耶稣手上的钉痕,不就是不得不然?

试着看金克木的几个成长片段,能看到些什么呢?

一

金克木,祖籍安徽寿县,1912年生于江西万载县,父亲为清朝最末一代县官。金克木出生不久,父亲即去世,他随嫡母、母亲和大嫂不断搬迁,于动荡中完成了最早的教育。

大概因为记事早,不到两岁的金克木,就在记忆中留下了他们母子随嫡母同往安庆的情景:"A城(按,安庆)是个山城,斜靠在山坡上,裸露在长江中来往的轮船上乘客眼里。城里也几乎到处在高地上都可以望见下面滚滚流动的长江。……他一生中第一件储存在记忆中的材料便是长江中的轮船。两岁时,他一听到远远的汽笛声,便要求大人带他到后花园中去,要大人抱他起来望江中的船。这是有一段时间内他的天天必修的功课。"

上面的引文出自《旧巢痕》,在金克木自己化名写的评语中,这段话后面的点评是:"漂泊天涯从看江船开始,有象征意味。"不知道金克木这里所谓的象征,是说他婴儿期一家人的不断搬迁,还是包括他少年和青年时期更大范围的居无定所,但每一段漂泊,都跟家庭和时代的剧烈变动有关,其中似乎确乎有着命运的影子。人大概就是这样吧,无法择地而生,也无法择时而生,恐怕最终都不得不学着爱自己的命运。

金克木这种旧家庭，人口多，且来自不同地域，故而操持着不同方言。三个哥哥说的是寿县话，大嫂说的大概是一种"官话"，"特点是干净，正确，说的句子都像是写下来的。……她不是'掉文'，是句句清楚，完整"。跟早年金克木相处更久的母亲和嫡母，也各说不同的话："我出生时父亲在江西，我的生母是鄱阳湖边人，本来是一口土音土话，改学淮河流域的话。但她所服侍的人，我的嫡母是安庆人，所以她学的安徽话不地道，直到二十几岁到了淮河南岸一住二十年才改说当地话，但还有几个字音仍然只会用仿佛卷着舌头的发音，一直到七十五岁满了离开世界时还没有改过来。"

在一个天然的复杂语言环境里，金克木完成了早期特殊的听、说训练："我学说话时当然不明白这些语言的区别，只是耳朵里听惯了种种不同的音调，一点不觉得稀奇，以为是平常事。一个字可以有不止一种音，一个意思可以有不同说法，我以为是当然。"本来，学任何东西都是"杂则多，多则扰，扰则忧，忧则不救"，可如果一个人天然置身于杂多的环境，没有因比较而生的分别心，则杂多便可能成为某种特殊的专一。后来金克木学多种外语，都能即用即学，即学即会，或许就跟他成长的特殊语言环境有关。

二

学前阶段，金克木已经完成了传统的开蒙教育，开始背诵

"四书"和部分"五经",并随三哥读新式国文教材,同时学习英文。1920年,金克木入安徽寿县第一小学就读,1925年毕业后,从私塾陈夫子受传统训练两年。

又是传统的背诵,又是新式教材教法,又是私塾训练,又是学习英语,照现在的说法,金克木所受的,似乎是贯通古今、中西兼备的教育,既能上接传统,又能融入现代。只是,这个新旧之间的教育,恐怕并非如想象那般完美,在深入任何一个领域之前,教育只是对懵懂的简单引导而已。甚至,就连所谓私塾的传统训练,我们的理解或许也没那么牢靠。

两年的私塾,学些什么呢?"他先问我读过什么经书。我报过以后,他决定教我《书经》。每天上一段或一篇,只教读,不讲解,书中有注自己看。放学以前,要捧书到老师座位前,放下书本,背对老师,背出来。背不出,轻则受批评,重则打手心,还得继续念,背。……《书经》背完了,没挨过打骂。于是他教《礼记》。这里有些篇比《书经》更'诘屈聱牙'。我居然也当作咒语背下来了。剩下《春秋左传》,他估计难不倒我,便叫我自己看一部《左绣》。这是专讲文章的。还有《易经》,他不教了,我自己翻阅。"

看起来顺理成章,我们心目中的硕学大儒就是这样一步步学出来的对吧?只是,不要忘了金克木提到的"传统训练",这是什么呢?"行业训练从作文开始。这本是几个年纪大的学生的事。他忽然出了一个题目:《孙膑减灶破魏论》,要我也作。这在我毫不费事，因为我早就看过《东周列国志》。一篇文惊动了老师。念洋学堂的会写文言，出乎他的意料。于是奖励之余教我念《东莱博议》，要我自己看《古文笔法百篇》，学'欲抑先扬''欲扬先抑'等等，也让我看报，偶尔还评论几句。……老师从来没有系统讲过什么，可是往往用一两句话点醒读书尤其是作诗作文的实用妙诀。"

理想的读书人，不应该"正其谊不谋其利"吗，私塾老师怎么教的是实用妙诀，这把读书当成噉饭的工具了？某种程度上，或许正是如此："从前中国的读书人叫作书生。以书为生，也就是靠文字吃饭。这一行可以升官发财，但绝大多数是穷愁潦倒或者依靠官僚及财主吃饭的。……照我所知道的说，旧传统就是训练入这一行的小孩子怎么靠汉字、诗文、书本吃饭，同商店学徒要靠打算盘记账吃饭一样。'书香门第'的娃娃无法不承继父业。就是想改行，别的行也不肯收。同样，别的行要入这一行也不容易。"

这两年的传统训练，给金克木留下了深刻的印象，照他自己的说法："当时我不明白，后来还看不起这种指点。几十年过去，现在想来，我这靠文字吃饭的一生，在艺业上，顺利时是合上了诀窍，坎坷时是违反了要诀。这就是从前社会中书生的行业秘密吧？"或许这段话可以打破我们对读书是高雅之事的刻板印象，回到古代学习的具体情景，也就能够意识到，传统所谓的"耕读传家"，非常可能是两项并列的实用技能。

金克木游学生涯中，有很多长短不一的各类文章，不少人觉得够不上十足的学术，偶尔会出语嘲讽。那原因，或许就是忘记了，很长一段时间，写文章是金克木的生存手段，是他的身上衣、口中食。衣食尚不能保障的时候，要求一个人出手就是思虑周全的学术杰作，大概有些过于苛刻了。更何况，不管任何外在评价，只对具体一个人来说，这样上手即能完成文章的能力，说不定是一种有效的写作训练。

三

1927年，北伐军打到长江流域，家人送金克木到乡下躲兵灾，始读《新青年》。1928年，经人推荐至寿县三十铺小学任教，同事背讲《共产主义ABC》。

无论看起来怎样完善的教育，如果没有跟每个人置身的具体情境结合起来，其实也可能不过是繁复的装饰，或许能唬人，却实在是于身不亲。金克木真正独立读书学习的时候，社会已经过辛亥革命和五四运动的双重洗礼，时代的文化重心已然转移，只抱着传统经典摇头晃脑，显然已经不足应付。正是在这样的情形下，金克木遇到了跟时代同步的契机。

《旧学新知集》序里，较为明确地写到这个契机："（因为此前乱读书）我成了一个书摊子，成不了专门'气候'。我好像苍蝇在玻璃窗上钻，只能碰得昏天黑地。不料终于玻璃上出现了一个洞，竟飞了出来。那是小学毕业后的一九二六年（按，应为一九二七年），我看到了两部大书。一是厚厚的五大本《新青年》合订本，一是四本《中山全书》。这照亮了我零星看过的《小说月报》《学生杂志》《东方杂志》。随后又看到了创造社的《洪水》和小本子的《中国青年》。我仿佛《孟子》中说的陈良之徒陈相遇见了许行那样'大悦'，要'尽弃其所学而学焉'。"

　　这个过程，说白了，就是时代的于身有亲。所谓苍蝇在玻璃窗上钻，不就是所读所学没有归处，因而身在时代之外？从窗户洞里飞出去，就是读了《新青年》和《中山全书》之后，此前杂乱的学问奔赴于时代的边际，汹涌的涡流一变而为浩荡的长河，跃跃若新发于硎。

　　当然，这不是金克木跟时代关系的全部，甚至可以说，这只是他不断调整自己与时代关系的一个侧面。重要的是，有了这段经历，金克木打开了此前封闭的信息交换系统，能够随时更新自己与时代的关系。从这一节开头提到的同事背讲《共产主义ABC》，我们大体也能感受到，社会表层之下潜流涌动，更新的时代潮声，已经在大地上响起。

四

　　1930年，金克木离家至北平，因无缘得进正规大学，只能勉力游学，徘徊于高等学府之间，进出于各种大大小小的图书馆。

在此期间，金克木泛览书刊，自学外语，广交朋友，在切磋琢磨中眼界大开。1935年，经朋友介绍至北京大学图书馆任职，得师友指点，获无言之教。

没有任何一个时代，也没有任何一个家庭，会为某个人准备好所有的条件才让他踏上社会。金克木离家去北平，原本打算找个机会上大学，却因为当时社会的混乱状况和家庭条件的限制未能如愿，只能不时去高等学府听几节课，然后读所谓"家庭大学"。这个金克木称谓的"家庭大学"，应该来源于他当时读的英文"家庭大学丛书"，当然，包括他进入"私人教授英文"和"私人教授世界语"两处别人的家庭，也包括他逛的旧书店和书摊，最重要的，则是他出入的各种大大小小的图书馆。

如果没有身历过同样的困窘，我们大概很难体会交不上房租、穿不上棉袍、吃不上三顿饭的金克木，为什么会觉得图书馆是他最亲切的"家庭大学"。在寒冷的冬天，衣着单薄的金克木，偶然进入一家生有火炉的图书馆："我忽然发现宣武门内头发胡同有市立的公共图书馆……馆中书不多，但足够我看的。阅览室中玻璃柜里有《万有文库》和少数英文的'家庭大学丛书'，可以指定借阅，真是方便。冬天生一座大火炉，室内如春。我几乎是天天去，上午，下午坐在里面看书，大开眼界，补上了许多常识，结识了许多在家乡小学中闻名而不能见面的大学者大文人的名著。如果没有这所图书馆，我真不知道怎么能度过那飞雪漫天的冬季和风沙卷地的春天，怎么能打开那真正是无尽宝藏的知识宝库的大门。"

困厄之时，有这样的容留之地可以安心读书，也就怪不得金克木一直觉得，那些普普通通的小图书馆，跟自己的情分算得上"风义兼师友"："我平生有很多良师益友，但使我最感受益的不是人而是从前的图书馆。那些不为官不为商，只为穷学生服务的公共图书馆，不知道现在还有几所？"后来流徙各地，金克木也是"每到一地，有可能就去找当地图书馆，好像找老朋友"。更重要的是，金克木从图书馆的读书中，养成了一种特殊的学习方法，"我看书如同见活人，读书如听师友谈话"。这个从图书馆习得的奇特读书法，能把已在某种意义上风干的书复活，重新拥有生动的面容，并在深处通向他后来提出的"读书·读人·读物"，有心人或可深思。

除了这些普通的图书馆，金克木跟北京大学图书馆可以说缘分深厚。在北大图书馆工作不足一年的时间里，金克木管借书还书，就此开阔了眼界，结交了朋友，更新了学习方式，可谓收获颇丰："借书条成为索引，借书人和书库中人成为导师，我便白天在借书台和书库之间生活，晚上再仔细读读借回去的书。"更重要的是，这段时间里，金克木领悟到一种读书法，"图书馆中的人能像藏书家那样会'望气'，一见纸墨、版型、字体便知版本新旧。不但能望出书的形式，还能望出书的性质，一直能望到书的价值高低"。

把这方法移用到读书，不妨称为"望气读书法"。学会了这个方法，可以一眼而能知书在文化整体中的位置，并能迅速判断其格局和价值。信息过剩的当下，这种读书法或许更应该重视。

五

1938年，金克木到香港任《立报》国际新闻编辑，1939年始执教于湖南省立桃源女子中学和湖南大学，1941年至印度加尔各答中文报纸《印度日报》任编辑，1943年辞职，于佛教圣地鹿野苑随憍赏弥老人钻研印度古典。

这段时间的经历，乍看起来非常惊艳，仿佛一个人拥有极大的选择空间，随时随地可以潇洒自如地展现自己的能力。其实，无论是到香港，还是在湖南，还是去印度，都是因为日本侵华造成的困顿时局，导致金克木不得不辗转求生。拿他到香港为例，金克木说那"实在无路可走"，"是'逃难'去的，是去找饭吃的"，根本没什么潇洒可言。

不过，虽然在如此被动的情形中，金克木却也没有一蹶不振，或者怨天尤人，而是根据不同的情势，迅速调整自己的学习和读书策略。就说到香港吧，原来不知道要去做什么，只是朋友介绍去见萨空了。萨空了见他拿着一本英文书，便让他去报社翻译外电："那晚上他只对我说了一下美联社的'原电'的种种简化说法怎么读，路透社的和报上一样就不必讲了。说完便匆匆走了……通讯社陆续来电讯，我陆续译出。快到半夜，他来了，翻看一下，提笔就编，叫我次晚再来。第二天晚上他对我说，他实在忙不过来，又找不到人，要我连译带编这一版国际新闻（约相当于《新民晚报》半版）。桌上有铅字号样本，还有报纸做样子。说完又匆匆走了。"

就这样，金克木很快就适应了报社的工作节奏，并对这份工作胜任愉快。有意思的是，这段经历不只是能够挣钱养家，还让他锤炼出一种学习方法："这一年（没有休息日）无形中我受到了严格的训练，练出了功夫，在猛然拥来的材料堆积中怎么争分夺秒迅速一眼望出要点，决定轻重，计算长短，组织编排，而且笔下不停（《立报》要求篇幅小容量大必须重写，规定只用手写稿），不能等排字工人催，不能让总编辑打回来重作。"这种不依赖环境完善，而是在复杂情形中迅速调整，并辨认出重点信息的能力，我觉得是金克木读书甚至做事方法的核心，值得好好思量——世上哪里会有一种情形，是准备好了所有条件才让我们去读书、做事的呢？

体会到这个方法，后面的到湖南教书和钻研印度古典，甚至金克木其他生平片段，就不用一一介绍了，因为都可以看成在不完备条件下迅速做出决断的例子。就像他自己说的，香港报社学会的那套功夫，"后来我在印度鹿野苑读汉译佛教经典时又用上了"。

或许，读书和学习就是这么一回事，永远不要期盼有人铺好了全部阶梯，也永远不要期待此后会有更充分的准备，而是要在每一个条件不完备的环境里，找出一条适合自己的路。这样的方式，因为时时于身有亲，即使走得趔趔趄趄吧，也自有一种特殊的风姿。

火传也，不知其尽也

——我从傅雷先生受益的点滴

  1996年，我刚入大学，一下子从县城的小书亭来到了售卖各种人文书籍的小书店，仿佛穷小子进了百宝堂，顾不上囊中羞涩，可自己的心意购置各种书刊来读。不知是不是因为这年恰逢傅雷先生辞世三十周年，反正那时书店里似乎陈放着各种版本的《傅雷家书》（后文简称《家书》），便也顺手买了一本。

  大约是因为性情的易喜易怒与傅雷先生相似，我读《家书》，遇到其中畅快果决的结论，往往激动不已。叹服之感生起，我便不免常常拍击书桌，拍到忘情处，就忽视了下手的轻重，有时候手掌都会肿起来。现在想起《家书》，我仍会感到手掌隐隐发痛。

记得当时还写过一篇关于此书的推介,在学校的广播电台里播了出来。许多年过去了,我早已不记得怒庵先生对傅聪的各类具体教导了,只那句经常出现在信中的"先做人,再做艺术家,最后做钢琴家",还时常回旋在脑海。

前些日子,偶然读到一个作家写给孩子的信,小心翼翼地跟孩子说着话,好像生怕自己哪里不对影响了孩子的心情,我忽然忆起傅雷先生在《家书》中的口吻。虽然信中也常有商量探讨,但那口吻,却完全是教训的,是一个过来人对后来者的指导,对孩子的关心之意,就藏在无数细小的指导中。不用说现在提倡平等教育的专家了,当年的老朋友施蛰存,就觉得傅雷的这个教育方式对孩子求之过苛:"他的家教如此之严,望子成龙的心情如此之热烈。他要把他的儿子塑造成符合于他的理想的人物。这种家庭教育是相当危险的,没有几个人能成功,然而傅雷成功了。"这个意外的成功,让我们反过来思考现下倡导的平等与鼓励教育,或许未必是唯一的准则;指教或批评,也未必就陈腐乏味到必然失败——参差多态才是教育的本然。

记住了傅雷的名字,我便去图书馆索引,调出了馆中所藏傅雷译著的所有著作,一看之下,不免信心受挫。在学校那个藏书不富的图书馆里,傅雷的译文也有厚厚的十数卷,绝非数日可以尽读。于是,第二年暑假我便待在学校,把傅雷译文集调出来,一本本排头读来。因为学校靠近海边,宿舍里往往聚蚊成雷,我便不时把水洒在身上。身体变滑,蚊子便不易停住,免了不少蚊叮之苦。那个夏天,罗曼·罗兰,巴尔扎克,服尔德(伏尔泰),

梅里美,或庄严,或雄强,或机敏,或妖冶,仿佛变幻不置的法国风情,看也看不尽,叹也叹不足。

据说理想的翻译,该是如原作者用汉语写作,傅雷先生的译文,或许庶几近之。我读译文集的时候,便经常忘记自己是在读翻译,只觉得高老头、贝姨、葛朗台、嘉尔曼(卡门),以及一根筋样的老实人和天真汉,都生活在我们身边,如每天都觌面相见一般。全部读完傅译的巴尔扎克以后,我想一鼓作气把巴尔扎克的全集攻克,最先挑中的,是《驴皮记》。一读之下,不免大吃一惊,此前的流畅精悍一变而为迟滞庞杂,匆匆翻过数页,便忙不迭地还给图书馆了。要再过很多年,我从对傅雷译文的路径依赖中走出来,才重新翻开了巴尔扎克的非傅译作品。

世事变幻,疾如箭矢。我读巴尔扎克的时候,他在中国,几乎已经从毫无疑问大作家,跌落到小的大作家的程度,再过数年,就已经开始有人把他贬为大的小作家。大约是 2003 年左右的样子,我偶尔读到一篇文章,不但为巴尔扎克不断下降的名望盖棺,连带傅雷先生也遭了质疑,意思是他选择不善,译了那么多不重要的作品,有那么点遇人不淑的意思。因为这个原因,我重温了一遍傅雷先生的译文,又把巴尔扎克全集翻览一遍,写了一篇题为《褪色的巴尔扎克》的文章,期望能将巴尔扎克内里永不衰老的东西提示一二,也借机为那个最早识别出张爱玲的傅雷的眼光正正名。当然,这文章跟当年的大部分习作一样,都沉睡在电脑里,只我自己知道曾有过这样一番意图。

我当然不会忘记那本装帧古朴大方的傅译《艺术哲学》。好像是刚在美学史课上讲到丹纳三要素论，我就在离学校二十多公里的一个专营人文学术的书店里买到了这本书，如获至宝，几乎用一天的时间就读完了。"种族、时代、环境"在我脑子里没留下什么印象，只觉得丹纳的讲授汩汩滔滔，有他那个时代独特的自信在里面。后来我偶尔阑入讲台，也会引用丹纳的话扮扮酷："所谓教训归根结底只有两条：第一条是劝人要有天分；这是你们父母的事，与我无关；第二条是劝人努力用功，掌握技术；这是你们自己的事，也与我无关。"丹纳讲这话的时候，科学精神正如日中天，他还相信自己可以罗列事实，"说明这些事实如何产生"；到我引用这些的时候，那份自信早就消失了，差不多只够给自己的信口开河做个借口。

写这篇文章的数天前，我忽然因偶然的机缘，看到黄宾虹先生的一幅画，重重叠叠，愈转愈深，如见到画者胸中丘壑，其邃密处，非诸多名家作手可以望其项背。心下一惊的同时，我忽然想起，《傅雷家书》里好像常常提起黄宾虹，并有为其操办画展事，一查之下，果然如此。于是便找出傅与黄的通信来读，"尊作《白云山苍苍》一长幅，笔简意繁，丘壑无穷，勾勒生辣中，尤饶妩媚之姿"。就中点出的，果然有"丘壑"二字。读毕通信，我从书架上检出傅雷谈论艺术的有关文字，并其中有许多绘画评论的《艺术哲学》，决定再读一遍——我不知道我过去的阅读，究竟忽视了多少好东西。

"指穷于为薪,火传也,不知其尽也。"我当然不是傅雷先生的传薪者,能够写下的,不过是自己受益的点点滴滴,并以此点滴,回向刚烈地走向另一个世界的怒庵先生。

受过伤的心总是有璺的

——读汪曾祺小记

汪曾祺写唐兰先生上词选课，主要讲《花间集》（只认此为词之正宗?），以下不讲。讲呢，也"只是打起无锡腔，把这一首词高声吟唱一遍，然后加一句短到不能再短的评语。'双鬟隔香红啊，玉钗头上凤。——好！真好！'"，这就算讲完了。当年我读到这里，羡慕得有些冲动，就想，哪一天有机会写汪曾祺，最好也能这么来一下——"《受戒》，好！《跑警报》，好！《七里茶坊》，好！"就这么结束一篇文章。

可惜，除了约朋友编过一本《世相中人》，写过一篇很理论的跟汪曾祺有关的文章，对自己要说的那个"好"，一直都没有机会感叹出来，简直都要坐下病来。治病救己，尽管没法模拟唐兰先生的好风姿，那用不多的文字来想想，也是好的吧。

高中的时候，我在县城上学，不知道在哪里看到过一篇汪曾祺的文章，就此念念不忘，经常对人说起。一个有心的同学，后来就托自己在省城工作的姐姐买了一本《汪曾祺作品自选集》送我——这是我自高中留到现在的唯一一本书。在这书里读到《受戒》的时候，只觉得小说纯粹是一派天籁。那明净的地方，稠密的烟火，淳厚的人心，像是经过世外甘霖的冲洗，明明亮亮，净净爽爽。情窦初开的明海和小英子，满腔的爱意清清澈澈——

她挎着一篮子荸荠回去了，在柔软的田埂上留了一串脚印。明海看着她的脚印，傻了。五个小小的趾头，脚掌平平的，脚跟细细的，脚弓部分缺了一块。明海身上有一种从来没有过的感觉，他觉得心里痒痒的。这一串美丽的脚印把小和尚的心搞乱了。

我们隐隐约约知道，这美善得不像人间的日子必将结束，因为岁月会来，灾难会来，污浊会来，沈从文《长河》中写到的那个"来了"会来。汪曾祺当然也知道，不然小说的最末尾也不会出现"写四十三年前的一个梦"吧？甚至，在1980年写下这个小说的时候，他已经被四十三年前隐约感知的几乎所有"来了"都来过一遍。比如，大约就在明海和小英子长到小锡匠和巧云那么大的时候，地方上来了保安队的刘号长，小锡匠被打成重伤，巧云不得不去挑担挣钱。虽然她的"眼神显得更深沉，更坚定了。

她从一个姑娘变成了一个很能干的小媳妇",只是我们都知道,那个"来了"已然经过。

随后,日本人也"来了",汪曾祺随众人迁至昆明西南联大。昆明几无空防能力,日本飞机来了,只好拉响空袭警报。"一有警报,别无他法,大家就都往郊外跑,叫做'跑警报'。"这一行为,"也有叫'逃警报'或'躲警报'的,都不如'跑警报'准确。'躲'太消极;'逃'又太狼狈。唯有这个'跑'字于紧张中透出从容,最有风度,也最能表达丰富生动的内容"。警报跑久了,就有了花样,比如有人就据此情景写了绝妙的对联,"见机而作,入土为安",无比准确——"很多人听到紧急警报还不动……要一直等到看见飞机的影子了(见机),这才一骨碌站起来,下沟,进洞(入土)。"

也有人不跑警报,"一位广东同学,姓郑。他爱吃莲子。一有警报,他就用一个大漱口缸到锅炉火口上去煮莲子。警报解除了,他的莲子也烂了。有一次日本飞机炸了联大,昆明北院、南院,都落了炸弹,这位郑老兄听着炸弹乒乒乓乓在不远的地方爆炸,依然在新校舍大图书馆旁的锅炉上神色不动地搅和他的冰糖莲子"。日本轰炸昆明,用意是恐吓,但即便在如此激烈的"来了"之下,仍然有人神色不动。汪曾祺说:"中国人的心理是有很大弹性的,不那么容易被吓得魂不附体。我们这个民族,长期以来,生于忧患,已经很'皮实'了。"而其真髓,即儒道互补的"不在乎"精神,"是永远征不服的"。

这个"不在乎"精神,后来经过了历史波澜的汪曾祺,将其发展为"随遇而安":"'遇'当然是不顺的境遇,'安'也是不得已。不'安',又怎么着呢?既已如此,何不想开些。如北京人所说:'哄自己玩儿。'当然,也不完全是哄自己。生活,是很好玩的。"虽然有这句"生活,是很好玩的",但仔细读,仍然能看出在"和谐"外表之下,有点什么是汪曾祺勉力支撑的,尽管他爱称自己为"中国式的抒情的人道主义者",尽管他觉得自己小说"有些优美的东西,可以使人得到安慰,得到温暖"——虽然事实确实如此。

1984 年,孙犁在一篇文章中谈到汪曾祺,说自己的作品是纪事,不是小说,而汪曾祺,却"好像是纪事,其实是小说"。汪曾祺显得特别像是纪事的一篇小说,是《七里茶坊》,同时也显得特别"随遇而安"。里面的很多话,就是放进散文《随遇而安》里,也没有丝毫违碍感:"我在一个农业科学研究所下放劳动,已经两年了。有一天生产队长找我,说要派几个人到张家口去掏公共厕所,叫我领着他们去。"虽然是在大饥荒之后的背景下,同行的四个人,仍然各有各的"随遇而安"——曾经走南闯北的老乔没事看几眼《啼笑因缘》,原先的长工老刘"一声不响地坐着,能够坐半天",小王正谈着恋爱,所以或是"写信,或是躺着想心事","我"呢,"就靠在被窝上读杜诗"。

小说写的,其实是社会大顿挫后一个小小的休憩,此后会有更大的起伏等待着人们。不过,即便是这样一个小小的休憩,尘世的能量也已经于此小小醒转,对温煦繁庶日常的渴望,人与人之间明显的善意,辛劳时日中溢出的活力,都开始蠢蠢欲动。这就是人间的样子吧，你"以为它要完了，它又元气回复，以为它万般景象，它又恹恹的，令人忧喜参半，哭笑不得"，差不多正是"无观的自在"。这自在不好解释，约略像这小说中的那种气息，烟熏火燎的，却有一种属人的恣意在其中："杜诗读完，就压在枕头底下。这铺炕，炕沿的缝隙跑烟，把我的《杜工部诗》的一册的封面熏成了褐黄色。"

人世真是个奇迹，只要风雨不是太过猛烈，以致摧折了茁壮的生机，很容易就"顿觉眼前生意满"。汪曾祺广为人知的小说，写的多是这生意，并因凝聚了他此前对中西文学、民间文学、戏剧，甚至书画的理解，对人世的温情和隐约的哀愁达至了平衡，而能以饱满的笔意出之，流露出"一种更新的、几乎青春的元气，成为艺术创意和艺术力量达于极致的见证"，可以称得上是他"毕生艺术努力的冠冕"。可是，那个"来了"毕竟来过，并且来得很多，来得频繁，即使怎样的随遇而安，"受过伤的心总是有璺的"。

去世前不久，汪曾祺忽得一梦："毕加索画了很多画。起初画得很美，也好懂。后来画的，却像狗叫。""晨醒，想：恨不与此人同时，——同地。"鬼哭狼嚎，呕哑嘲哳，像难听的狗叫，要毁灭清新完整之美，汪曾祺却要一意追随，到底发生了什么？

1980年代中后期以来，此前小说艺术几臻完满的汪曾祺，忽然风格一变，文字由优美转为平实，其主题的残酷设定，风格的略形简朴，荒诞感的显露，对人心和人生残酷底色的体察，都打破了他此前小说的平静之美，更多地用力于矛盾、空隙、皱褶、破碎之处，文章似乎也失去了饱满度。他女儿当年都说，这些文章"一点才华没有"。受过伤的心的裂璺,勉力支撑的那个勉力,在这些作品中显现出来,或许就像他自己说的,"现实生活有时是梦,有时是残酷的、粗粝的。对粗粝的生活只能用粗粝的笔触写之"。

"须知世上苦人多",汪曾祺写于晚年的《八月骄阳》《安乐居》《毋忘我》《小芳》《薛大娘》《窥浴》《小嬢嬢》等,人物回到了小英子、巧云一群,却带上了尘世的裂璺和勉力,人也变得复杂起来,却又往往能在这艰难里勤力。拉皮条而又自己"偷人"的薛大娘,竟有了"舒舒展展,无拘无束"的样子。这活力,是人世自生自长的活力吗?这薛大娘,会是小英子长大后的样子吗?

薛大娘不爱穿鞋袜,除了下雪天,她都是赤脚穿草鞋,十个脚趾舒舒展展,无拘无束。她的脚总是洗得很干净。这是一双健康的,因而是很美的脚。

乾坤浑白尽，一树不消青

——读字记

有些书，你早就期望重读，只仿佛隔了一层薄纸，要有个因由来捅破才恰好。今年春节后，《阿城文集》出版，就给了我这么一个好因由，又将阿城把来详过一遍，几乎看破了他不衫不履背后的拳拳之心。意犹未尽，便从书架上找出阿城推荐的孙晓云《书法有法》来看。

孙晓云谈的，是古人相传的"转笔"之妙，即在书写过程中，不用舔笔，在纸上转动笔杆，把散开的笔锋舔拢，提高写字效率。以此来看现在对很多书法名言的理解，往往南辕北辙。比如王羲之的"意在笔先"，并非只说书写之前构思整幅字的布局，而是字字考虑,"在落笔之前,就先想好手势的安排,笔是先左转再右转,还是先右转再左转,要安排得顺手,'向背'分明,'勿使势背'。若上一字收笔是'背势',下一字的开始必以'向势';若上一字收笔'背势'未尽,下一字可将余势用尽,或在空中完成"。如此,几乎人人耳熟能详的"书空咄咄""胸有成竹",其根蒂,都牵连到这个具体的技术问题。因有拨云见日之妙,我连带也就信了阿城的话,这书对不练书法的人来说,"也许收益更大,因为你开始能实实在在地进入鉴赏了"。

我找出自己过去收集的字帖,又从网上购置了一批,攒出点闲暇就翻翻,有时在地铁上,还打开微拍堂的书法频道乱看。结果呢,在诸多大名鼎鼎的字帖里,除了《书法有法》提到的几幅,我几乎没有看出另外作品的转笔之妙。渐渐也就明白,这些帖子因为加了时间的封印,除非有深通其妙的人讲解,或自己在临写过程中偶然触机,是不轻易提供能量的。遇此障碍,我的注意力便渐渐聚拢在微拍的书法频道上,那里的作品有新有旧,而旧作品也因加进新的人气,仿佛多了些活力。不久,读书养成的积习就抬起头来,我开始更注意所写的内容,书法倒成了其次的事情。

书法的世界,当然跟我们的日常世界一样,最多的题材是福禄寿喜,吉祥如意,书山有路,学海无涯,诚信赢天下,大鹏展翅飞。内容偏古代的,以1970年代末为界,其后的作品,自佛教取材,以《心经》和《金刚经》的四句偈最受欢迎,也往往看到六字佛号,看到《坛经》的"菩提本无树,明镜亦非台。本来无一物,何处惹尘埃"。一旦是诗词,则以唐宋为多,王维、李白和苏轼最为多见，且多是教科书上的那几首。偶尔会有人写幅陶渊明，屈原已经罕见，《诗经》更是绝无仅有。看多了，便不免有些起厌心，再好的东西也经不住重复。何况大多数时候，书法里有一股造作的隐逸气息，仿佛脏油泼在了纸上，内容的一点明亮，全被遮没了。直到有一天，看到一幅写在手工老皮纸上的字，内容来于《五灯会元》，是茶陵郁山主的悟道偈："我有神珠一颗，久被尘劳关锁。今朝尘尽光生，照破山河万朵。"不多见的六言，意思绝好，加之笔墨疏宕，几乎让人看到了透尘而出的神珠之光。

1970年代末之前，或1950年代之前，微拍堂里号称日本或别的地方回流的书法作品，虽多是成辞，却也时有可观。比如，常有德川家康的遗训出现："人之一生，如负重远行，勿急。常思坎坷，则无不足。心有奢望，宜思穷困。忍耐乃长久无事之基。愤怒是敌，骄傲害身。责己而勿责于人。自强不息。"宽而栗，直而温，于谨慎戒惧之中，能见出勤勉不倦的生生之力。另有一次，我看到过"深奥幽玄"挂轴，此四字原在日本棋院的特别对局室"幽玄之屋"悬挂，为川端康成所书，我见到的虽是临本，却能不失其沉郁雄厚。只是，这原本属人的围棋的朴茂之思，现已受到了人工智能的强大冲击，幽玄之屋会在这冲击之下安然无恙否？若起川端于地下，他会怎样看待这件事呢？

我最喜欢的两件作品，一件是"寂默光动大千"，虽没找到具体出处，很怀疑暗用了《维摩诘经》："于是，文殊师利问维摩诘'我等各自说已，仁者当说，何等是菩萨入不二法门？'时，维摩诘默然无言。"虽曰无言，那惺惺寂寂的静默之光，在大千世界跃动不已。另外一件，是"大行者则称无碍光如来名"，出自日本净土初祖亲鸾的《弥陀如来名号德》："阿弥陀佛者，智慧光也，此光名无碍光佛也。所以名无碍光者，十方有情之恶业烦恼心不能遮障，无有隔碍故，名无碍也。"于阿弥陀佛本义的无量寿无量光之外，别出"无碍"一解，可令善疑者信力坚固。沿着这无碍，我不免想到《圆觉经》中的一段话："善男子，一切障碍即究竟觉。得念失念，无非解脱。成法破法，皆名涅槃。智慧愚痴，通为般若。菩萨外道所成就法，同是菩提。无明真如，无异境界。诸戒定慧及淫怒痴，俱是梵行。众生国土，同一法性。地狱天宫，皆为净土。有性无性，齐成佛道。一切烦恼，毕竟解脱。法界海慧，照了诸相，犹如虚空。此名如来随顺觉性。"这如来随顺觉性极高明，有不增不减、不可思议之妙，常人绝难企及，却又不知为何，读之能给人深广的信心。

成辞之外，有些写字人自创的诗句，与书法一起，均能见出性情。比如署名"斗室"的一幅："牛角蹒跚行路难，任他尹喜得相看。谁知道德留言日，身结姓名落异端。"字写得很有力，却略显不够洒脱，仿佛作者像诗中的老子，本该骑牛绝尘而去，却在西行之路上坎坎坷坷，忧心忡忡，被周围的什么牵绊住了的样子。署"古香叟"的一幅，字用板桥体，起首两句，大有脱俗之感："老梅尘外赏，炼魂冰玉清。铜瓶春如影，纸帐月无声。"惜末两句稍弱，有点堕入文人鉴赏品咂的小趣味里。我最喜欢的自创诗句，作者是小野湖山（1814—1910），明治初期名震日本汉诗坛的"三山"之一，与中国文人交游甚广，时与王韬、俞樾、黄遵宪等相赠答。我看到的这首,写于其九十六岁之年,题为"雪中松":"何羡百花艳,贞名终古馨,乾坤浑白尽,一树不消青。"黄遵宪曾言其"中年七律,沉着雄健,剧似老杜,尤为高调"。从这首诗来看,前句工稳,后句清洁,不似杜甫的雄健,倒有些杜牧的清丽。字也饱满圆润,或许其于衰年尤能变法,刚而能柔,于晚岁现此勃勃生机。

当然,如我看到的一幅今人书写的翁同龢所撰对联,"每临大事有静气,不信今时无古贤",用不着厚古薄今,现代人的作品里,也时有令人警醒的话——即便是抄的,选什么抄,也需要见识对吧?

我就看到一个书写者,有段时间,每日以一纸马可·奥勒留《沉思录》为功课。有天我看到其中的一节:"若你为周遭环境所迫而心烦意乱,要让自己尽快恢复到正常的状态,不要继续停滞在烦躁之中。只要你不断地恢复到本真的自己,你就能获得内心的和平与安宁。"这题材,是过去人绝不会用的吧,我却觉得堪称调节现代心理的良药,张于室内,可与"应无所住而生其心"合参,时时提醒自己不要陷入恶劣心绪之中,善养一己贞静之气。又一日霾大,偶见有人书某经书中语:"你将见到有烟雾漫天的日子,那烟雾将笼罩世人,这确是一种痛苦的刑罚。"真像是某种奇特的预言,而这样的文字,恐怕也是过去人不会抄录的吧?

还有一些作品,虽引的是前人成句,却因为过去未读不知,或因为已读而未留意,单独写出来,就仿佛"把一个游手好闲的人从桎梏中解救出来",让人忽然间明白了点什么。比如我看到过一件作品,写的是"奇龙逸凤久漂泊",读题款,知是康有为的话。我吃了一惊,这几乎是他一生的谶语对吧?如果不怕被指为比附,我甚至要怀疑喜欢写"龙"写"凤"的另一个有争议的近代人物,其书法和思想来源,就在这里。另有一件,写的是谢无量《题屈原像》中语,"要识风骚真力量,楚声三户足亡秦"。一句之内而有开阔的时空,无能的文学因复合了时代风云,有了弥满的力量。字呢,墨气淋漓,一气贯注,几乎能透纸看见楚大夫行忧坐叹的样子。

还有一次,我看到一幅写于 1977 年的字,出自朱熹《劝学文》:"勿谓今日不学有来日。"考虑到当时的社会情形,署名"昌原"的这个人,心里想的是什么呢?他是不是觉得自己已经因各种并非自己的错误耽误了太多时光,有些委屈,有些无奈,却并没以此为由,任自己荒废下去,而是引朱子语自警,就从今天开始,直接走自己的向学之路。这条向上的路不接受借口,正如一幅写《淮南子》的字所言:"谓学不暇者,虽暇亦不能学矣。"就是这样,那些沉默的字,如我所见的另一件作品,"无舌而说",一直在提醒着我们什么。

辑五　　印象与记忆

梁鸿，对准真问题

早在梁鸿因两本"梁庄"广为人知之前，我就读过她文学批评和文学理论方面的文章，材料功夫细密，论述干脆利落，显示出扎实的学术准备和攻坚克难的决心，因此就一直放在了留心的名单中。

大概是因为留心，梁鸿的《中国在梁庄》出版的时候，我就买了一本，读罢，不禁有点吃惊。在这本书里，我看到一个处于倾颓和流散之中的乡村，那里充满破败和衰老的气息，正与我感受到的家乡境遇一致。尤为难得的是，梁鸿在写作中有意识地克服着外来视角，作为其中的一员，把自童年开始的乡村经验，和她用身心感受着的颓败乡村的喜怒哀惧，一起写进了书里。或许正因如此，这本书摆脱了关于乡村的作品里习见的牧歌或挽歌气息，掀开了被很多人主动遗忘或被动屏蔽的现实帷幕，让人意识到一个不断处于变化中的世界，听到它的喘息，看到它的伤口，感受那与我们置身的生活息息相关的一切。

应该是在这本书的后勒口上，印着梁鸿的一张照片，圆脸、半长发，笑容里还有着校园时期的青涩，让人觉得她还没有完全长成自己的样子。看过《出梁庄记》，我更加深了这个印象。这本书，几乎是《中国在梁庄》的延伸作品，梁鸿继续着对乡村的关心，去追踪一群离开梁庄进入城市的人。这是值得好好书写的一群人，梁鸿也写出了他们普遍的窘迫和卑微、辛劳与困顿。从这本书的材料准备和后期整理，能见出她所费的心力，也能感受到她急切地想要做点什么的用心。因为没有童年和少年经验可以借鉴，这花费了心力的作品让人觉得不够致密，能看出未经好好消化的痕迹，很多地方裸露着采访时的粗粝毛糙。更为重要的是，因为是采访，《中国在梁庄》基本上避免了的外来视角，大面积地侵染着这本书，我们虽看到了离开家乡的人们艰难的生存境况，却也似乎看到他们对着录音笔略带警惕的眼神。

应该是读完《出梁庄记》后不久，我在一次会议上见到了梁鸿，不禁对自己引以为豪的相貌判断暗叫一声惭愧。此时的梁鸿，早就褪去了照片上的青涩，一件风衣也让她显得干练。在那次会上，梁鸿没说几句话，却让我受到了触动。她说在写"梁庄系列"之前，自己越写文学评论方面的文章，越觉得离这个世界的实情远，因此放下当时的写作，回到了生养她的梁庄。在那里，她说自己遇到了真问题，以后会沿着这真问题写下去。应该就是这个真问题，促使梁鸿写下了"梁庄系列"，也让她慢慢长成了自己的样子。我向来相信，一个人有了自己的样貌，摸准了自己的语调，某种限制才华的阀门会被打开，独特的文字即将出现。

即便如此，我仍然对梁鸿进一步的写作抱着谨慎的乐观态度。那些生活在梁庄内外的人们，虽然有着属于自己的穷苦、挣扎和不一样的命运，也有作者的同情在里面，但大多没有自己独特的精神生活，因而也就看不到他们每个人清晰的纵深背景，"梁庄系列"还差不多是一幅前景和后景交织在一起的画。或者说，梁庄中人，都还孤零零地突出在一个荒凉的背景之上，单纯，明确，坚决，指向的似乎都是一个个极难解决的社会问题。我很怀疑，这种背景与人的分离，正是书写乡村者最该意识到的悖论——跑得太快的现实（背景）抛下了行动迟缓的人们，难道不是写作者为某种方便虚拟的境况？现实和背景，不从来应该是跟人长在一起的吗？

还不等我的怀疑生根发芽，勤奋的梁鸿就写出了她的"吴镇系列"——《神圣家族》。或许会有人以为，写出非虚构"梁庄"的梁鸿转而写虚构的"吴镇"，是为了文体的试验或是出于某种虚荣，我却觉得，这是梁鸿感受到的那个真问题的驱使。比"梁庄系列"深入一步，在这本书里，人物连同他们的纵深背景，被一起放置在一个混沌得多的世界上。《神圣家族》里不时提到的算命打卦、求神问卜、装神弄鬼、各路亡魂、各种禁忌、各样礼数，都跟人生活在一起，参与着人的日常决定。人的各种行为，都牵连着一个更深更远的世界，由此构成的复杂生活世界，所有的行为都复合着诸多不可知和被确认为理所当然的元素。这些元素氤氲聚集，跟可见的生老病死、衣食住行、吵架拌嘴一起，用丰富刻写着吴镇的日常，也纠正着人们对乡镇只被经济和现代精神统驭的单向度想象。

这个容纳了各样复杂礼俗的精神世界，是"吴镇"较"梁庄"多出的一部分，既显现了乡镇生活丰富的一面，却也提示了另外一个更重要的问题，即随着现代化的进程，这一涵容了复杂精神层次的心灵世界，早就在被揭穿之中，与此相关的乡镇风习，也在被逐渐荡平，呈现出较为单一的样式，从而使精神生活有了城乡同构的趋势。在这个镇子上，你会看到敌意和戒惧，少年人无端的恶意；你会看到寂寞、无聊、颓废，人默默习惯了孤独；你会看到很多人变得抑郁，自杀形成了示范效应；你会看到倾诉、崩溃和呆滞……这是一个慢慢崩塌的世界，并毫无疑问到就是现实。只是，在这个现实里，人并不是跟不上时代的落跑者，而是跟各种现实牢牢纠缠在一起。

《神圣家族》里的人物，往往声口毕肖，有他们各自的样子，也有各自复杂的心事。读着读着，你堪堪要喜欢上某个人了，却发现他有自己的缺陷；刚刚对一个人心生厌恶，他却又做出让人喜欢的事来。这是一个无法轻易判断是非对错的所在，你轻易论断了别人，别人也会反过来论断你。在这样一个世界，你应该多看，多听，多体味其中的无奈、辛酸以及笑容，如此，吴镇，甚至所有大地上的村镇，才不只是一个人实现自己雄心的泥塑木偶，人们也才真的会显露出自己带有纵深的样貌，愿意与我们生活在一起。梁鸿几乎是主动承担起了在两个世界里穿梭的责任，不管乡村怎样衰颓，精神的转化多么困难，周围的环境多么糟糕，她也不抱怨，也不解释，也不等待，不以这些为借口退进一个世界过自己的安稳日子，而是忍耐着两个世界的撕扯，做自己能做的，既让自己不断向前，又为未来的某个改善契机积攒着力量。或许正是这个原因，我们在《神圣家族》的颓败和腐烂、无奈和悲伤之上，感受到隐秘的活力。

没错，这隐秘的活力，就源于梁鸿对准真问题的不断精进，那无限广大的乡村，无数的人们，仿佛都跟她有关。她得一面感受着这休戚相关，一面用自己的文字把这相关表达出来。如此的相关，甚而至于未来乡村的重建，精神产品的丰厚，都并非一个既成的事实，而是需要我们一笔一画写出来。跟着这认真的一笔一画写下的，也是每个写作者自己的命运："如果他无法迫使自己相信，他灵魂的命运就取决于他在眼前这份草稿的这一段里所做的这个推断是否正确……没有这种被所有局外人所嘲讽的独特的迷狂，没有这份热情，坚信'你生之前悠悠千载已逝，未来还会有千年沉寂的期待'——他也不该再做下去了。"

前几天见到梁鸿，发现她在干脆利落之外，不知出于什么原因，眉目间多了点忧思。这忧思虽只是偶尔闪现，却可以判断是来自最切身的地方，因而也让她的自我更加具体起来。她说起手头正在写的一个较长的叙事作品，还有她藏在心里的好多研究计划。语速很快，那些正在和将要被写到的东西，似乎已经迫不及待地要冒出头来。我一时没有完全弄清楚她要写的究竟是什么，但可以确认的是，不管梁鸿要写什么，也不管她用哪种方式写，这个已经把切身的忧思加进了自我样貌的人，都值得好好关注。

庄严赋尽烟尘中
——记弋舟

2014年8月,上海书展,一直为文学热情张罗的走走匆匆忙忙对我说,晚上弋舟和田耳来,你一起吃饭吧。其时我刚写文学评论不久,还在左支右绌地尝试摸索自己的风格,来不及知道文坛上的新秀人物,正准备问弋舟和田耳是谁,她已经赶着去张罗别的事了。吃饭前准备询问的时候,她却还没等我开口,就已经告诫——不要劝弋舟喝酒。待我要问一下为什么,她却又一阵风似的去忙别的了,我只好带着一肚子疑问先找地方坐下来。

不久,弋舟就来了,单肩斜挂着一个双肩包,迈着一种似乎精心设计过的步伐,面色黯沉,神情落寞,没有跟人热络寒暄的意思,于是也就各自无话。那天饭局有十三四个人,气氛颇为热烈。我因为牢记着走走的嘱咐,跟弋舟只象征性地碰过一次杯,其他时候,就见他在一个人默默地喝酒,等喝到后来的时候,他双眼便开始湿润,唯沉默保持不变。饭局快结束的时候,田耳从别处赶来,随之便掀起一轮高潮。田耳显然已经喝高了,好像在嘟嘟囔囔跟大家道歉,却不知道说了些什么。之后的时间,我就看着田耳东倒西歪地在座位上摇晃,不时还挣扎着要站起来敬酒和接受敬酒;那个被禁止敬酒的弋舟,仍在自斟自饮,只不时抬起湿润的双眼,茫然而无辜地看着大家。

后来,走走带给我弋舟的《刘晓东》,并跟我说,写得好,语气坚定到不容有丝毫犹疑。不知是不是心理暗示,反正我读《刘晓东》的过程中,耳边就不停地回荡着"写得好,写得好"——确实写得好,因为起码,小说里有一个实实在在的作者形象,即便在沉默里,也有种无遮无掩的柔弱,带着明显的幽僻孤冷,跟我那天晚上所见的正同——即使你并不喜欢:"中年男人,知识分子,教授,画家,他是自我诊断的抑郁症患者,他失声,他酗酒,他有罪,他从今天起,以几乎令人心碎的憔悴首先开始自我的审判。"

后来我就找了弋舟的其他书来读,更觉得能与那天晚上的印象符合。《刘晓东》之前的作品,有一种飘荡的幻想气息。那些小说中的平常日子,有绵延的细节和具体的想象,尤其是对人物内在情感的处理,揣摩功夫下得透,转折处布置精心,没有常见的突兀和尖锐,能时或看出作者深邃的用心。可等这一切团拢起来形成整篇，却又似乎跟所谓的现实并无太大的关系，现实中的干净或污秽、温存或敌意，仿佛都经过了意识的再造，笼罩上了一层明显的反省色彩，磨去了其中的粗粝感，显出整饬的样子。或许是因为这有意识反省牵连的对人世的怜惜，即使再小的事情，再琐碎无聊的瞬间，都能渗透出浓重的悲悯感，显示出独属于弋舟的艺术质地。

《刘晓东》于此更进一步，把反省指向自身，开始了自我审判。上世纪 80 年代以来，理想消退，琐碎代替了崇高，时代的聚焦点从理想变成世俗，原先光芒四射的人物也颓废在尘世里。在这样的时代交替中，人们最为普遍的心理，就是默认时代的选择，把责任推给时代和他人。最后，是看起来柔弱无力的刘晓东，承担起了反省的责任。他有自己卑下的心思、复杂的爱恨，挣扎于绝望和虚无之间，矛盾重重，犹疑不定。可最终，只有这个柔弱且矛盾重重的自我审判者，才是小说中唯一担当起反省这个时代的人，因为只有他明白，世界的败坏与自己有关。这个看起来弱不禁风的反省者，检省着自己对眼下这个糟糕世界的责任，不置身事外，不借故推诿，而是动用了自己全部的微弱力量，努力打开他经历的时代，见证它的起伏，体会大变动中人的委屈，在小说里洗净荒芜世界留在一代人心里的伤口。

或许是因为《刘晓东》中明显的自罪感，我觉得弋舟此前小说里的悲悯，似乎也转进了一层，流露出某种庄严的气息，堪称书写某一情形的标志性作品——自《刘晓东》之后，所有推卸责任式的书写都将失去价值。只是，我在被鼓舞的同时，却也有了些隐隐的担忧，小说在自省同时流露出的自怜式柔弱，很容易把人捆缚在某些细致周密的固定频道——或者也可以这样来表述我的担忧，柔弱的自省有时会把人从生活的烟尘中生拉出来，耽溺在意识的（故作）清净境界里，就如弋舟自己说的那样，过上一种奇怪的"二手生活"。

2015年暮春，我因机缘在北京待了一段时间。有天中午，忽然收到弋舟短信，问我是否在鲁院，他正巧来京，或可一见。仍然是单肩斜挂着一个双肩包，迤迤逦逦走进了鲁院的食堂，相约晚上聚聚。那时张楚还待在滦南过他的"一手生活"，弋舟电话过去，"一手生活"立刻乘大巴紧急赶来。晚饭吃到十一点，弋舟的话多了一些，酒意却仿佛刚刚上来，意犹未尽，于是又赴簋街宵夜。开喝不久，一个抱着吉他的歌者在店外徘徊，弋舟忽然感动起来，从他的双肩包中掏出钱递出去，却并未点歌，而是自己走到歌者的位置上，满怀深情、满眼泪花地高歌了三曲。据说歌声动人的"一手生活"，就那样看着"二手生活"完成了自己的深夜演出，当然并没有忘记鼓掌。

那天晚上的歌声几乎消除了我的担忧，也让我无端相信，弋舟引用卡尔维诺小说中的那段话，不是借机标榜，更不是心血来潮："重要的不是生活在烟尘之外，而是生活在烟尘之中。因为只有生活在烟尘之中，呼吸像今天早晨这种雾蒙蒙的空气，才能认识问题的实质，才有可能去解决问题。"用弋舟自己的话来说："我终于明确地知道，我们的时代，我们的背景，就是我一切悲伤与快乐的根源。我想，也许当我竭力以整全的视野来关照时代大气质之下的个体悲欢时,才能捕捉到我天性中力所不逮的那些时代的破绽,这也许会赋予我的写作一种时代的气质,唯有此,才能解决我天性中根深蒂固的轻浮,让我以缺席的方式居住在避难的时空里。"

《丙申故事集》的出版,让我确证了自己的感觉。这本集子收入弋舟丙申年写作的五个短篇,让人觉得作者对世界的容含度提高了,小说打开了一个特别的内在空间,新的血肉生长出来。生活的烟尘大面积地在小说里蔓延,却奇崛鲜烈,于人世的萧瑟孤寂处透显出顽韧的生机,从而有了更具活力的庄严,就像那个"地铁菩萨"——"车过高碑店时,上来一个女人。她大概有五十多岁,很胖,肚子里像是塞进了一块正在发酵的面团,但她却穿着件正常身材的人穿上都会显得逼仄的小夹克。她浓妆艳抹,面无表情地坐在我的对面,长长的蓝色睫毛一眨不眨。她旁若无人,像一尊正襟危坐着的膨胀的菩萨。我突然感到羞愧难当。这尊地铁里的菩萨猛烈地震撼了我。在我眼里,她有种凛然的勇气和怒放的自我,这让她看起来威风极了。"

我把弋舟的这批小说,称为"盛放在拗格里的世界"。它接纳了世界本身的粗粝和不完整,让它重生在虚构的世界里,就像古诗里的拗格,看起来每一处关键的平仄都不对,却在全诗完成后呈现了全备的美感。除了偶尔还是会流露出的幽僻孤冷,那些亘古长存的山川、劲力弥漫的日常进入小说,打开了人内心的某些隐秘之处,勾勒出早已被现代小说遗忘的雄阔野心,阅读者或将缓缓感受到其中含藏的巨大能量。

前几天，弋舟在朋友圈偶尔晒出了冯象翻译的《摩西五经》和《智慧书》，并略述心得。我不禁猜测，这个一直在小说技艺上不懈向上的人，现在算是真正有了属于自己的精神和叙事经典吧，他将会如何借此调整有时轻易示人的柔弱，打开自己略显夸耀的幽僻孤冷，又怎样把身心所得安放进新作品中呢？他或许会充分意识到，时代和自身的破绽，都必须经过更为严苛的反省，因为小说写的，并不是平常生活，而是对平常生活的洞见。有分教——非关幽冷俏模样，庄严赋尽烟尘中。

酒后，或需要自觉的遗憾
——张楚印象

一个不信赖直觉而头脑发展缓慢的人，似乎永远踩不进任何共时的漩涡，只眼睁睁地看着所有的热闹都属于他人，自己不是被置身事外就是被抛在身后。很不幸，我差不多就是这样一种人，因此几乎漏掉了所有自己身经的这个时代最激情昂扬的时刻，集体性的亢奋，铺天盖地的潮流，几乎任何一种时尚，甚至包括师辈们很能喝酒的一段时光，甚至包括同辈们总能一起唱起的歌，我都千差万别地错过了。或者就像张楚，几乎在所有人印象中都鲜明无比的醉酒和唱歌，我一次也没有碰到过。

当然不是说没跟张楚喝过酒，怎么可能呢？可是，喝酒最讲究的是同时进入醺醺然的状态，众人皆醒你独醉，或者众人皆醉你独醒，都有那么点儿不够尽兴，仿佛酣畅的舞会上踩错了最后一个步点，从而破坏了整夜的好氛围。很不幸，大约四年前开始跟张楚喝酒的时候，我遇到的正是这种情形。第一次喝酒我就看出来了，张楚好酒的感觉还在，从来不会在酒桌上失去"礼数"——不失时机地打圈，接受敬酒时的诚惶诚恐，略显沉闷时的振作，热闹十足时的起哄，都能看出久经沙场的干练和诚意。只是，在即将跳完最后一个步点，也就是几乎要共同进入醺然状态时，张楚往往突然就停了下来，开始描述自己身体的各种不适，有时是胃病，有时是牙疼，也有时候是咽喉不适，反正不管怎样，此后的酒，他便不再喝了。

印象中最接近一起喝醉的一次，是在饭店喝到十点之后，大家都带了点醉意，这时有人提议再喝一场，于是就又到一家位于顶楼露台的酒吧继续喝。后来想起来有点后悔，那天如果不是后来的插曲，我应该会踏准一个时辰，跟张楚一起喝醉的。只是不知为什么，后来我们鬼使神差地在酒吧的一个角落里聊起了天，他开始嘱咐我，哪个朋友很不错要好好照顾，哪个朋友有点小问题要原谅，哪个朋友可能被耽误要记得督促，我也木木然地频频点头，仿佛我们真有能力擘画别人的前程一样。等到我们在谈话里规划好别人的生活，几个继续喝着的朋友已经要曲终人散，我们凭亢奋支撑起来的酒意也差不多消耗殆尽，于是就在拥抱过后各自离去。

对了，我差点忘记，还有一次张楚接近喝多的状态。那次是我在鲁院，弋舟到北京，相约晚上吃饭，不知怎么临时起意，便给张楚打了个电话。那时还在滦南工作的张楚接到电话，便乘大巴紧急赶来，因为喝的是啤酒，直到晚上十一点，大家才有了一点酒意。饭店打烊，有几个人却意犹未尽，于是又一起赴簋街宵夜。我记得非常清楚的是，张楚在簋街挑了一个店，说这家的梭边鱼最好吃——后来我去过簋街几次，每次都想找到张楚推荐的这家店，有一次还打电话问过他，可怎么也找不到了。坐下之后，就又开始喝酒，眼看着大家醉意渐起，不巧一个抱着吉他的歌者在店外徘徊，弋舟忽然感动起来，从他的双肩包中掏出钱递过去，自己走到歌者的位置上深情款款地唱了三曲。或许是歌声化解了酒意，或许是鼓掌的热情抵消了酒兴，弋舟唱完之后，大家便欲各自散去，张楚呢，则殷勤地张罗着大家怎么坐车，如何回去，仿佛我们是远道而来的客人，而他是做东的那个人。

这次簋街宵夜，应该也是我最接近听到张楚唱歌的一次，但并没有。或者，一起进入醺然状态和听到张楚唱歌是一件事情，喝醉了容易听到歌声，唱歌的时候差不多喝醉了，因此我错过的两个状态其实是一回事情。为了进一步加深这个印象，需要补充的是张楚离喝醉最远的那次。那次张楚一入酒局，便不停道歉，说他在吃头孢，实在不能喝酒，请大家原谅。唯恐大家不信，他还从自己随身的包里掏出正吃的药给我们看。这场酒，后来给我留下的另一个印象是，虽然几次跃跃欲试，张楚仍然滴酒未沾，只是在轮到他敬酒的时候，郑重地拿起面前的白水打了一圈。

就是这次没有喝酒的酒局后，张楚送我回宾馆，他一面不停地回着微信，跟一个朋友解释他没有出现在另一个酒局的原因，一面跟我说起一些事。虽然张楚极力避免表示出他的不满，我仍然听出了他在某些情境中斡旋的辛苦，并努力让自己去理解一些人不妥当做法的原因。我也是从不断的交往和这次较为深入的谈话里，渐渐明白张楚的小说为什么似乎永远处于是非之间的宽阔地带，为什么永远有那么多伸展出去的枝杈，没有来由的转折，极其细微的心思，不用明言的温煦，可被理解的凉薄。即便是遇到恶意，张楚和张楚的小说，好像也并不以直报怨，而是凭借自己的行为和叙事，消除其间的敌意，在宽阔的人世和当下的时刻缔结和解的盟约，共同走进绵长的生活之流。

最后一个跟酒有关的事，也是这篇小文章的结尾。我在外地，喝酒时跟朋友有了点小误会，散席后便发了一条泄愤的朋友圈，大概不到一分钟便删掉了。那时候应该是夜里十二点左右，我刚放下手机，张楚的电话便来了。他并没有问我发生了什么事，而是陪着我东拉西扯了很多，大意是说人都可能会犯错误，不要往心里去之类，我反复说没事了之后，他才挂上电话。其实我在删掉朋友圈的同时，已经意识到问题是我对人苛刻造成的，但张楚的话仍然在我没有意识到的层面起到了安慰的作用。或许就是这样吧，包括人性的参差不齐，包括世事的不尽如人意，包括没有赶上的所有好时光，包括人生中形形色色的遗憾，都需要经过自觉检验的关口，并通过言辞或写作给予安慰——张楚和张楚小说，正是这么做的吧？

容纳向内填塞的石头

——《国王与抒情诗》,或关于李宏伟

差不多两年前,我去云南参加了一个人数众多的会议。第一天,大约是因为晚餐结束得太早,一堆人就热热闹闹地去宵夜。尽管并没有传说中让人垂涎的菌菇,劣质啤酒仍然把那个夜晚拉得足够漫长。到最后,座位上只剩下了四个人,那其中就有我和李宏伟。好像是聊什么聊得不够尽兴,四个人就又拎上一提啤酒,到宾馆接着聊。只是,聊天的好像始终是我们,李宏伟坐在角落里,和气地微笑着,静静地听着,偶尔插上一两句话。那天晚上,伴着其中一位的鼾声,我们聊到了将近三点——第一次见面,还有个寡言的人在旁边,哪里来那么多话?

第二天早晨，我好歹挣扎着爬起来去吃早饭，却发现黑脸膛的李宏伟早就沉着地坐在餐厅里，并已经在朋友圈发了周边风景图。问起来才知道，他保持自己在家时的习惯，早早就出去外面跑了一圈。我听后，不禁悚然一惊——一个能够把固定习惯带到外地的人，内心里一定藏着什么硬朗的东西。或许跟不够敏锐有关，那次见面我并没有明确看出他深藏的硬朗，只感到某种尚未磨砺清晰的阔大，从他的沉默中缓慢流露出来，以及如他一首诗中写的那样的印象——"我一直都很友善，最多/也就在同一条河上慢跑。"

从云南回来，我就读到了李宏伟的长篇《平行蚀》和诗集《有关可能生活的十种想象》，印象是，这两本书可以看成写作者对自我的确立。只是李宏伟的自我确立过程，并非如习见那样挥洒青春期的情感，或展示自己成长时易伤易感的柔弱，而是向内追索自己的精神来路，沉思与反省的旋律始终回荡在作品之中，有时候甚至显得有那么点儿滞重。那首命名为《内向》的诗，不妨看成确立期的真实情形——"大多数时候/我都停下来/保持清空的平衡/只在极少数空心的热闹时刻/持续向内/坐对面的人/你说话，你行为/我都收紧心脏/暗想你离开/而有那么几个/和我容纳向内填塞的石头/一起沉默地/沉默。"清空则可大，沉默则可深，可能正是在这个持续了很久的成长反省中，李宏伟为不可知的未来，准备好了一个较为清晰的自我。

又过了不久，李宏伟的中篇小说集《假时间聚会》出版，那个为未来准备好的自我，也就渐渐地显露出自己的模样。这本集子中的五个中篇，显现出一种卓越的虚构气息，每篇都有一个按严密逻辑运行的世界，置身其中的人，仿佛被抽去了属于世俗的烟火气，其行为和话语都披上了幻想的轻纱，与我们现实中所见的并不相同。作品的语言，也因有意而为的郑重其事，仿佛是某种自外而来或是轻微失真的声音，逼使你不时意识到，这是一个建造在世外的言辞城邦，从未企求真实地置于我们存身的这个现实世界。在我看来，李宏伟如此写法并非为了逃避难题，而是把早已脱缰的生活现实，以一种经思索而来的感性形式确认，带着某种并非枯燥的抽象。在这里，虚构明确表达为先行对准现实的努力——在被虚构击中核心的那一刻，现实将謋然而解。

尽管李宏伟努力打磨所有使用的材料，但某些素材仍会强大到自行阑入虚构，导致现实在虚构文本中突兀崚嶒，破坏了虚构的完整性，反而会产生某种失实之感——这虚构中的失实之感，差不多是《假时间聚会》留给我的最大遗憾，但李宏伟也已用这本书证明，他在书写中调整了自己的步伐，形成了属于自己的生命节奏，不再是显而易见地在同一条河上慢跑——"现在，我要求慢下来/在河水流尽之前/比步行更慢，比形容词更慢。"

去年冬天，李宏伟因事来上海，晚上又是几个朋友对坐聊天。照例，仍然是我们滔滔不绝，他沉默不语。不过，谈话到了争论阶段，李宏伟忽然显得有点儿不耐烦，对我说，这些话对听不懂的人没意思，你不必再说了。我当时虽然略有酒意，但明确感到他内在的什么东西直欲展露，其硬朗和锐利穿透了他日常的友善。我不得不相信，他诗中偶尔流露出的某种决绝，并非虚张，就真的隐伏于心中——"为了确立星辰和秩序/我从不买活人写的书。"

待看完《国王与抒情诗》,我差不多相信,这本看起来可能会被贴上科幻、悬疑、寓言标签的新长篇,其实是李宏伟宽阔而硬朗的内在写真,是他野心勃勃的思想实验。我几乎能够断定,那在虚构中堂庑特大的构想、具体而微的想象、忧心忡忡的思考、逻辑谨严的推理、巧妙精微的隐喻,都是李宏伟某一部分内心的外化。在这本书里,李宏伟把蔓延心智的瞬间集中、散乱情志的刹那聚合、理性与感性的交互作用、某些从未被体验的情感、某个不曾被照亮的心理暗角,铺排成一首动人的抒情诗,从容地置放在文字的帝国里。

尽管能够明确地从书中感到作者对抒情诗的偏爱,但在这本国王与抒情诗对峙的作品里,叙事者并没有把国王设置为无情理性的代言、残酷现代的象征、冰冷科技的化身,而是始终表现出顽韧的理解尝试,从而让庞大的信息帝国和人心灵的幅员,构成了非对称的奇特映照。这奇特的竞争性映照也让我确认,我跟李宏伟初识时感觉到的阔大,或许正是因为他内心可以同时容纳两个趋向相反的世界。更为让人振奋的是,在每次书写之前,李宏伟都会试着向内清空自己,并把这反向的沉睡世界,再一次唤醒——

我必须每一次都喊应你,我每喊你一声
就给出一次全部的我,你每应答一声
我就得到一个全新的你

一个安静的语文教师

　　七八年前,我刚到一家跟中小学教育有关的出版社工作,开始去听各种中小学的语文课。有一次全市公开课,我跟几位老编辑走在一起,旁边忽然晃过一个黑脸的胖子,面色沉静,略微显得有些严肃。老编辑指着他的背影,对我说:"他就是卢雷,讲课像说评书一样。"我那时根本不知道卢雷,也从未认真接触过小学语文教学,却觉得自己有无数独到的看法,对老编辑的话多少有点不屑,就想,大约又是一个哗众取宠的老师吧,现在这种人多着呢。因为存了这个心,就很想听听卢雷的课,好把自己得意的诛心之论坐实。但卢雷不在那次的讲课名单中,他只是来听课的。

　　此后不久,社里启动了一个拍课项目,教研室提供的拍摄名单中,就有卢雷的名字。拍卢雷的课之前,我第一次跟他联系,通过电子邮件，请他提供自己的简介和讲课用的PPT。他给我回信，写了一段不足五十字的简介，并告诉我，他的班因为已经上过这节课了，所以要借班上课。信的结尾，他告诉我，他不用PPT。我有点纳闷，借班上课，那不是事先无法排练了吗？不用PPT，那他的课堂评书，真的只要一块黑板、一支粉笔、一张嘴就够了吗？

一站上讲台，卢雷的严肃一扫而光，一张黑脸变得明亮，人也一下子神采飞扬起来，配合着他略带沙哑的嗓音，确实有点单田芳的味道。课程标准要求的识字、认词、提问等各个环节，在卢雷那里仿佛消失了，一堂课流畅到没有任何莫名的中断和突然的转折，学生们几乎立刻进入了一个奇妙的气场，跟着卢雷自自然然地上完了一节课。负责视频的老师，不知什么时候进入了卢雷的讲课情景，居然有两次差点忘了必要的镜头切换。课讲完了，借来的二十几个学生纷纷拿出自己的练习本，向卢雷索要签名。送他出来的时候，我祝贺他上了一堂精彩的课，他腼腆地笑笑，又回到了那副安静的样子。

从那以后，我跟卢雷渐渐有了些接触，也听了他的不少课。有一次，记得是上朱自清的《扬州茶馆》，卢雷提来一个方便袋，里面放了一些切好的土豆丝，用水泡着。我不免有些好奇，难道老师还是在课堂上示范炸薯条不成？课上完了，我才知道，这篇课文里有个生字"氽"，卢雷觉得很难直观地讲出来，就带了土豆丝，示范这是一个什么动作。课后，我调侃他说，卢老师的土豆丝切得够细，可见在家里经常练习刀工。他笑笑，说，他根本不会切土豆丝，带来的这些，是让学校食堂的师傅帮忙切的，为免浪费，还要带回学校呢。

后来，因为陈祿和薛峰老师的热心，我经常有机会跟他们去听一些不错的课，卢雷差不多也每次都去。有一次公开课，三个老师全是讲的古诗词，课堂氛围非常热烈，朗诵，吟唱，谱曲，Flash情景还原……有位老师甚至深入浅出地分析了诗词作者的潜意思，煞是好看。课后我问卢雷，如果你上其中的某首诗，会怎么讲？他想了想说，我还是会从字词入手吧，从字词到整句，从整句到整篇。别的方法，我不会。很遗憾，我一直没有听过卢雷讲古诗词，因此一直有个疑问，一首二三十个字的古诗，怎么从字词入手呢？如果硬讲每个字，他的课堂，还会那么流畅自然吗？

印象中，我很少和卢雷一起吃饭。一般上午见了面，下午他就要赶回去上课。或者下午见面，他聊完事就要赶紧回去，不过理由改成了要回去备课。唯一的一次吃饭，还是上午我们一起听课，下午他要跟我一起去拍录像课。卢雷那天吃得很少，好像只吃了几口菜，喝了一碗汤，连小点心都没吃一块。我觉得奇怪，一个这么胖的人，只吃这么点，不饿吗？没有忍住，我后来问出来了。他回答，吃多了头脑昏沉，状态不好，会影响下午的课，所以只好少吃。说完这些，他就静静地靠在椅子上，闭目养神了。

有一年夏天，还是因为去听课，见到刚从台湾回来的卢雷，拎着个黑色的皮包，鼓鼓囊囊的。坐下来，他从包里拿出几本书，说在那边看了几种语文教材，其中一种他觉得很不错，就给相熟的朋友都带了一本。书分完，他很兴奋地翻开一篇，给我讲那篇课文的好。具体讲的内容我忘记了,只记得他说,某个对话的细节那么处理,才显得生动。说完这个,他又一个人静静坐着了,听我们另外几个人海阔天空地乱聊,偶尔跟着笑一笑。

跟卢雷的交往,差不多也就是有限的这么几次,后来我离开了出版社,跟卢雷见面的机会就更少了。但不知为什么,后来只要有人跟我谈起中小学的语文教学,不管是强烈的批评还是高明的主张,我都会想起卢雷,因此也每每在这样的场合谈起他,说得多了,几乎到了逢人说项的程度。其实要说的,也不过是上面的一点事。

辑六　以朋友讲习

趋向完美的努力会另有成果
——对话韩东

黄德海：《在码头》的拍摄进行得如何了？在你的众多小说中，为何偏偏挑了这篇来拍电影呢？这小说因为叙述者给出的诸多微妙的心理、情景提示和性格分析，几乎是拒绝进入电影的。在拍摄中，你如何转化这些微妙的部分？或者，电影其实是在小说基础上的另起炉灶？

韩　东：电影仍在筹备中，希望夏天能开机。所以选择《在码头》是出于一些很实际的考虑，比如这个故事发生在十二小时内，场景有限基本无须转场等。我是第一次当导演，凡事得亲力亲为走一遭，所以很多事得控制在有把握的范围内。我觉得，一切再创造都是创造，原著只是某种启动因素。在做电影时我不会去想小说的表现力。当然我必须有一个关于《在码头》这部电影的想象。

黄德海：虽然广义上诗歌、小说、电影都被称为艺术，但具体到每一样，它们需要的是不同的技艺。你是个对技艺极其注重的人，这次操持电影，不知对这项技艺有些怎样的体会？

韩　东：在写作中，技艺训练是最基本的，在我看就是一种集中注意力的方式。如果注意力不能穿透，抵达某处，技艺是没有意义的。有那么一些作品看上去很光滑，技巧高超，但你总觉得缺点什么。这类东西给人以行货的感觉，就是停留于表面的行货。拍电影亦然，特有的技艺不是关键。倒有一点与写作很不相同，它不是一个人的工作，不是一个人能完成的。导演只是责任人，并非百分之百的作者。他的组织能力、判断能力相当重要。做一个导演，他的工作方式心理预期必须改变。对我来说，这是很新鲜也很有吸引力的。

黄德海：相对小说和诗歌，电影似乎是一种通俗的艺术形式，如何在这个通俗的形式里保持自我的风格而不被通俗的要求带走？

韩　东：即使在艺术形式上有通俗和严肃之别，我们的任务也在于打破隔阂，而不是加强它。前提性的强化严肃艺术和大众艺术的区分，依然是一种自我辩护。在所谓的严肃作品中我们就看不见那些明显的才智平庸或者滥竽充数？或者，在所谓的大众作品中我们就看不见那些天才性的闪光？不要让严肃成为幌子，也不要给大众贴上低贱的标签，这是很重要的。应该没有偏见，直接面对作品去感受，去判断。

黄德海：拍电影是一件很麻烦的事，会引起生活的动荡。我觉得你最近微博对这一动荡的思考非常富有洞见（你的微博，我觉得几乎是目前所见关于写作最高级别的谈论），比如"越动荡，日常生活越有必要。保持自己的节拍，以呼应整体节奏（节拍和节奏常被混为一谈）。没有例外——如果有时间的话，坚持做每日必行之事"。"只做不得不做之事。只做顺手一做之事。但必须全神贯注。使用精力之时在产生精力。"强调专注，在专注中使用精力，同时产生精力，这是最好的工作方式，我觉得也是高明的养生之道（在这个词最源头、最朴素的意义上）。在我看来，这种随时观看自身反应的方式，正是"认识你自己"。事情本身是一件事，对事情的反思是另外一件事，这种随时随地的反思，对你来说，是有意而为吧？

韩　东：微信言论和情绪有关，有即兴成分。对我来说，这个意义更大点。在某一点上若能做到中立，脱离具体情境就更好了。我们读到一些有感觉的东西，其实都是误读，但误读是一种很高级的读法，对被读文字是有要求的。我的哭泣会引发别人的哭泣，我的思考也会引起别人的思考。我希望的应该是后者。

黄德海：微博中的另外有一些，我觉得大概跟你对佛教的思考有关，比如："放弃自我，也包括放弃我的时钟。""我们都是配角，要合上无形者伟大的节拍。随时待命即可。""执着的确会引发危机。人执着于好事儿，也执着于恶劣心绪，尤其后者。应离开，应切断，应休克，于万籁俱寂时回来。"有放弃我执的感觉。我觉得这些话，不但是对某种思想的回应，也是对一些时代症状的对症之药。考虑到你在《欢乐而隐秘》（《爱与生》）中涉及的佛教，以及你在随笔中介绍《雪洞》等作品，似乎你很关注佛教（尤其是藏传佛教），对这些的思考如何渗透到小说中呢？

韩　东：某种意义上说，佛教、基督教都是一种思考。我们没有必要对思考进行思考，这容易陷入"智障"。智障，逻辑障也，与所知障不同，所知障是搜罗知见，偏离目标。对生存、存在本身进行思考就够了，至少不应偏离这个目标。在这方面我是一个功利主义者。犹如置身一个火宅火烧眉毛了，你还在优雅地读书，这就不对了。生活是一个难题，解开这个难题可以一切为其所用。无论佛教还是基督教的真理都是为此而设的，并非为思考阅读而设。

黄德海：佛教、基督教当然不为读书思考而设，可如果我们没有深入佛教、基督教的内在，怎么知道他们在存在的路上走了多远？如果不知道走了多远，我们如何确认我们的生存不只是对他们的浅层重复？这里似乎有个小小的悖论，即如果过于对思考进行思考，就陷入智障；而不对已经存在的思考深入了解，很可能只是在浅层次处理生存。

韩　东：大道如青天，绝对真理其实是一目了然的，问题在于你不敢直视，不敢承认，不敢融入其间。比如放弃自我，活着的时候杀死自己。比如弱肉强食是宇宙间通行的法则，因此你的获救并不在这里。我说过我是另一种虚无主义者，不是找不到真理而虚无（上帝死了），而是，有绝对真理的存在，但你够不着，不沾边，是这种虚无。凡你能沾上的肯定不是绝对之物。对真理不了解，对我们自己还能不了解吗？我们是如此藏污纳垢的一群人，真理如何显现其间？必须承认我的分裂和矛盾，我的怯懦和不堪，以及我与真理之不配。真理说到底是一个实践问题。真理不是安慰剂，是毒药，用于杀死旧我。谈何容易？

黄德海：我读你的诗歌和小说，感受最深的就是这个虚无和绝对之间的裂痕，以及你在这裂痕之间的努力。这努力让人敬佩，也留下属人的痕迹。我们当然知道自己的藏污纳垢，但反过来想，如果不敢设想与绝对的沟通，是不是更怯懦？或者说，我们因为怯懦放弃了与真理的相配，却以另外的理由为自己辩解？我觉得你有几首诗，比如《在世的一天》《重新做人》，已经在某个局部抵达了绝对。这不正好是人还不太怯懦的标志？

韩　东：在真理面前，我当然是怯懦的，因为那不是一般的考验。要承认我们的卑微和一无所是。存在和真理的空间关系或许并非我们的想象，一个在前，一个落后，要奋起直追。往相反的方向而去，也许会有通道（我是说也许）。自我感动和幻想无济于事，包括追索真理，有时是自我膨胀的另一副面孔。

黄德海：这里有个问题，即真理不是存在在那里，人只要去想办法达至就行了，否则，也就不会有"是人弘道，非道弘人"的说法了。也就是说，如果把真理看成客观的，就永远不可能达至。可对大德（那些探索路上走得很远的人）来说，他们从不设定类似于客观的真理，而是所谓真理一直跟人的认识有关（虽然是有局限的，千疮百孔的）。他们到哪个层次说哪个层次的话，这样，是不是就能消解你所说的奋起直追的状况，并能够避免不当的自信膨胀或经常性的沮丧？

韩　东：奥斯维辛之后我们无法想象上帝，因为眼前呈现的是一片虚无之海。这阻隔是切实的，靠遮掩是无法抹去的。当然，这只是对身临其境的人来说的。对我们来说，那只是故事，所以好办。我们用故事的方式遮掩了多少现实？人类历史血流成河、尸骨如山，每一桩每一件都是具体发生的。需要遮掩的东西实在太多，否则我们就无法存活，就得肝胆俱裂。原则或者实际上我们都是需要布景的，生活于一定的频道中，一定的温度湿度。远的不说，人为什么掠杀动物呢？不就是比它们强大有能耐吗？所有的这些都让我们难以瞭望真理。你知道它在另一面，一捅就破，但如何跨越这几乎是无限的距离？

黄德海：所谓的真理，不是跟我们每个人的处境有关吗？真理不是外在于人的吧？

韩　东：充其量我们这里只有真理的暗示，或者碎片。完整的真理和部分真理不在一个维度上。我觉得确认完整的真理只有两途，信仰或者真的净空了自我。

黄德海：我记得你在谈到薇依的时候说过，"她不仅触及到真理，她就是真理本身"。那是不是说，在人类这个物种中，有这么一类存在，他们达至了"绝对"。在这里，你使用的是修辞还是就这么认为？如果是这么认为，即薇依达至了绝对，那怎么理解她的《门》？"必须徒劳地煎熬，等待，注视。/我们看着门；紧闭，不可撼动。"

韩　东：不是真理外在于我们，是我们外在于真理。分裂是人的特殊问题。如果这世界上没有人类，一切都是顺理成章的，弱肉强食亦不过是道的体现。有了人就不一样，自我无法消融于背景，亦无法脱离和取代背景而自立。薇依把自己做成了管道，但死于精神最紧张的时期。如果她活下来，并至中年便会有一种松弛。我相信有徒具人形的无我的圣人存在。

黄德海：自我无法消融于背景，亦无法脱离和取代背景而自立——这是不是人异于禽和兽的部分？人无法自然消融于背景，因此不得不意识到自己在背景之外，并想重新进入背景，但结尾的融入不是开头的融入。在这之间，不正是人卑微的尊贵（当然，这词只对那些真正认真努力的人有效）？

韩　东：人一半是天使，一半是恶魔（非野兽）。野兽是其中的平衡点，但人已脱离动物界，他的撕扯分裂来自两极。融入自然已不可能。超自然是一个选项，另一个选项就是十八层地狱。

黄德海：说到天使和恶魔，不免想到爱和欲望。你有很多跟爱情有关的小说，比如《我和你》《中国情人》，以及这本最新的《爱与生》，包括很多你的中短篇，比如经常有人提起的《我的柏拉图》，你还专门写过一本随笔《爱情力学》。爱和欲望在你的作品中占了如此大的分量，是有意而为吗？

韩　东：爱情是很普通的，每天，每时每刻都在眼皮底下发生。我信其有。如果不信其有，就是睁眼说瞎话。但我不相信爱情神话。爱情自然和性紧密相连，性提供原始能量，也在一定程度上规定了爱情的对象。没有性的发动，就没有爱情。这里所说的爱情当然不是神圣之爱，一般而言，它发生在两个人之间，不仅在生理上，同时也在精神情感的层面制造了淫乱（对不起，我没有更好的词来形容爱情中人的精神状态）。生理也可能并不那么重要，但，人最大的性器官乃是大脑。"私人化"的爱情中必有精神层面的淫乱发生。根本而言，不是性，而是这种精神上的淫乱是我们在爱情中孜孜以求的。看来我必须解释一下"淫乱"一词，它在此可能就是指某种亲密、某种贪婪的彼此吞食的愿望、某种突破界限以及共同毁灭，还有，某种与纯洁截然相反的东西。亲密到无限制的程度，可以放纵我们所有精神上的负荷、阴暗和破坏性。

黄德海：从你的微博和谈话中，能看出你对思辨的着迷，或者随俗，说对哲学着迷吧，出于天性还是自我选择？

韩　东：哲学不是哲学家的专利，谁都可以"哲学"，不是吗？在小说中故意弄点儿哲学没必要，故意剔除也没有必要。你以你的全部存在（或者叫这一摊子）开始写作，再好再不好的东西，你有了也就有了，没有想装有或者故意回避也不可能。文学比哲学高级，不敢苟同。这类比较除了给自己打气，没有太大的意义。中国小说家的问题是不够诚实，不够专注，不是缺少哲学或宗教营养。

黄德海：你的精神营养来自何处，是包括哲学、宗教和小说在内的经典吗？

韩　东：经典当然有意义。但作为一个写作者，个人的经典才是最为重要的。你得通过阅读去发现。如果你的书单和别人的书单完全一样，那还有什么可谈的？你得在历史和现实中发现同仁，用你的作品定义前人的作品，使之成为经典。经典不是前提性的，它更可能是一个结果，经由你。我们对前人的遗产负有莫大的责任，不仅是吸纳照单全收，更关键的是让他们的写作活在你今天的作品之中。同样，你将被后人定义。这个后人并不是抽象的未来的读者，仅仅是一些或者一个未来天才的写作者。如果你的书给了他营养和启发，写成了他自己的书，你就成了。

黄德海：你对很多问题的思辨性的认识，如何分配到小说中的人物身上？或者这么说，这些认识如何在小说这众多人物的艺术里体现出来？

韩　东：平时所思所想，很少能直接进入写作。但肯定是进去了，不那么直接、完整，或者说非自觉。比如说，我对所塑造的人物喜好可能就和我的认识有关，特别是人物对环境的反应或面对困境的态度，有些我是喜欢的，有些不然。《知青变形记》里罗晓飞我就比较喜欢，因为他被动。

黄德海：说到罗晓飞，说到被动，很容易产生一个疑问——你本人是被动的吗？从你的文字看，你有时是非常激烈的？这跟你喜欢被动是不是有点矛盾？那个我认为写了最好的《知青变形记》评论的老于坚，你们不是曾经争执不休？那个自大学时就非常熟识的老友杨争光，你们不是曾经激烈到绝交的程度？很多年过去了，你对这些过往的激烈（不管是因谁而起）是否有新的想法？

韩　东：我的确喜欢被动的人，和平的人，但我并不是。正因为我不是，所以心向往之。我是很激烈的，特别是年轻的时候，在待人接物这类事情上牙尖嘴利，甚至刻薄寡恩。我伤了不少人，尤其是好朋友。比如于坚，说了他很多难听的话，甚至进行道德批判。而实际上，只是观念的分歧，引发了我的恶语相向甚至恶意。如今想来，自然很后悔。越是对我看中的人、亲近的人越是如此。这些方面我的确是有毛病的。好在大多数好朋友都原谅了我。当年我写信向于坚道歉，他回了几个字："怎么办呢，谁让我比你大几岁？"典型的于坚风格，我很感动。和争光倒没有观念上的分歧，仅仅由于一些私人原因，我们相隔有十多年。在山东大学的时候，我俩的感情最好，彼此绝对欣赏，引为知己。十年来我总是做梦，和争光言归于好，后来也是我写了一封信给他，才又联系上了。关于和争光的分手，我写过一些文字，说过一些话，大约也是在情绪之中吧，可能有必要澄清一下。我俩的分别肯定不是因为那次"清除精神污染事件"，因为在那之后仍有来往，相处很是愉快、亲密。我俩都是那次事件的受害者，分别担当了全部责任。因为"清除精神污染事件"在前，我们分别在后，所以大家可能会有某种前因后果的误读，我也有可能误读我的记忆（毕竟是近三十五年前的事了）。但真实原因，肯定和那次事件无关，是由于相处中的一些故事，或者事故。

黄德海：原来是事故导致过量的主动。你说的被动，似乎不同于消极，因为罗晓飞更像是被动而积极地生活。那被动是什么意义上的呢？在你看来，这种意义上的被动，又给作品带来了什么么特殊的质地？

韩　东：我本人不是一个被动的人，但我喜欢消极被动和平的人，常自愧不如。小说中的人物及态度透露了我的喜好，几乎是一种理想的境界，想起来首先应该是认识层面上的。薇依说过，被动和消极是善的特征（大意），我深以为然。

黄德海：被动和消极的人，最后给予小说生机，比如《知青变形记》里的罗晓飞，比如《爱与生》里的秦冬冬。这个生机，是你的有意设置，还是被动的必然结果？而且，只有被动，才有可能出现你所说的"写飘起来"的情况吧？一旦主动而积极，结果必然是下沉的吧？

韩　东：写作始终有两个层面，道的层面和表达的层面。道的层面关乎为何写、如何写以及是怎样看待写这回事的等。这个层面离人生问题较近。表达的层面和具体的文学目标较近。从根本上说，我不太关心具体的文学目标，至少学艺期间在开始之初是有所忽略的，认为那是一件自然而然的事。现在有些不同。实际上两个层面是合一的，至少在理想的作品里。我想道的层面比较多，可能这反倒变成了一种限制——对作品的成立来说。对我来说，写作就是一种生活方式，在这种方式里修行解决生而为人的问题才是最要紧的。这里显然有一种偏激，反倒形成了对写作价值的偏离。我意识到这一点，但一时并不能说得很清楚。

黄德海： 你非常重视技术，否则也不会有你提到的"诗到汉语为止"，以及小说的"写飘起来"，还有你微博中对写作技术的强调。我一直觉得，你在这里有个小小的挣扎，一面是如薇依那样的纯粹向道，一面却在表达层面偏离纯粹。是不是有种可能，即表达的形式本身已经成了局限？也就是说，使用诗歌或者小说本身，就已经是限制？

韩　东： 你是在暗示我拍电影吗？有人说这是换笔，或者换活法，对我来说恐怕是换身体，脱胎换骨，真的。还没有开拍，进展到现在的程度，我觉得原先的五脏六腑都要重组，不是说有多难，而是，原先的内分泌、激素水平、生物钟之类的已经不适应。要用另一副不同的（不见得是更好的）身板儿去做这件事。至于精神方面，也是一次真正的修理。四处求人磕头，说好话赔笑脸，让自我受辱，自甘卑贱，这在我是没有过的经历。把骄傲的自我打回原形，对在精神领域一贯养尊处优的我是很必要的。

当然很难。

黄德海：精神重组过之后，对小说是件更好的事吧？我前面想问的是，小说这个体裁给定的很多框框，是否会限制你思路的展开？因为我觉得你在微博和朋友圈里的很多见识，很难进入小说（诗歌里倒是有一些）。所以我感兴趣的是，小说这个体裁本身是不是会限制一个人精神的伸展？

韩　东：小说从原则上说是无限的，可容纳的因素更丰富。小说可以和思想一样庞杂，可以理解成某种具有情节连贯性的散文。它对我的限制属于业已形成的个人风格或者写作习惯。不是小说限制了我，而是我限制了小说。当然，写到今天，这种限制肯定是存在的，有点对不起小说这种形式的空间应许。当然，这不是说我赞成没有章法的乱写。另一点，我的见解能否进入小说并不重要，因为所谓的见解是某种思考的概括形式，就像标签。而小说是一个有着身体感觉的生命体。见解和小说直接镶嵌，有时候的确很冲突。我们既要看到小说方式原则上的无限、包容与自由，也得承认它的灵性与自立。小说的宽阔不是容器的宽阔，有一个生长和存活的维度。

黄德海：小说是一个生长存活的维度，在某种意义上就是说，专注于小说写作的人，会在某个特殊的向度上为这个维度添加特殊的东西。我觉得你一直坚持的对恒常命运的书写，就是一个特殊的向度。最近的两部小说，《中国情人》和《爱与生》，我觉得你有意在叙事中留置了一些空白和盲点，甚至有意的破绽，这在一些人看来是小说的问题，我却觉得作为一种自觉的实验，更接近于你说的我们每天不得不面对的生活。是不是盲点、断点、破绽的出现，更好地体现了你对小说的思考？与此同时，这两本小说也更是将真写假，"写飘起来"了。"将真写假"和"写飘起来"，是你写杨明的雕塑时提出的，一直没有很详细地讲过，能进一步谈谈吗？

韩 东：小说，尤其是长篇，是讲大势的，讲整体，讲浑然一体。在某种大趋势下，小的差错或者不协调反而加强了它的生动。不能说是故意的，但它肯定不是毛病，这得看你的场有多大，能否席卷为真实动感的一部分。我很注意细节，但在我那是一个质地问题，就像抛光打磨是工艺的一部分。这里面不包括逻辑、贯彻某种理性或者形式的一致性之类的问题。我们通常所说的破绽大概是这个层面的。小说中命定要包含矛盾，尤其是形式层面的矛盾，在此眼里揉不得沙子是种可怕的洁癖。好的小说的确需要审慎以及深思，但不是在形式逻辑或者理性原则的统一性方面。初学者常常混淆一些东西，在该放手的地方不放手，该步步为营的地方掉以轻心，以致胡写乱写。至于将真的写假，或者将假的写真，那只是一个方便的说法。其意指还是真实生活与所写之间的一种辩证关系、张力关系和艺术关系。把真的写假或者把假的写真，人类的文学艺术尤其是小说（现在还有电影）自古以来一直都在玩这种堪称神秘的游戏。

黄德海：把真的写假或把假的写真，这神秘的游戏其实是人一点可怜的荣耀。一者，人其实无法完全抵达真或假；一者，人却用文学艺术尝试这种绝对。是不是可以说，正是在这个意义上，你所说的小的差错或不协调才证实了人的努力而不是偷懒？是不是可以说，正是在小说这个活体的大势里，虽然有很多小差错，但这里蕴含着小说更进一步的可能，也是自我修行的更进一步？一个完全封闭完美的小说空间，是不是可能意味着某些重大可能性的消失？

韩　东：人不可能达到完美，但趋向完美的努力会另有成果。我不认为精益求精是对文学品质的伤害。实际上，你用了多少心思和力气从作品里是能看出来的。作者把能量灌注作品，理应是不惜力的。作家和作品之间肯定存在某种生命力或者能量的转换。看似轻松的东西也许不轻松，看似巨大牢靠的东西也许偷工减料。说句绝对的话，在小说写作中没有差错（更没有正确），有的只是轻浮造成的失范。

黄德海：这个能量交换非常有意思，其过程是怎样的呢？

韩　东：写作是一种爱，削弱自己以成全对方。能量、生命力的确是在转移，但那是心甘情愿的。这个作品完成以后能给你带来某种现实的好处，谁的写作要是冲着这个去，那就是白写了。爱不仅关系到时间、精力的计算，更关系心力的投放、专注的程度。一个真正的作家和他的写作之间有一种超越世俗计较的强大联系。野心自然有，欲望也无碍，但如果没有一种爱或者类比于爱的联结的强度，写作便失去了意义。或者，不是我这里所说的写作。在我所说的这种写作中，生命能量怎能不消耗被抽吸？又怎能不格外欣喜？并且，这并非体现在写作哪一部具体的作品上。即使你没在写一本书，你的心思思虑也都在这件事（写作）上。经年累月，自然的耗散使生命衰老，而写作的耗散却让你看起来年轻。可见，消耗的并不是同一样东西。就像爱使人年轻，但这年轻的存在已不再属于自己。情欲相反。这些事情里的确是存在着某种神秘的流向和转折的。

黄德海：你描述的这个过程让人心动，但有些表达仍然让我有些疑惑。在你所说的这种写作中，生命能量会被消耗被抽吸，也就是说，写作者的生命精华都用到文字上去了。一者如你所说，可以在消耗的过程中人变得年轻（并非外形的），还有一种情况，就是写作的消耗会把人的生命本身弄糟。第二种情况是不是更为普遍？你怎么认识这第二种情况？"即使你没在写一本书，你的心思思虑也都在这件事（写作）上"，真是美好。这是不是说，正是这过程让写作者借此提高了生命本身的纯度，最终生命本身成了一首精彩的、生机勃勃的诗？

韩　东：写作使写作者更为健康，还是使他的身心状况更为糟糕？这是一个难以说清的问题。概而言之，我比较赞成写作镇定了作家的生活，与之相比，他所付出的世俗生活的代价真算不了什么。写作具有治疗作用，这不言而喻。或许可以设想，那些异于常人的敏感的写作者，如果没有写作，可能会完全疯掉。自我的价值感对人的生存来说，比社会认可更重要，虽然它是隐蔽的。写作可能是一种最低限度的维系，以免遭遇灭顶的命运，如此，才能理解爱的紧迫感。爱并非可有可无，它关系生存，但并非说，有了爱的动作一切便迎刃而解、皆大欢喜了。爱是这样一件事，即使被毁也值得，也从容。我觉得，写作并不能提高生命的质量，特别是我们通常理解的体面精彩，它只是物有所值，给了你一点点活着的意义，也可能是理由。

黄德海：对那些异于常人的敏感写作者，写作本身就是治疗，这个治疗，包含对内和对外两部分吧。对内，是身体和心理的，把人心最细微幽深的皱褶显现出来，甚至抚平；对外，则牵扯到对世界和他人的认识，以及如何跟世界和他人的相处。这个内外，是牵连在一起的吧？这样看，内外岂不是一致的？当然，我说的内外的一致，并不是说世俗确认的精彩，而是精神生活本身的内外两方面。

韩　东：不能指望"外"，圆通是不可想象的。除了宗教担保能将内外统一，写作和其他艺术活动都不能。内圣外王不是作家所能为之事。他（写作者）所能做到的极限就是不伤害他人，离群索居，不伤害自己或许是不可能的。除非他不诚实，或者失去必要的敏感。写作者的撕裂是多重的，与现实之间、在自我内部。没有人能治好此类原发性疾患，不过是，通过写作他觉得也许值得。这就是创造出一个源于己又异于己的对象物的意义。

黄德海：提到诚实，我一直有个疑问，诚实是一种先期的许诺还是一种创造呢？如果是先期的许诺，岂不是每个人宣称或自以为诚实就可以了？如果诚实是创造，是不是就跟写作本身是同构的？

韩　东：诚实和自知有关，不仅是看清自我的阴暗面，更是理解自我的复杂性、暧昧、冲突和多重。它不应该是许诺，但可以是一个目标。说不容易也不容易，说容易也不难办到，只要你足够诚实（呵呵，同义反复，我故意的）。诚实在我这不是某种道德自诩，不是褒义，最多是中性的，和赤裸类似。赤裸是外在的诚实，诚实是内里的赤裸。再有一点，诚实是需要某种天分或者智力的，别说看清楚自己，看清楚一件事也需要聪明和专心。关于写作这件事亦需要诚实，你的目的何在？你能干些什么？你正在干什么？所有的这些都得诚实以对，并且了解自我动机的复杂、多重，不可自欺。

黄德海：对自我的诚实度，决定了一个作家的基本水准，因为对自我动机的复杂和多重认识越深入，表现在作品中就越清晰准确。我觉得你的诗有个显著的特征，就是对个人感觉的专注（诚实），这几年，在个人感觉里加进了非常丰富的思想和信仰因素（不是信仰，而是对信仰的思考），诗的空间扩大了，有些我觉得是你对自我和世界的洞察。这些思想和信仰因素的加入，是自觉的吧？是不是跟你自己的精神生活有关？

韩　东：诗大概最不能骗人，尤其是一首真正的杰作。写诗几乎是我的私人生活，是私人生活的一种可能的方式。于我而言，我已放弃了以诗歌进入文学史的努力，也放弃了国际视野的政治正确。所以我不写大诗，不搞理论或体系建设，也不惑众，甚至不想发表。只想把写诗这事作为一种纯私人的活动。当然我想让我的作品流传，留下来，但应该是以诗本身的优异，不想借助任何其他因素。一个是我，写了这首诗，一个是读者（具体的），在偶然的机会下，读到这首诗。他感觉到了，叹为观止，就像我当初写这首诗时敏锐觉察到的一样。事情就这么简单。坏诗人才怀才不遇，好诗人力图为世界所知，但因此变成了另一种东西、另一种写作。为什么好诗人不可以隐藏起来呢？那才是真正有价值的，真正的自我保护。这样的人至今我看到的不多，也就小安、吉木狼格几个。也有和小安一样有天分并忠实于自己的人，但他们一般不再写了。

黄德海：这是不是说，诚实的写作其实只是个人的事，在内心就已经完成？把这个内心完成用文字再表达一遍，有时候只是一个愿望，期望有耳能听的人复原这完成的过程？那是否还有另外一种情况，即这个完成只是在写作完成之后才真的完成？未经写作检验，如何信内心的完成为真呢？

韩　东：内心完成不了任何作品，写也不是表达内心。作为一个写作者，在写的过程中完成一切，也将勾连起他的整个存在，以及赋予了写出来的这个作品以独特的命运。但内心可以判断一件作品的价值，即使不那么可靠，也比文学史或专业权威可靠得多。我们当然可以不信任内心，但除此之外又能信任什么？另一个人的内心也是内心，就是内心，内心内到一定程度是无名的。并不是我韩东的内心，或者你黄德海的内心。而具体到一个人的内心可能是未经开发的，或者，没有在体悟诗歌这件事上得以开发。当然，深层的认可察觉又能怎样？还有更深更广大的区域（于此相对应的外在就是无边的宇宙），很可能是一片虚无。虚无的确是有的，但不在判断作品文学价值的层次，而在整个写作这件事，整个艺术活动这件事，说到底是毫无价值的。至少没有绝对价值。

黄德海：我们还是来到了虚无这里，你表达过很多次虚无的意思，我大体也能体会到。在我看来，你的很多诗，恰恰抵达了某种绝对，比如《铁匠》，比如《在世的一天》，比如《重新做人》，或者更近些的《我的眼睛》。这种绝对，是以亲证的方式离开了虚无。这里面有个有意味的悖反，强调虚无的你来到了某些绝对之地，你如何看待这个小小的悖反？

韩　东：虚无不是一个认识论的问题，并非一种认识。这是其一。其二，它并非空荡荡轻飘飘，而是坚硬之物，沉重之物，难以下咽。虚无是绝望，难以言喻的痛苦、挥之不去的残暴和罪行，在这些可怕的事实面前的崩溃。当然，我们可以稀释它到某种可以接受的程度，哲学的程度或者诗歌的程度。实际上，我们谈论绝对也是这样，观念上的，哲学或者诗歌的。但这些最多也只是绝对的预感、征兆、折射。无论是真实的虚无或是真实的绝对，其强度都是毁灭性的，令人肝胆俱裂或者灵魂出窍的。一个人的生命达不到那样的强度就无法真正知道，剩下的就只有文字游戏。

黄德海：也就是说，在诗歌和哲学中讨论的虚无和绝对，都是虚拟的，经过处理的，或者不如就说是戏论吧？那么，高僧大德处于哪种程度？或者，《雪洞》里那样的人，处于何种程度？有没有可以让自己心性暂时休息的可能？

韩　东：我相信人的可能性，一端是残杀，一端是至福，而我们处于中间地带。我写过一首诗，说了这个意思。其实这两端在我们的心里都是有映像的。这两段都是非人，人只是徒具人形而已。不好揣测，只能略微感应。但可以肯定，圣人（如果有）

的悠然自得是经过重生般可怕剧痛的,不是淡泊、知足之类聊以自慰。

黄德海：人就是这样,是动物和超人之间的绳索,也处于残杀和至福之间。那么写作的意义,是为了把这根绳索往超人(不是现在意义上心智混乱的超人)至福一边拉一点？即使这拉过的一点是那么有限？

韩　东：人不是处于动物和天使之间,是处于恶魔和天使之间,所谓一半一半。动物多纯一呀,即使用人的道德衡量它们也是赤子。至于写作,我觉得还是不要看得那么高。我的意思是不要从高标准高端谈论。需要谈的也许是最低标准,是底线。这方面大家谈得很少,似乎不是问题。其实不是这样的。写作的最低标准其实和干其他活一样,至少有其对应。比如专注,比如说尽力,比如说诚实,等等。不混,拒绝诱惑。当代文学问题很多,最可怕最普通的也是发生在低端,和各行业一样,腐败当道。真的轮不到比较高级的问题。听见文学圈里的"腐败分子"大言不惭地谈玄论道你不觉得恍惚吗？可能的确是太普遍了,大家变得没有感觉了。大概底线被彻底抹掉后,我们也只剩下掩人耳目的高端问题了。

黄德海：对你来说,诗歌的底线是什么？小说的呢？或者也可以这样说,这门手艺有标准吗？是什么？

韩　东：标准当然有，但它绝不是某种概念表述，这是其一。其二，这个标准只能针对一类写法、一类东西（通常是你正在写的这类东西），绝没有放之四海而皆准的统一的标准。一种评判，看似来自于个人，却需要某种意义"场"的存在。任何艺术家、作家都是在大小不等的意义场中求生活的。或许可以换一个词，系统。系统不同，再天才的东西都得不到解释。用一种系统去解释另一系统中作品的价值意义，只能是贬损的。这就像中医和西医的不同，价值解释风马牛不相及。意义场或系统的不可通约甚至大于不同的语言。佛经可以经过翻译，但佛教智慧在儒家系统的评判中永远不可能获得高分。因此，价值意义的比较在某个地方是应该止步的。可以比较，不同而已，做高下优劣的判断要慎之又慎。如果我们勉强那么做，一定要知道是出于自我辩护的需要，而非诚实。你在为自我的确立玩弄小聪明。

黄德海：那么拍电影呢，你的底线期许是什么？或者，你对自己做的这件事，最专注的部分是什么？

韩　东：拍电影对我来说还是做作品。电影有其专业性，但可以通过合作达到所需的专业水准。这和写作有很大不同。诚实的写作是排斥合作的，不仅一个人说了算，写作过程也得亲力亲为。电影，即使是文学创意部分，也是需要合作的。导演的确是电影的作者，却是以指挥的方式进行创作的。他更像一个责任人，无论成败好坏都要为此负责，拿你是问。失误有时候就在选择上（选择用人、选择某种技术手段等），若成功自然也有意外之喜。这种责任人的方式的确奇妙，我猜想，它应该是创造的另一种类型。上帝直接创造天与地，但或许将具体的研发委托给了其他的神祇，自己只是勾画蓝图。还有一个比方就是自然生育，需要两性结合，最后这个孩子既是你的也不完全是你的。结合定然是创造的一种方式，在拍电影这件事上可能体现得比较充分。孤独的写作中也需要结合，但不一定是和他人的结合。倒有可能是自我的分裂完成了必要的聚合之举。至于底线，真的就是做作品，按对电影或者对诗歌、小说作为一件事的理解，尽量去做并做好。

完美不能给我带来任何东西
——对话李浩

黄德海：看到你在微信上推荐唐纳德·巴塞尔姆的《歌德谈话录》，说你"很喜欢他，他给我带来的，实在太多了"。看过这篇可能是节选的小说，我有点疑问，想先问你一下，他带给你的，有哪些？

李　浩：它不是节选，而是全文，很短。我最早读到巴塞尔姆是在很久以前，我大约二十几岁。在翻阅《世界文学》的时候偶尔翻到他的《气球》、《我父亲哭泣的情景》和《玻璃山》，很可能还有别的什么小说，包括这篇《歌德谈话录》。我当时对它的印象不深，印象深的是前面提到的那三篇。我发出的惊叹是，天啊，小说可以这样写！说实话，它带给我某种战栗，我觉得他的小说有种灾变的气息，让人躲避又让人着迷。

黄德海：可以哪样写？什么样的灾变气息？

李　浩：它带给我的，首先是小说认知上的。巴塞尔姆曾说过，"碎片是他唯一相信的方式"。他的小说，不是我和我们习惯的"有始有终""有波澜有起伏有包袱"的那类小说，而仿佛是随意地抽取——它在我旧有的审美之外和想象之外。后来我接受它，其实更重视接受那种有着所谓"后现代"意识的思维，就是，生活的某种无序性，片断性，甚至无意识性（在一则访谈中，巴塞尔姆反对一切对他写作的标签，只有这个后现代在他看来"还不是很丑"，勉强接受）。第二点，是他营造起的氛围让我着迷。要知道我是一个相对刻板的人，循规蹈矩的时候多，而在他的小说里，我的每一步都是意外，他把我拉入一种完全的陌生之中，这，也是灾变的部分。第三点，我觉得他的语感很特别，叙述很特别，这也让我陌生。我没想到那样"使用汉语"，特别是在小说中。同样是在访谈中，记者麦克弗里谈到巴塞尔姆似乎喜欢他的句子有"备受珍爱的脆弱"——我个人也倾心于这一点。

黄德海：我很想知道，你在阅读他之前，接受的小说观是什么呢？为什么看到这个所谓"后现代"的想法便如此着迷？这个

"后现代"在何种意义上成立?用这篇小说为例来说说碎片和灾变?

李　浩:我在阅读他之前,小说观,基本上是传统的,要求故事,意义,希望它有始有终,有牵引的力量,有起伏有高潮。不过我也承认我当时主要是读诗,主要是从事诗歌的写作。小说观,并不"完备"和固定。之前,我承认我以为小说是严肃的,它有"提出警告"和"告知"的作用。现在我也认为这是小说存在的理由。尽管那时候我已经阅读了米兰·昆德拉,部分地认可幽默和游戏的作用,可只有阅读到巴塞尔姆的时候,"游戏"才变得清晰,我突然觉得自己懂了。何谓游戏,何谓"严肃的游戏",是他,给我提示了之前我未意识的、忽略的甚至敌视的领域,就是那种游戏的、戏仿的、轻质到羽毛一样的,对严肃的抵抗和消解的,不得不承认,它存在着,也需要存在。在这里,他有对严肃的诸多嘲弄,虽然他的文字依然具有严肃的"尾巴"。

黄德海:在我看来,这恰恰标志着小说的狭隘化,也就是我说的小说胃口变得越来越差的原因之一。小说可以是严肃的,也可以是游戏的,这没有什么问题吧?什么时候人们开始区分这两者,并把这两者对立起来,而为了弥缝问题,又在游戏前加了"严肃的"这个形容词?

李　浩:对立是便于言说,当然有时这种对立也确是明显的。

一和一万有什么区别?有时它是存在区别的,虽然在某些时刻,某种理念中,它们可以统一。如果没有差别,它和《红楼梦》呢,和《三国演义》呢?我想我们能明显感觉它们不同。它们是不同的小说。

黄德海:当然有差别,有不同,这是显而易见的。但问题在于,阅读不是为了回到自身的思考和写作吗?是不是在回到自身的时候,我们把这些区别都当成整体的一部分更好一点?

李　浩:"严肃的游戏"大约是博尔赫斯提出的,我想这种游戏的严肃性可对应他的小说写作,譬如《阿莱夫》《沙之书》。他在谈论严肃话题,和自我,和智力,和我们的存在。但用的方式是虚构的、游戏化的。而在巴塞尔姆这里,他是不同的,他轻视严肃性,虽然他摆脱不掉这个严肃性的存在。但他有意调侃它,鄙视它,甚至诋毁它。有人说他建立的是种"垃圾美学"。姑且这样使用吧,他是个坏孩子,他总是推倒,然后在废墟上撒尿。

黄德海:这岂不是跟过去人讲的没有多少差别吗?庄子不是"以天下为沉浊,不可与庄语",只好以寓言、重言、卮言的方式来说吗?严肃的游戏,不就是用谐语说严肃事吗?这个,从来就在人们的思维范围之内,只是后来被忘记了。是不是可以说,近代以来的某些变化,让我们以严肃说严肃,所以反而变成不严肃了,因而巴塞尔姆以及相似者的出现,给我们提供了某种以为从没人了解的小说途径?

李　浩：过去人讲，不等于现在人不能讲，何况它们还是有差别的。你会发现巴塞尔姆调用的不是"不可与庄语"，而直接是"我说不庄语"，他大约会把自己看成是天下"沉浊"的一部分。多少有些"我是流氓我怕谁"的味道。我也想知道，你是第一次阅读他的小说吗？你怎么看他的这篇小说？

黄德海：我过去读过他的《白雪公主》，在一个打折书店三折买的，没留下太深的印象。这次看你转发的这篇小说，觉得这里面复合着很多现代小说的问题，耍聪明，抖机灵，装有趣，把该嘲笑和不该嘲笑的一切严肃都一锅端。起码这作品的叙述者，既对歌德有点大腔圣调的话不喜欢，又看不上原先《歌德谈话录》的记录者，因而反讽处处皆是。我觉得，通过这个小说，我有点看到了作者的轻浮和轻狂。这样的人，游戏时会严肃吗？如果一个人一直满足于坏孩子的状态，就是说他从未走完青春期，有那么值得赞许吗？

李　浩：说实话，我也承认巴塞尔姆不是伟大的作家，但他是特别的作家，他的缪斯有自我的独特表情。"当一个诗人读别人的诗歌时，他总是很少在意与后者的优点相比，自己有没有不足之处，相反，他以读者的身份，在乎的是后者是否提供了他自己目前所面临困难的解决之道。一个诗人对同行诗歌的评价很少单纯地采取审美的立场,他经常喜欢的是对方那些差一点的诗歌,从中他可以偷学几招,而不是所学甚少的优秀之作。因此,他对那些影响他写作的先驱们的评价和纯批评家的看法之间其实出入很大。"这段话是奥登的,出现在《上海文化》,夸我一句吧,我是你们多好的读者啊。

黄德海:这话很像一位法国结晶体专家说的:"完美不能给我带来任何东西。我对晶体形成的认知,全赖不完美之处提供的信息。"那些不完美的地方露出了某些破绽,在天衣无缝的艺术品上留下缝隙,让我们可以借此窥见里面深藏的惊人之美。我们还是回到这篇具体作品,我前面对这个作品的看法,你怎么看?

李　浩:我部分认可。你读到了他的"意图",他也确有轻浮和轻狂。可我依然有我的赞许。就以这篇《歌德谈话录》来说,我阅读巴塞尔姆,更多是从自我出发,"偷学几招",同时,我在意他提供给我的"目前所面临的困难的解决之道"。虽然我可以不用他的,但,没有他的启示启发,我想我可能会像困在捕蝇器里的苍蝇。我在阅读伟大而完美的小说时,也会惊叹,试图"见贤思齐",虽然我一向笨拙。而我,也时常会对那些有特点的文本表达敬意,因为启示。

黄德海:这个意思,就是 E. M. 福斯特《一本影响了我的书》里的看法。他说,《神曲》、《罗马帝国衰亡史》和《战争与和平》是最伟大的三部书。可是,"他们的博大和结构给我以印象,使我自惭渺小"。"这三部书太雄伟巨大了,人们不容易受纪念碑的影响,他们只是略一注目,赞叹,然后还是我行我素。也许人们喜欢受合自己尺寸的东西的影响。""只有那些我们已期待着的书才能影响我们。它们和我们自身的道路重合,只比我们已到达之点稍稍超前。我更进一步认为,当你觉得自己也差不多会写这本书时——那正表明书影响了你。"你觉得你受到的具体影响是什么?

李　浩:我还是强调灾变,巴塞尔姆运用的是之前小说没有的样子。他把"类似"进行了碎片拼贴,于是,歌德在这里成为了"比喻癖好的坚定患者",虽然时时有闪光和微妙,虽然颇含意味。是的,巴塞尔姆不会认可福斯特说的纪念碑,他会像君特格拉斯笔下的奥斯卡那样,钻到演讲台的下面去。我还赞许他的消解,对"权威"的调侃和轻微敌意。

黄德海:我觉得这里来到了一个我们会有争议的问题,即小说(虚构)的目的到底是什么?比如这里,把歌德消解后成为"比喻癖好的坚定患者",目的是什么呢?表明人都有对某些东西的癖好?都有特殊的自恋方式?

李　浩:我们以正大庄严,以威权,以正宗——忽略的是人,是人的差异,是人的可能甚至合理的欲求。它很容易走向反面。

一方面，我认同"不和上帝发生关系的戏剧是无趣的戏剧"，另一方面，我们也必须警惕某种"岳不群"的可能。巴塞尔姆和我们一样，在正大庄严、权威和威权里待过，接受过，甚至是强迫式、灌输式的接受——他是作为"战士"进入成长期的，我相信全世界对于战士的塑造有太多的相似性。这，也部分地影响到他后来的写作，他的抵抗。还有一点，你读小说是想读什么？他有无正确的世界观人生观？说实话他是好孩子坏孩子对我不构成特别的影响，我只希望透过文本，它给我提供了什么新的，我没有意识到、没有发现的东西。陀思妥耶夫斯基也是坏孩子吧，还有写了《鲜花圣母》的让·热内，包括杜拉斯……

黄德海：好，我觉得我们来到一个地方了。对权威的消解，或许是经历过权威灾难后的正确反应。忽略人，忽略人的差异，忽略人的可能欲求都有问题。按你通常表达的小说观，小说该提供某些以往没有提供过的东西。那么，对人差异的认知，是巴塞尔姆的独特贡献？我觉得更重要的问题倒可能是，跟另一些作家比，他对差异的认知处于什么位置？我不怕坏孩子，也不反对非圣无法，只是，我觉得这些坏孩子没有自己的主见，明明是被某些东西（有意或无意）驯养的，却以为是荒地里撒野。陀思妥耶夫斯基是坏孩子，但这个孩子知道德米特里，也知道阿廖沙，知道拉斯科尔尼科夫，也知道索尼娅，他一直在跟他们学着相处，而不是用反讽拒绝跟他们沟通，自以为是地宣布自己的聪明和胜利。还有，因为骨子里没有跟人群一起游戏的严肃精神，所以其实只是对世界表现个姿态，做个样子，确立自己的聪明而已（当然，聪明里仍然可以包含伤痛）。如果是这样，岂不仅仅是一个普通孩子在扮演坏孩子？

李　浩：我想你是读过爱克曼辑录的《歌德谈话录》的，我没有读过。在准备这个话题的时候我准备购买一本，后来我想先保持最初的感觉吧，你觉得，这个《歌德谈话录》与你读到的那个不同点在哪儿？另外，你是否尝试学着和巴塞尔姆沟通了？还有一点，昆德拉说："在使自己顺应公众人物的角色时，小说家危害了他的作品；他的作品要冒着被视为他的行为、宣言、立场观点的附属品的危险。而小说家不仅不是任何人的代言人，我还要更进一步地说，他甚至也不是他自己思想的代言人。"——所以，我觉得我们可能也不要把巴塞尔姆完全地等同于叙述者。

黄德海：我看这个小说，最初引起我不适感的，正是因为它与爱克曼辑录的《歌德谈话录》的差别。在这部《歌德谈话录》里，我们看得到歌德的日常生活，他在日常生活中表现出的洞见，他时常的严肃思考和不时的放松游戏甚至偶尔的风流韵事，这一切，包括他身上的缺点，让我们看到了一个比我们好的人。

李　浩：我们的注意点是不同的。我回头一定看看真正的《歌德谈话录》。我注意着技艺技法，它的创造性和背后的思考向度，我注意着他所做的局部合理性，而你注意的不是这些。

黄德海：巴塞尔姆不能等同于叙述者，但仍然有个问题，他得通过自己的技艺，让我们看到他真正独特的认知。如果只是荒地撒野，也太容易些了不是？我觉得不妨来谈论一下他的局部合理性，他具体的技艺。

李　浩：我读他，更多的正是得到技艺上的启发。我要谈及他的碎片化。它让小说可以集中在一个个"点"上，而不是要用更多的线和面。一方面，它会让小说的每个"片"都有晶亮感，它自己建立"围绕的核心"，这样就略掉了叙事冗长的过程，从而使叙事变快。另一方面，它剪掉的部分，又需要阅读者动用自己的知识和日常储备来填充，也就是说，它是"不完成美学"的，是要阅读者参与的。同时，这种碎片化其实也是思维上的变化，就是，他让我们从一种清晰的、逻辑的、有连续感的已有习惯中摆脱出来——事实上，我们的思维时常是混乱的、无绪的、纷杂的，我们遇到的人和事往往也不具备明晰性和故事性。巴塞尔姆试图部分地"恢复"到这种自然状态中去，至少看上去如此。我觉得巴塞尔姆的小说还有另一品性，就是他有意"拧巴"，对我们习惯以为、坚固以为的小说样态说"不"。在拉里·麦克弗里的访谈中他谈到，"好几年来我都有一打关于小说的坏点子，对其中的一些我真投入了大量时间"。他还在《句子》中借用叙述者之口说句子是"因其脆弱而备受珍爱的结构，与石头的坚定正好相反"——是的，他大约喜爱"备受珍爱的脆弱"，而对坚固视而不见。

黄德海：说得好。不过这仍然是整体认知，我们回到一个具体的段落。

李　浩：譬如，第一段，歌德定义了"青春"，它的任务就已完成，接下来有关歌德的故事又在一个核心点上，这次，他定义的是"食物"。接下来的第三段又是完全不同的情境，歌德定义的是"音乐"。每一片断，似乎只有自我的洽应，在这里，闪烁着光泽的即是歌德那种有独特感、有微妙感的定义。它是散开的珠子。巴塞尔姆取消连线，当然，谈话录这种样式也允许如此——我得承认他的其他小说碎片化特性更强些，也更容易解说。

黄德海：第一段，叙述者让歌德洋洋得意地以一个比喻结束了对话，而他的比喻，是因为偶然看到了小男孩，所以自然提到了青春。第二段，因为在制作食物，歌德就顺便做了食物的比喻。第三段，歌德先是大腔圣调地说，"人这样做了，为了他灵魂永久的舒适与荣耀"，又打了个不知所云的比方。再往后，歌德高叫"真令人惊叹！"却没有任何实质性的话。而"我"呢，赶忙随声附和，显得像个应声虫。随后，歌德又做了比喻，"艺术，歌德说，是市政人身担保金的百分之四的利息"，并重复了好几遍，显得歌德极端自恋。这样的情形，起码我们可以确认，是叙述者的意图吧？

李　浩：是的，我想，这，大约也是巴塞尔姆在爱克曼的谈话录的缝隙里找出的。他从中的发现，当然是他的趣味所决定着的。接下来的一段又是完全不同的，这里，暗暗的反讽出现了，或者说那种反讽的意味进一步强化。在这里，巴塞尔姆还是把自己"克制住"，保持在爱克曼的"位置"上。在这里，歌德定义了"英语"，我们可以读出他以"最热诚的态度"欢迎英国来的惠特比中尉时的言说有了某种适度的调整。它让我们猜度，其中的调整是故意还是无意，他所说的，哪些是出于"热诚"？在这里，我猜度并从猜度中获得了乐趣。在巴塞尔姆如此短的篇幅里，歌德依然可能是一个"比我们好的人"，只是，他不侧重于此。他，很可能是察觉着歌德言谈中属于"矫饰"的部分，而将它单独地提了出来。

黄德海：即使在一个更短的篇幅里，矫饰的歌德，也仍然可以是一个比我们更好的人，但我没有在这篇小说中看到，只觉得他是一个对自我没有反省的人，矫饰并且为自己的矫饰得意。对我来说，一篇小说即使要把歌德拉低，也得拉低到成为洞见的程度，而不是一种精巧的游戏，像现代西方很多哲学家那样，只借此表明自己的聪明和思维复杂。对自身和对人无益的东西，我不感兴趣，即使它们再精美。让我来抄一段《歌德谈话录》里的话："有些杰出的人不会事先无准备地去写任何肤浅的东西，他们的本性要求他们对所要处理的每个题目不出声地进行深入研究。这种有才智的人常常使我们感到不耐烦,因为我们很少能从他们那里得到我们当即要用的东西;但是只有像他们那样做,才能完成最崇高的任务。"你看,像不像是事先对巴塞尔姆这类人写好的反驳?

李　浩:那么,我们是否可能承认,世界上有巴塞尔姆这样的人,有这样对自身和人无益的想法,他们,也不是一个很小的基数?

黄德海:这当然没问题,但当我们把他们作为基数,而不是他把我们作为基数的时候,是我们在理解他(承认他比我们的容纳力差一点),而不是他在理解我们了。小说不是要理解更多的人吗?

李　浩:他给我提出的恰是,我要警惕,要警惕矫饰并为自己的矫饰得意。这是针对我的。

黄德海:如果要警惕矫饰的得意,为什么不去读爱克曼的《歌德谈话录》?那里面的歌德就是如此警惕自己的,他提供了榜样。"在发表《格茨》和《维特》后不久,一位哲人的话在我身上得到了印证:'如果你为世人做了什么好事,世人就会万般小心不让你做第二次。'"这是富有歌德特征的自省。这篇小说戏仿歌德说警句,确实,歌德善于说警句,并有《格言和感想集》传世。

我前段时间读他的格言集，精妙之处往往而见，差点诱惑着我下手写篇文章。我觉得，这些警句是在所有事件之上的，那偶然可见的洞见，构成了歌德的伟大。而这篇小说的叙述者似乎以为，《歌德谈话录》是带有虚饰性的警句集锦，因而进一步戏拟，突出歌德的矫饰和记录者的粉丝心态。但这些戏拟的警句，却只是聪明话，甚至是陈词滥调，并非如真实的歌德那样有处处可辨的洞见。

李　浩：很遗憾我没有读到。这是我知识上的匮乏。我会找来读，刚刚，我妻子下单了。

黄德海：另外，你刚才说到人的差异，这对很大部分古典作家来说，是个基本的起点，为什么要到巴塞尔姆这里才变成好像值得强调的事情，是不是我们丢失了某种过去人具备的阅读技艺？我另外觉察到一个问题，就是我们很多时候是因为阅读的狭窄和理解的肤浅而轻易否定了那些给了我们更好东西的人，而在稍差一点的人身上浪费了太多精力不是吗？

李　浩：我，的确在平庸的作品上浪费的时间过多了，而且接受过不少的脏东西。是的，这是我说的，而且是真诚的。许多时候，是见了高端，见了更好的美妙之后，才知道，自己在平庸的作品上的浪费。

黄德海：我的疑问不在是否在平庸的作品上浪费了太多时间，也不特别关心是否接受过脏东西，因为开始时的盲目阅读，平庸和脏东西的进入，几乎是我们自身匮乏的必然和铁证。我感兴趣的是，最终，我们怎么消化了这些平庸和脏。只有把这些都在作品里洗干净（不是没有脏东西了，而是经过匠心的洗濯），才有所谓的创作不是吗？

李　浩：有些脏东西是不易消化的，它是沉积的重金属。它也会阻隔对好东西的吸收。哈，我们对脏东西的概念使用不是一致的，如果使用你的概念，我认可你的说法。

黄德海：对，脏东西不易消化，但是不是我们消化一点，就是向好东西敞开一点呢？你提到的"备受珍爱的脆弱"，巴塞尔姆说的坏点子，都是他真的对世界的感觉（所有的真，都有表达的权利），我要说的其实是，更好的艺术作品，是不是对感觉的感觉，对脆弱的反省，对坏点子的再思考？我可以承认巴塞尔姆是优秀的，我只是觉得他还不够优秀。他的优秀足以让人看出并学习某些技艺，但他不够优秀的地方，是现代小说最大的问题（因为习见，所以不察），即它不是引向心性的卓越发现，而是往往停留在对低端心性的抚摸上。

李　浩：其实，对任何一部作品来说，都有它的欠缺，何况如此短的篇幅。"相对于上帝来说，莎士比亚至少有一千条错误"，是的，莎士比亚和托尔斯泰也都有他们的缺憾和缺点。你用批评的眼光帮助我们认识更高端，而我，则用欣赏的眼光来认识可能被忽略和错过的风景，认识它完成的好和提供的可能……这样，才更好。

黄德海：说得好。我们从这里再开始一次。用欣赏的眼光认识可能被忽略和错过的风景，认识人的脆弱，无奈，欠缺，都好。可是，接下来的问题是，这些好携带的大量问题是否被认识到了（认识到了就没问题，因为可能是时代共业），比如我说的心性浅薄问题。另外，作为学习和偷师的对象，他在何种意义上提供了真正的卓越，而不只是我们都看到的聪明，机智（wit）？

李　浩：说实话，我在巴塞尔姆的文字里只吸收"对我有用的"和"我认为有用的"，对于卡夫卡、格拉斯、卡尔维诺，也均是如此。你也谈过对米兰·昆德拉的批评，我极为认可，但，我对昆德拉的偏爱是因为他让我吸收得多，这些吸收甚至参与到我对"我"的塑造中，而不单单是文学的——作为学习和偷师的对象，他在何种意义上提供了真正的卓越，而不只是我们都看到的聪明，机智（wit）？问得好。我得反省。

黄德海：参与到对"我"的塑造中，阅读不正是为了校正我们自己吗？这就是为什么要一直强调卓越的原因。参与对我塑造的东西，得是卓越的，比我们好，能提高我们。作为写作者，我们可以在作品里让每个人都是对的（需要庞大的理解力和"同情"能力），但作为学习者的我们，是不是首先要学会辨认那些优秀者心性的高低，进而决定是否让他参与对"我"的塑造呢？

李　浩：但，这里也有一个反向的，比喻的——你反复强调卓越，事实上是认定"小说需要提供塑形力量"，需要它完成对人的塑造，对人格的提升；而我觉得，对小说的阅读，很可能是鹰吃虫子……对鹰来说，它吸取营养，至于虫子能不能飞或者飞多高，它略显盲目。

黄德海：这句话，让我们的差异显得没那么大了。对小说的阅读，可以是鹰吃虫子，甚至可以是"孔雀食毒身更艳"，哪怕是脏东西、毒东西，都可以转化成鹰高飞的能力，可以让孔雀更为艳丽。进一步的问题是，"圣人无常心，以百姓心为心"，怎么理解呢？在差异之外的高低，要不要区分？如何区分？

李　浩：你提到"以百姓心为心"，那好，小说里，不同的小说里，尤其是真诚的小说里，提供着的不就是不同的、差异的、或高或低或善或恶的"百姓心"。我倒希望我们能理解他们，更多地理解他们，从他们中"发现自己"和自己的愚蠢，进而生出对他人和自我的双重悲悯。我们一向规置"高标"，而忽略低线，其结果往往会造成"百姓"们口是心非，说一套做一套，生出许多道貌岸然的伪君子。我觉得，小说在这点上，也应当对我们提出警告。

黄德海：小说提供了各种各样的"百姓心"，完全同意。只是，小说中各种各样的百姓心，不是他们表现在日常中的那些俗气的样子，而是内心卓越无法实现的变形反应，小说写作，得把那些深曲的心思写出来。把深曲的心思写出来了，才是理解，才是真的进入了精神领地。我说的高标，其实就是对低线的承认乃至接受。不承认、接受、认知这些低线，才是我们不耐心、不卓越的标志。是卡夫卡说的吧，人类所有的错误都源于不耐心。伪君子不就是没有耐心一步步去做君子，从而把自己立即扮演成君子才成为伪的吗？

李 浩：那你所认可的那些所谓的卓越的文字，是不是也可如此反问：你确认自己看到了某种光明吗？你自觉到的光明，是从哪来的？如果没有光明，如何确认你可以给别人光明？为什么你确认的光明是光，别人的就不是？如果你觉得无，那，我们写下这些，又算什么？

黄德海：我所说的那些卓越文字的写作者，他们始终在追问的就是，我说的这些是真正卓越的吗？是对人有益的吗？我是不是在以己昏昏使人昭昭？你看，问题在于，我从不确信，我所认可的那些卓越者，也恰恰是因为他们从不确信。就像神，在具体信仰中的另谈，在我的理解中，是一种远远超过人认知能力的存在。我们定义神本身的过程，就是我们自身水平的体现（否认神仍然是对神的认知之一种）。

李　浩：如果神不可定义，那，神如何存在？如果说超过人的认知能力的，那，血液都可以是，细胞都可以是。记得是赵兰振谈到，血液，从流出到凝固，需要数十道复杂的、不断的化学反应。

黄德海：血液和细胞没有超过人的认知能力，是血液和细胞的神奇运行超过人的认知能力，其实就是造物（神？）的高妙超过人的认知能力。

李　浩：我们说得有点远了，回到这个小说。我想问一下，这篇《歌德谈话录》里，歌德所说的那些话是否出自于爱克曼同名的那一本？

黄德海：我根据小说的日期，对照了爱克曼辑录的《歌德谈话录》，小说大部分篇幅是在爱克曼本中有时间对应的，有一两篇没有。这些话我觉得是编的。有些话像歌德说的，但脱离了语境，意思就不同了——歌德叹着气说："我已为这位可怜的人儿模拟了每一个姿态，这还不够：在我自己创造并使之成形的这个人物中，没有什么是未经探究就留在那儿的。"这是非常深刻的话，但这话跟后面一段接起来看，就可以明白，其指向是讽刺批评作品，接下来又是不伦不类的比喻。如此富有意味的见解，最终表达了叙述者轻浮的性情。这性情如果是天生的，当然可以存在，只是，是否不该张扬或赞赏这样的性情？

李　浩：我的第一感觉，也是编的。但它"符合"，也有着特殊的意味和气息感。我相信每一种洞见都是有先驱的，只是，他发展了它，使它更明晰化；没有先驱的洞见可能片面深刻，但也值得警惕。不过，对文学来说，片面深刻却是个人标识。

黄德海：洞见当然都有先驱，只是先驱是哪些而已。至于符合，我们来看小说的最后一段——"今天，歌德猛烈地抨击了某些批评家，他说：他们完全误解了莱辛（这里当然指的是《恩斯特与法尔克》和《拉奥孔》的作者莱辛）。他令人感动地谈到这种愚钝如何部分导致了莱辛晚年的痛苦，并推测说，由于莱辛既是批评家又是剧作家，所以这种攻击就比通常的残忍更胜一筹。"歌德如果赞扬一个人，会有具体的说法，可这里没有任何具体。这段的指向，又是批评性作品。现代小说有一个特别不好的特征，他们批评劣质者，而不去确认高端的批评是什么。作为批评家的莱辛是什么程度呢？他真的那么痛苦，还是只不过后人的揣测？莱辛的好东西是什么呢？我觉得这才是值得写的东西。所以，我看了这小说，就觉得很不"符合"。他符合轻浮浅薄的现代品性，不符合古典的深挚淳厚。我一直跟你交流的一个问题，可以从这里引申出来。即，为什么不去试着学学古典的深挚淳厚，而只是在现代的浅薄品性里打转呢（古典在这里是某种心性标示，不只是时间上的，现代人也可以有古典心性）？人类的一切思想不都该是我们的资源吗，局限在现代里，是不是有点遗憾？

李　浩：我在阅读一篇小说时，会把注意力放在文本上，而忽略它的旁涉，包括这个歌德是不是那个歌德。我会将这看成是独立的和自洽的，随后，再去想它的旁涉。至于古典问题，我今年又在读《苏格拉底之死》，是和《苏格拉底的审判》对照着读的。不过，我想这个问题也似乎可以提给你，局限在古典里，是不是有点遗憾？

黄德海：局限在哪里，都是遗憾。你提这个问题的方式，仿佛我指出不能局限在现代，就说明我困在古典里？这样的逻辑反推成立吗？还有，读古典作品，并不一定就是会用"古典"的方式来读。不过，我想听你来分析你前面提到的独立和自洽，举个具体的例子。

李　浩：这里的歌德，是被崇拜的，是权威，无论他是不是那个歌德。他是博学者，是智慧的但同时也有着某种矫饰与自得。在这篇小说中"这样的歌德"可以成立。我关注小说中"歌德"使用比喻的美和妙，最初，它吸引我，我试图用另外的方式"阐释它"，这使我兴奋。读着，我读出了巴塞尔姆的调侃，我承认，这是后来才读出的，我是比较笨的人。说实话，最初读的时候和现在的感觉也不一样。现在你所说的那种调侃和反讽读出得更多，过去，没有特别在意。我只是觉得，它挺好玩。无趣是艺术的大敌。

黄德海：有时候，人们会用有趣和无趣的说辞来拒绝更复杂的东西，谁说艺术一定是有趣的？有趣不只是艺术的某一个特征吗？我们看一部小说，如果这小说提供的东西是已知的普通东西，然后用精巧的技艺表现出来，有什么意思呢？既然作品写到了歌德，歌德的特殊在哪里呢？是不是值得写一写？哪怕是反讽，也得把特殊消化之后再讽吧？记得有个人写过一本鲁迅的传记，主要写鲁迅跟我们普通人一样，有他的痛苦和无奈，写得很好。后来，有个老师的话提醒了我，他说，是，鲁迅跟我们一样的是这些，那不一样的是什么呢？是那些不一样才让鲁迅成为鲁迅的吧？比如我们看徐梵澄的《星花旧影》，那里面的鲁迅，才是鲁迅跟我们不同的那部分。说歌德和鲁迅也吃饭拉屎，偶尔会牙痛，有什么意义呢？

李　浩：有趣无趣只是艺术的某一个特征——是的，是某一个，不是全部，就像政治和道德的正确也无法保证文学的全部一样。但这一特征可能举足轻重，我愿意借用陈超老师的一个小短语，他说我们可以保持某种"审美的傲慢"。说歌德和鲁迅也吃饭拉屎，偶尔会牙痛，有什么意义呢？——我认可这点。歌德和鲁迅可以吃饭拉屎，但更应关注另外的部分。我认可，极为认可。

黄德海：保持"审美的傲慢"，但同时也知道，这只是诸种"傲慢"中的一种，就行了。我们继续一下那个关于鲁迅的话——歌德也有矫饰，有虚荣心，有时也无法克制自己的情欲，可是，我们更应该关注的是哪个歌德呢？（当然，这不表示我忽视了歌德可能存在的缺点，只是用这个方式强调，不要老盯着人的一点看。我知道优缺点一起才构成了人，但更愿意选择看那些好的部分。）或者可以再深入一层，这篇小说，是否只是为了自身成立而写的，我们是不是只从里面看到了叙述者或者进一步说作者的姿态呢？

李　浩：自身成立应是小说的理由。每篇小说都有小说写作者的血液涌流，好的小说取自小说家的肋骨，在这里，我对小说家写作上的诚意和他"弄虚作假"的技艺能力远大于对他姿态的看重，历史上太多奸人说得道貌岸然，大词圣词满天，却不生出连接内心和人性的线。在这里，《歌德谈话录》的巴塞尔姆倒是坦荡的，包括抖的小机灵。《战争与和平》也不呈现准确而符合历史的真实战争和它的动机，其中的部分是作者的，是作家的塑造。小说可以呈现片面和偏见，从而让我们更清晰地认识这一片面和偏见。我觉得，在世界的参差中，我们应当容留各种不同的存在，虽然那种存在并不是我的，与我格格不入。进而追问文学，在正大庄严和小情小悲之间，哪种更应该关注？

黄德海：在世界的参差中，当然可以（也是必然）容留各种不同的存在。但我很想把我说的那句话再强调一遍，坦荡和诚意，并不自然存在，而是创造出来的，在没写出来之前，并不存在。并且，是坦荡和诚意的深度，决定了小说水准的高低，这也才让精神世界的程度，有了可比较的凭借。"圣人无常心，以百姓心为心"，怎么理解呢？在差异之外的高低，要不要区分？如何区分？

李　浩：区别，区分是自然的，不过这句话里，百姓心是什么？如何界定百姓？他们是整体还是一个个人？文学，有时提供的不是公约数的东西，而是差异的、荒诞的、区别的、独特的，只是在这种差异、荒诞、独特、区别中，我们能读出我们自身的荒蛮、愚蠢进而引发悲悯。小说的提供，有时就是普通人的心思，他们不高端，小聪明，愿意诋毁崇高，有恶趣味。百姓心里有集体暴力，有乌合之众。你取哪一个百姓之心为心？你取了这个百姓之心，那你的心呢？这也是个问题，你觉得呢？

黄德海：在正大庄严和小情小悲之间，哪种更应该关注？其实应该确切地说，小说写的，是对正大庄严和小情小悲的理解和反省。在理解和反省的意义上，就没有哪个更应该关注的问题了，而是都应该关注。更高级别的人，应该是理解普通人的心思（百姓心），跟着他们走，但这个认识本身，是高级别的标志。认识百姓心的集体暴力，乌合心态，并连这个也用小说给予安慰，并正是为了略微减轻一点这些。具体的差异和荒诞，具体的恶趣味，具体的心思，具体的荒蛮，没问题，只是，对这一切的认识，才是高级的小说。以为写到这个就是好小说，是较为低端的。

李　浩：一个写作者，应当是独立的那个个人，他不站在百姓的一边，也不站在君王的一边，不站在知识分子一边，甚至不站在上帝一边。

黄德海：不站在这一切的一边，站在哪里？从哪里来的这个确认？以百姓心为心，可以包括君王，包括知识分子，甚至包括那个独立的自己，这一切，都是百姓心，或者说，就是一切人的心性。

李　浩：他站在他所认可的，需要成为的那个"个人"的点上，站在经历了反复的追问和推搡依然不倒的"理智"上。"站在"，往往会因队伍感而丧失掉准确的、理智的判断。无论你选择和谁站在一起，都意味把自己部分地交出，都意味让自己为了和他相似而让他的认可影响自己。

黄德海：以百姓心为心，没有站在，而是随的，随各种各样的人，各种各样的心性变化而变化。

李　浩：他能容纳所谓百姓的、知识分子的、小工业者的，但，他不会轻易把自己交给什么。随，是从，有顺应之意，对不？

黄德海：随，随卦的随，就是什么样的人心，也跟得住（当然，这是理想状态），可以根据对方的情形变化。

李　浩：这个太难了。当然，我觉得你的看法是对的：巴塞尔姆不是大作家，他的格，相对不够。他其实有消解之乐，没有建构之乐。这点，我和你一样。我只是说，他对我是有启示的，可能，对作家们来说，他提供的，特别是技术可能，是有启发的。我在阅读中也感受着语词的趣味。其实，他的《白雪公主》，我更愿意注意每个句子，那种敞开的、意外的、非逻辑的句子，而不是他提供了什么故事和故事后的什么。我在其他作家和作品那里的吸取，其实也是如此，我的点，不会专注于他的问题，而更多放在他可以给我什么上。

黄德海：消解比自己高的东西，是不是僭越呢？消解，应该是对名不副实的东西，真正好的东西，为什么要消解？

李　浩：哈哈哈。我理解你说的这个词，但，譬如《局外人》，其实本质上也是对人的存在的某种消解，对整体的意义的某种消解——他是在追寻，但也在追寻中否认，然后继续……太多的小说写下的是这点。而诸多的战争，残害，也都是以正大庄严的名义发出的——是故，这种消解，可以是抵挡的力量，当然具体到我个人，可能更认可崇高性，虽然这一认可是建立于怀疑的基础上。崇高，应是经得起消解的，也经得起反证反讽。我理解你所说的这个词，僭越，但我不认可。所谓僭越是首先划出自己的不能和无能。我以为我们的每一步前行、每一次进步都是建立于僭越的基础上的，虽然有时它的僭越性是轻的，微的，有的则是断裂。没有僭越，人类无法认知地球是圆的，西方文明也无法从"黑暗的中世纪"摆脱出来，科学和当代艺术也无可萌芽。我们东方也只能"封建"下去。规定僭越往往是让自己规避某种的冒险，我以为。

黄德海：僭越的意思非常复杂，我们不在这里讨论了，只引一句西蒙娜·薇依的话吧，这话给我了太多启发："怜悯从根本上是属神的品质。不存在属人的怜悯。怜悯暗示了某种无尽的距离。对邻近的人事不可能有同情。"抽象的正大庄严，本来就是个贬义词。我相信亚里士多德的话，任何技艺，都以探究某种特殊的好为目的。消解可以是抵挡的力量，但消解本身必须有其严肃性对吧？我在这小说里，只听到笑声，没感受到严肃性。消解，因为其自身的性质，必须极其严肃，或者说，消解自带了罪过，它必须能为自己辩护才行，否则，消解极其容易成为亵渎。我看很多消解，压根就是亵渎。

李　浩：如果不纠缠僭越这个词，我认可你的说法。这是它的弱。不过，我依然觉得它有其严肃性在。他对歌德的戏仿中，没有诽毁。他只是仿佛一个孩子，掀起了伟人的袍角。

黄德海：好，那么就明确了，他的样子，只是让我们觉得稚拙可爱（因为是孩子），有什么不妥的，我们来原谅他。

李 浩：哈，我喜欢他说他给予我很多并不是出于原谅。我更愿意来感受巴塞尔姆提供给我的那些特别，我甚至顺着巴塞尔姆的提供，为歌德"填充"新的比喻，像最后一节爱克曼所做的那样——直至读到最后一句。我读到这里笑了起来。歌德也让我"住嘴"。我缺乏歌德的睿智也缺乏巴塞尔姆的聪明。不过，我从这句话里，也读到，权威的某种……他甚至不愿意别人模仿他。

黄德海：具体到最后这句话，我要说，我甚至愿意因为这句话，容忍这篇小说所有我觉得不好的地方。这真是对我再好也没有的提醒，让我可以时时用这两个字来提醒时不时喜欢滔滔不绝的自己——住嘴！

人如何通过狭窄的竖琴

——对话吴雅凌

黄德海：从我们七八年前认识开始，我陆续看到你翻译和绎读的《俄耳甫斯教辑语》《俄耳甫斯教祷歌》，赫西俄德《神谱笺释》《劳作与时日笺释》，卢梭《文学与道德杂篇》《致博蒙书》等，觉得你的主要精力在西方古典学问。但很多次交谈让我意识到，你在倾心古典学问之前，应该有一段很长的精神成长期，这个时期更多是关注文学的。有兴趣谈谈这个成长期吗？

吴雅凌：你说得很对。我在学校里一直学的是文学，兴趣也是文学的。在法国念书受的是所谓"比较文学"的方法训练，认知的视野停留在 20 世纪，往前至远到 16 世纪。后来因机缘巧合开始接触一些西方文明源头的东西，始知学问尚有深浅。不过，即便在努力尝试亲近你提到的这些经典作品的过程中，我想我也没有跨出文学的界限。

黄德海：从你自己能深入阅读法语作品开始，在这个语言打开的世界中，看到了哪些异质的精神性因素？这些因素哪些是在汉语中绝难看到的？它们在你的精神构成中起了怎样的作用？

吴雅凌：我是在心智迈向成熟的年龄接触到一种新的语言，一种迥异的思考和生活方式。作为一个年少无知的外乡人，我想我首先收获的是美的敏感。那种颠覆是根本性的。在很长时间里，我看欧洲就如一个不懂画的人赞叹一幅画，不知深浅，却不影响我为之着迷。在不自知中模仿它的美的各种表象，从文字绘画电影戏剧诸种形式的叙事细节中的感动，到日常公共生活行为规范的切身教训，从语言的呼吸顿挫、眉目传神，到一顿阳光下的露天午餐的面包和酒。我身在其中而不知这美的深浅，包括在索邦楼里听过的那些课，遇见的那些人，借过读过的那些书。我在离开以后几乎又花了同样多的时间才慢慢理解这一切。按照柏拉图的说法，随着时光，我们慢慢为自己争取到年长的有情人的资格，慢慢看清当年那个"心爱的少年"的模样。

黄德海：如果我的理解没错，我觉得你所说的文学，更像是带有原初意味的"秘索思"（mythos）——"内容是虚构的，展开的氛围是假设的，表述的方式是诗意的，指对的接收'机制'是人的想象和宗教热情，而非分析、判断和高精度的抽象。"它表现载体则是诗、神话、寓言、故事等。你翻译和写作的大宗，我觉得都跟这个秘索思有关，除了俄尔甫斯以及赫西俄德的作品，你翻译的《赫西俄德：神话之艺》《柏拉图与神话之镜：从黄金时代到大西岛》，甚至西蒙娜·薇依的《柏拉图对话中的神》，以及你编定的作品《黑暗中的女人——作为古典肃剧英雄的女人类型》，都跟这个秘索思有关，或者更确切地说，跟神话有关。你是如何走向神话的？神话给了你一些怎样的启示？

吴雅凌： 在西文词源里，文学衍生自文字，比如法语中Littérature（文学）与Lettre（文字）同根。文学一开始指与文字相关的认知的整体，不妨说，文学相当于各种文明里的经典，18世纪以来，文学则专指与审美有关的书写、认知乃至言行，逐渐也就形成现代学科划分里的所谓狭义的文学。我与文学的相遇恰好是从狭义向广义、从今向古的过程。这个初遇如刚才所说与美的敏感有关。此外，我们大多数人在今天一开始接触文学时没有机会获得某种广义的古典的视野。我想这不是个人的事，而是一个时代问题，否则也不值得我们在这里讨论。

在文学的路上，我很有幸在某个时刻遇见神话。我从翻译整理神话开始，慢慢以神话作为某种思考的参照点，尝试理解古希腊诗歌（包括最早的神话诗和稍后的悲剧）、柏拉图对话乃至后世的作者作品。我对西方文明史上不同时代的人们如何看待神话总是充满兴趣。这就如一个以文学为名的认知过程,柏拉图在《会饮》中提到六个"美的阶梯":一个美的身体、两个美的身体、所有美的身体、美的生活方式、各种美的知识、美本身的知识。打个也许不太恰当的比方,神话以其贯穿古今的存在和变幻让我大开眼界,帮助我理解何谓"从美的身体到美的生活方式的追求"。

黄德海: 你的翻译和写作范围,除了古典和神话,还有近世以来的不少文学作品,像《卡米耶·克洛代尔书信》,菲利普·勒吉尤《卢瓦河畔的午餐》等。这些作品,是否也贯穿着从美的身体到美的生活方式的追求?

吴雅凌: 这两本小书在我拿在手上的第一时间都深深吸引了我。一个与雕塑技艺的现代性转折有关,另一个与超现实主义运动有关。这是往大里说,其实着眼点都极其细微,一些书信,一次拜访,我们从中得以亲近生活在那段历史中的人。我想有一点是共通的。这两本小书分别置身于我们刚才谈到的欧洲文明的美的传统之中。这美是活的,用各种可能上身的方式向你扑面而来,只要你是准备好的。欧洲文明几乎没有断裂,所以迄今依稀有少年的模样。当然,美人迟暮是不争的事实。这愈发让人心里疼惜。虽然就文明秩序而言这似乎是某种必然。但我愿意在心里保留这疼惜感,前提是不像从前那样不知深浅。

黄德海： 在这扑面而来之中，最让人心动的部分是什么？

吴雅凌： 美的惊鸿一现。这最动人，也最要命。每次去奥赛美术馆，我总会去看一幅挂在角落里的不起眼的画。它名叫《经过者》，即便在画家维亚尔（Edouard Vuillard）本人的作品里也不算起眼。画中的约纳河水静静流淌，岸边一丛杨树，秋日金子般的光照，水中的倒影完美无缺。有个男人划舟经过，放下摇橹，点一支烟，被眼前的美景吸引。他忍不住多看了一眼。就在转头多看一眼的瞬间，他已经过神样的风景。里尔克有句诗："神才有这能力，但请告诉我，人如何通过狭窄的竖琴跟他走？"诗里借用的是古诗人俄耳甫斯的神话譬喻。属人的，如何永久居住在彼岸的美景中？这个问题从古至今困扰我们。就像画中人，在遭遇世界之美的同时也远离这份美。

黄德海： 那些必然遭遇和远离的美，让人留恋徘徊。而已经遭遇的这些，对现在的你来说，是如灯下对古人，口不能言，心下快活自省，还是你一直在尝试用你的文字，来慢慢表达这美？

吴雅凌： 严格说来，我想我也只是看到一些"美的表象"。这里头的最大魅力就是无法分享。就像那画中人所经历的。在那样的瞬间，有可能遭遇柏拉图在《斐德若》中所描绘的"灵魂遭遇美的阵痛"，并且那个过程必然是孤身一人的。那幅画为古典精神在人性与神性之间的挣扎做出精确的诠释。正因为这样，它令人在感动之余心生一丝莫名而真切的疼痛。基于同样的原因，这个无法分享的过程在某些时刻又不是没有释怀的可能，比如在阅读经典收获感动和疼痛的时时刻刻，比如我们由此展开的谈话。

黄德海：是不是因为你看到了日常之下那些黄金的质地，才有这疼惜感？这疼惜感是我们作为有朽的人的必然吧？我觉得这疼惜感，也表现在你对各种作品的分析中，通过对这些作品的分析，你把你的疼惜感写得分明。有了这样的传达，我们才会对古典的也好，现代的也好，对那些卓越的心灵创造的一切充满爱意，也才给我们一些温暖的对世界的善意吧？这个无法释怀，是否也是你愿意写作和谈论某些事情的初衷？

吴雅凌：柏拉图在谈爱欲时说，灵魂一旦遇见美就会惊颤，折了的翅膀就要重新发芽，长出羽毛。整个过程刺痛难耐，让人癫狂。生而为人大都有过类似体会。爱欲的滋润让人在极度苦楚中品尝纯粹的欢乐。我一直在引用柏拉图，因为在这些问题上我不知道还有谁比他说得更好。美的认知必然引发爱的问题。作为起步，疼痛是不可或缺的。只不过，我们似乎有一个认知误区，就是把疼痛当成终极结果。所谓苦难的光环，因此而遮蔽认知本身，这从某种程度而言也是一种现代性疾病吧。

黄德海：这个疾病的根源，或许来自人的僭越，也即人自我定义了超越和抵达，只在这中间加上了苦难的光环，并把自我定义的光环作为苦难本身。人是不是自负到忘记了,"首先,人类在门前无论做何种努力都是徒然。其次,门不会因人的意愿而开,门内的世界也不以人的意愿为转移"。在你关于薇依《门》的文章里,是不是有某种决绝,一种生而为人的向上努力的决绝,却并不因此企求高于人自身的某种报偿?

吴雅凌:自负和僭越是属人的本性,古希腊文学提供了最好的范例,英雄的受难经历无不是在反思属人的僭越和界限。他们切身体会并见证"如何通过狭窄的竖琴跟随神"这个问句里的困难。所以我想我们还是有必要区分,这里说的疾病并不在古希腊文学本身。薇依是这方面的解释高手。你说到决绝,让我想到她在解释洞穴神话时说过的一句话:"再微小的贪恋也会妨碍灵魂的转变。"

黄德海:你说疼痛是爱的起步,让我想起薇依的一段话:

"有一种让事情变容易的做法。如果那个解除禁锢的人讲述外面的世界的种种奇观,植被、树木、天空、太阳,囚徒只需保持一动不动,闭上双眼,想象自己爬出洞穴,亲眼看见所有这些景象。他还可以想象自己在这次旅行中遭遇了一些磨难,好让想象更加生动逼真。

这个做法会让人生舒适无比,自尊得到极大满足,不费吹飞之力就拥有一切。

每当人们以为皈依产生,却没有伴随一些最起码的暴力和苦楚，那只能说皈依还没有真的产生。禁锢解除了，人却依旧静止，移动只是虚拟。"

爱跟这里说到的皈依是否有某些相似之处？是不是可以认为，没有伴随疼痛的爱未经检验，没有苦楚伴随的皈依，也未经反省，因而也经不起推敲？

吴雅凌：就我所能够的理解，这是一个有关认知过程的譬喻。柏拉图的用语是洞穴或爱欲，薇依则说是秘仪或皈依。殊途同归。你提到的这段引文是薇依给我的许多警醒之一。我想，作为与智识打交道的人群，我们恰恰最容易犯类似自以为是的错误，不是吗？首先，我们很可能混淆真实与似真并以此影响自己和他人。其次，我们很可能在不自觉中过分轻易地思考和谈论我们并不置身其中的苦难。我觉得有必要提醒自己，特别是当我们从事与公开言说有关的行业的时时刻刻。

黄德海：这几年，我身边的很多朋友被薇依吸引，不少人在不同的场合提起她，我们也非常集中地谈论过。我觉得你在某种意义上是沉浸在薇依的世界里的。你翻译了薇依不少作品，能说说翻译和理解薇依的感受吗？

吴雅凌：作为一名早慧的作者，薇依没有留下什么完整作品。她似乎总在匆忙中写作，留下一段段笔记和残篇，就如她进工厂在流水线上制作一个个待加工的零部件。单是这样的写作者身份，我想就很有趣。进一步说，这种写作样貌与她本人的思想品性契合。在压力下写作，没有时间地写作，在头痛时写作，饥饿地写作。写作者难免有留下作品传世的执念，而她自愿站在一无所有的人的阵营。再进一步说，这些看似残缺的作品在她去世后持续激发着活水般的思想流动。到目前为止，这是一位时时带给我惊奇的作者。所有表面看似不可解的矛盾都是认知的机缘。同样的，在她的言说里出现的那些看似矛盾的"缺口"也都是机缘，有可能帮助我们探究我们还不知道的领域。

黄德海：对我来说，那个我们还不知道的领域，才是最珍贵的。我觉得你最近翻译的薇依《被拯救的威尼斯》，就是一部写出了我们还不知道的东西的作品，光彩熠熠。你引薇依笔记中的话，"加斐尔。在戏中某个时候要让他感觉，善才是不正常的。事实上，在现实世界本亦如此。人们没有意识到而已。艺术要呈现这一点"。这是不是说，要表达那不可表达的，只能用戏剧（文学）的方式？

吴雅凌：在我的理解里，这是她对文学提出的一个终极挑战。文学若是成功的，必然为它所呈现的世界戴上某种光环。成功的文学如索福克勒斯悲剧，必然令我们在光环中看俄狄浦斯；成功的文学如福音书中的耶稣受难叙事，以致屈辱不成其为屈辱，苦难不成其为苦难。薇依在《被拯救的威尼斯》里做的就是剥掉英雄的光环，去除正义的声名。她想要呈现某种没有贪恋的真相。

她指出文学的要害,或者说哲人把诗人赶出城邦的理由。我想应该把柏拉图的努力理解为一种进行时态,通过一种戏剧对话形式来表达对诗歌之美的爱和对美人迟暮的疼惜。薇依的悲剧尝试也是如此,通过某种反古希腊悲剧的方式去重拾悲剧传统。我想有一点值得反复强调,就是这里头的取舍是很复杂微妙的,非如此不足以形成一种"争战"。这是给予对手最高级别的敬意。柏拉图对诗歌的态度也许能够给予我们某种努力方向的启示,通过古典学问让我们今天对文学有类似的感情。

黄德海:是不是可以说,现代人要承接古典,或者与那些过往的伟大心灵有关,其实已经没有一条可以模仿(重复)他们的路走了,而是只好通过某种反(不同于)古典的方式来重拾这传统?薇依如此,你讨论的写《安提戈涅》的阿努依也如此?

吴雅凌:在索福克勒斯的安提戈涅身上已然集中体现了那个时代与其传统的挣扎和张力。阿努依的回归是还原张力本身。在认知过程中与一种精神遥相呼应,而不是简单重复某个古代世界,那既不可能也无意义。又比如,薇依认为,柏拉图做的没有别的,就是在遵循某种比他更古远的传统。

黄德海:如果从单纯还原的方向去做,永远不可能,因为再好的模仿,都是仿制品,在这个时代状况下,人只能尽这个时代的力,做这个时代的事,用这个时代的样式写作。而所谓精神的遥相呼应，其实是一种感召，进而言之，是一种竞争——用创造力和敬意完成的竞争。柏拉图对诗歌，是否就是这样一种用创造力和敬意进行的竞争？而你希望通过古典学问让我们对现今文学有类似的感情，就是让我们一起用竞争性的方式"回忆"（柏拉图意义上的）起整个古典世界？

吴雅凌：就我个人而言，好文学与古典学问是两个并行不悖的说法，并且不仅仅适用于某个特定时期的作品。你提到我们这个时代的问题，是不是就如我们已经说过，一开始我是不知深浅的，而这似乎不只是个别现象？我是指我读"比较文学"的阶段，那时接触的全是现代意义的文学，后来有了所谓"古典学问"的参照，这并没有让我把以前知道的摒弃在外，而是让我明白以前知道的是多么有限范畴里的东西。

黄德海：这个并行不悖你怎么理解的？不止适用于某个特定时期的作品，是不是适应于一切好作品？这些好作品的范围是什么？你的大部分翻译和写作，看起来是站在古典学一边的。这些作品给阅读者提供了很好的借鉴，免得人们只知道自己站立的这块土地，自己所处的这个时代。一个跟随而来的问题是，你是否反省过自己的古典学立场？

吴雅凌：我倾向于避免轻易地谈论立场，这是基于我本人无论古学今学都一样浅薄这个事实。不过我想，一部好作品的必备条件之一不就是以自身的纷繁性呼应真相之难以言说吗？比起坚定不移的理念和宣言，更多强调求真过程中自身的困惑和限度，从某种程度而言，这也许更好地呼应古典精神里的均衡特质。此外我想，但凡具有诸如古今问题意识这样的相对丰盈的认知视域的，并且，就我们刚才说到的洞穴譬喻而言，不是在自身没有付出任何疼痛代价的前提下就公然提供示范的，都有可能是好作品。

黄德海：谈到付出疼痛代价，其实就遇到一个问题，即写作与信的关系——这里的信，可以不是宗教意义上的，但也不跟宗教意义上的信完全区别——我们写下的一切，自己信吗？进而言之，我们是否会根据自己写下的，校正自己的身心和日常？

吴雅凌：作者比作品高明的情况假设存在也只能被历史湮没无从考证。问题也许不在于信不信，而在于有没有能力把信不信书写下来。这也是为什么，柏拉图从苏格拉底的对话术发展出一种戏剧方式的书写。人的思想如海潮般，单个声音的言说总是有限，只能抓住一朵浪花，多种声音的交织才有可能容纳变幻无穷的浪花。基尔克果的假名写作与此遥相呼应。不同文明里的古老文本都不约而同采用类似的书写方式。《论语》如此，《旧约》里的先知书如此，福音书同样如此。我想，好文学有上身附体的力量，能够影响人的日常。

黄德海：我觉得，你在对待薇依上，就是这种信的表现。我还想问的是，你翻译俄尔甫斯祷歌，绎读赫西俄德、卢梭……是否也表现出这种信？

吴雅凌：我自以为是信的，或者努力走在信的路上。如果不看出他们的好并努力让这些好变成自己的，在这个过程中获取一些无法和别人分享的自得其乐的瞬间，我们大概会丧失这份微不足道的工作的最后一点意义。

黄德海：我们对这份微不足道的工作的坚持，大概也是因为这个。那么，在上面三者中，有哪些让你觉得特别振奋的地方？从赫西俄德开始？

吴雅凌：如果你每天醒来只面对一个作者的十行诗，除此以外没有别的，甚至没有心神再去翻开别的任何一本书。如此几年，朝夕相处，这个作者哪怕是三千年前的古人，也会变成亲人。我从赫西俄德那里开始理解神话。他最早定义希腊古人眼里的诸神世界，赫拉克利特称他为"众人的教师"，古希腊的小孩子通过诵读《神谱》学习认识他们的神。我还从赫西俄德那里体味世故人情。他最早告诉我们辛苦是生活的真相，并且言传身教不对诸种虚妄妥协。你刚才说到信的问题，我想至少有一点我们不得不信，他说的"宙斯的公正"历经三千年不变，只是换了不同的称谓，比如我们也说"天地无情"。

黄德海： 天地无情的表现方式，是兴致勃勃的活力。在你关于赫西俄德的文章里，我能看到一种显而易见的活力，我觉得他自身的技艺，以及他要传达的东西，经你之手，来到了我们置身的当下。这个活力，是否正是你从这位逝去了两千多年的亲人身上体味出来的？或者，他们其实一直不曾老去，只是因为我们过于轻易地遗忘，才把他们归入了逝者的行列？

吴雅凌： 他们都留下了不死的东西，这是毋庸置疑的，这个东西自有生命力，只要有机会就能附体托生，焕发动人的光彩。这个东西只有在写作过程中才与写者有交集。过去了就不属于写者。我不知道你有没有这样的经验，写作是一个等待的过程，当然要有相应的各种准备，但是文字涌现的时刻不由我们决定。

黄德海： 的确，写作是一个等待的过程。这也让我想到了某种虔敬，就像你较早翻译的《俄尔甫斯教祷歌》还是《俄尔甫斯教辑语》中有人引的 West 的话："某一个私人文化团体的成员夜聚屋内，借着烛火，在八种焚香的气息萦绕中向他们想到的神祷告，唱这些祷歌。"这种气氛，让我觉得像你刚才说的这个等待过程，也像是你说的不由我们决定的时刻，仿佛是属神的时刻。我很想知道，你当时怎么决定翻译这些零篇散章的？在翻译这些的过程中，你自己的收获又是什么？

吴雅凌： 我很想说不是我找到它们，而是它们来找我。但事实是我很幸运一直有高明的人指点，使我少走弯路，在不自知时就已受益。翻译俄耳甫斯教诗文（正如赫西俄德诗文）让我认识神话，而神话又帮助我完善对我所置身其中的这个世界的看法。如果是今天做俄耳甫斯教文献，可能会有点不同。比如说，那些祷歌在今天会让我想起泉州乡下的祭神，那些弥漫在空气中和脑海里的香火。我可能会多添入一点活泼和世故的质感。

黄德海：卢梭呢？这个让人觉得熟悉又陌生的哲人，你如何接近的？容易吗？

吴雅凌：你的描述很准确。就纷繁性而言，卢梭确乎是最让人赞叹的例子。因为语言更亲近的原因，我能够比较清晰地看见他的模样。但是，和卢梭相处的过程并不总是愉快的。有些作者让我们无比亲近，乃至在某些时刻把自我假想为他或她。但卢梭有如此强大的存在感，让人永远只能把他视为大写的他者。另外一个层面则是，卢梭问题远远不只是个人求索的问题。这方面尚有大量的工作有待努力。

黄德海：非个人求索的部分，是指对社会整体的思考吗？是不是对你来说，更关注的是某种对个人更有启发的东西，而不是社会或政制问题？

吴雅凌：恐怕这两个方面是无法脱离开的。事实上，两者之间的张力不也是各种值得关注的问题的根本所在吗？

黄德海：谈到这个问题，我有一个私人的疑惑在里面。说到古典学，尤其是以列奥·施特劳斯为代表的古典学，我始终有个疑问，即，他们在讨论完苏格拉底的转向之后，自身的问题是如何解决的？对施特劳斯来说，他如何安顿这个有朽的人身？后来看到他的一段话，暂时缓解了我的疑惑——"我的座右铭过去是、现在仍然是伊本·卢德（阿威洛伊）的名言：我的灵魂一朝死去，也如众哲人之死。"在我看来，如苏格拉底式的认知灵魂的方式，大概可以安顿自己的身心。不知道你在研究这些问题时，是不是会有相似的疑惑？想过解决方式吗？

吴雅凌：我倾向于认为，问学过程就是努力解决自身问题的过程。蒙田的思考开端语是："从事哲学就是学习死亡。"在柏拉图传世的三十几篇对话中，我们看到一个完整的苏格拉底，其中心思想不就是在关注灵魂的安顿吗？《会饮》和《斐德若》谈论灵魂的德性问题，《斐多》谈论死亡，《理想国》作为一种譬喻，既适用于外在的城邦共同体，也适用于个人教养。

黄德海：蒙田的这句话，恐怕就是化自《斐多》中苏格拉底的话："那些真正献身哲学的人所学的无非是赴死和死亡。"嗯，现在的情势下，大概得强调一下，苏格拉底明确反对自杀。既然探索学术问题的过程就是努力解决自身问题的过程，也就是，对你来说，阅读和写作本身就是解决自身问题的过程，而你一直对创作的问题着迷，《黑暗中的女人》中很多地方也涉及了创作或灵魂的"孕生"问题。是否正是这灵魂孕生的秘密，让你把古典和近世作品贯穿了起来？

吴雅凌：灵魂的孕生问题包含在第俄提玛给予苏格拉底的最高教诲之中。《会饮》比较了两种生育。一种是身体方面的，即女人受孕繁衍，通过传承血脉实现永生。一种是灵魂方面的孕生，通过生成美好的作品、法律和德性，实现精神的不死。这两种孕生模仿神的创世行为，因而让人最有可能与神接近。美的认知引发爱欲问题，爱的追寻引发生育问题，这是属人的可能，从古有之。其实我们的讨论不也是围绕这个话题吗？它让人着迷，因为它贯穿人的历史，无处不在，从高古的神话到眼前的日常生活。里尔克曾经在青年时代尝试在罗丹和塞尚身上寻找"神样的创作者"原型，他写下评论这两位艺术家的动人文字，他本人后来也成就为某一类型的写作者神话。

黄德海：这个灵魂孕生的过程，虽然艰难，却是写作被给予的好报偿——在辛勤的劳作里过去的每一个时日，让我们不陷入绝望。

吴雅凌：这是魅力所在。过分轻松的完成过程本身是一种欠缺。在创世记里，神一连做了六日造物的工，第七日才停歇。六分辛劳对应一分闲暇。这里头含带着一种张弛和均衡。罗丹说过一句话，雕塑时不要让泥土闲着，泥土若有知觉，要让它们感觉疲累不堪（Fatigez la terre）。

黄德海：这个孕生的过程，是对身体限度的挑战，也是对心灵承受度的挑战，对女性来说，或许有更多、更复杂的意味。你在一篇文章中说过，"如果我们没有错解柏拉图的话，那么赫西俄德不是一味轻视女人，而是拒斥女人所代表的繁衍方式的有效性"，并且认为，"赫西俄德和尼采笔下的女人神话，目的不在于追究女人与男人的关系，而在于探讨'灵魂的孕育者'，也就是诗人的身份问题。诗人孕育自身的灵魂之树，也是在孕育着流传后世、属于所有人的果实"。你一直关心灵魂的孕生问题，这个问题是不是也在跟你一起完成对女性的认知，"帮助我们带着与生俱来的心病尽可能走得更远"？

吴雅凌：所有的认知最终归向"认识你自己"。女性兼具两种孕生可能。在传统分配与启蒙以后的诉求之间必然有所撕裂。孕生是一种说法，归根到底是一整套共同体内的政治生活方式。我们从古希腊三大悲剧诗人笔下的女人群落就看得很分明。我一直很感兴趣那些在不同时代把创作（灵魂孕生）视为自我完成过程的女性。她们很像索福克勒斯笔下的女人类型。启蒙从他开始，撕裂也从他开始。女人身份与创作者身份的撕裂，归根到底是身体本能（沉重下坠）与灵魂诉求（向上攀升）的撕裂，这样一种人性的、太人性的存在之难反过来也远远超越了女性问题。

黄德海：这撕裂是一条不能弥合的缝隙。这条缝隙，或许透露出人的某种迫不得已却又不可替代的东西，是否也让写作在某种意义上引领着我们走上属人的上升之路？或者，这也就是人通过狭窄的竖琴跟随"他"的方式？

吴雅凌：这条缝隙就是身为写作者的全部生存空间，进一步说是每个人的洞穴。有趣的是，里尔克在那首诗里紧接着也是在说属人的撕裂，"在两条心路的交汇处没有阿波罗神庙"。古代神谕设在岔路口，为迷途者指点迷津。通神者即是最早的诗人，"在真实中歌唱"。文学早早地在那里了，也包括在每个古今交会的岔路口。

我想破解的秘密是我自己身上的软肋
——对谈走走

黄德海：在你开始各类题材和文体试验之前,你的小说中心都是围绕自己的,所有的事情和感受,都是你感知或触碰的。我觉得你这部分小说写得细密流畅,几乎每一种心理的沟沟坎坎,轻微的变化,由轻微的变化导致的或平和或激烈的行为,都让人觉得准确,值得信任。在这些小说里,我能看到一个勤奋不倦,甚至有些气鼓鼓地观察着自己,也捎带冷峭地看待着周围人的女性形象。写这些作品的时候,你处于一种怎样的心理或意识状态?

走走：写那些作品的时候我还年轻，和摇滚乐队混在一起，眼力所见，是对感官和身体的迷恋，是青春的身体叙事。那时如果我有很强的自我意识，也是一种自我保护。每周的乐队排练，或每几个月一次的小范围地下演出，我看到的是常换常新的乐手的女友们。2003年，我在《收获》（长篇专号）上发表了《房间之内欲望之外》，因此契机调进《收获》，前三年从事图书编辑出版。可以说，我那时才接触到大量当代中国作家的写作面貌。我编过阎连科、万方、陈丹燕等作家的丛书。再加上自己年纪增长，自恋式的情感慢慢淡化，也很难再沉溺身体，这时才有了焦虑感。可以说，我那时才开始有了小说的技巧意识。为了排遣这种焦虑感，我读了大量西方文学作品，还配套阅读了各种叙事理论书籍，通过在不同的短篇里实验不同的技巧，消解自己写什么、怎么写的惶惑与惘然。那批实验之作，就集中收在了《961213与961312》中。

黄德海：收入《961213与961312》的《写作》，很像是你走上写作道路的自传。我感兴趣的是，"我成为一个作家，那简直是命中注定"，经过了这么多年的写作，这个初心还在吗？

走走：这确实是一个接近于自传的文本。小说的第二段点明了我开始动笔的时间，应该是在2006年，那年我28岁（这也是我写作时一个小小的习惯，会忍不住把时代背景以"硬广"的方式嵌入其中）。我那时已经出版了两个长篇，其中第二个还在《收获》(长篇专号)上发表了,本来应该再沾沾自喜一段时间。但是有一天,我的一个好朋友告诉我,另一个和我同期出道、同时也是我好朋友的女作家认为,我的"成功"来自我贩卖自己与众不同的童年经历。这样的议论让我痛苦了很长时间,我第一次思考"写作"和"我"的关系。所以《写作》这个小说是相当别扭的作品,前半部分仍然忍不住围绕自己的成长过程描绘了一些晦暗的童年生活,这样的童年让"我"感到压抑,压抑之际,"写作"找到了"我"。后半段转向写作这件事和"我"生活的互动,相互侵占;小说结尾,想过世俗生活的"走走"成功赶走了写作者身份的"走走",但同时,她开始恐惧一个人时的孤单。没有了写作,此"走走"无法再在此岸的人间自处。所以我想说的是,"命中注定"的事是一种宿命,而不是初心。无法逃脱是宿命,念念不忘是初心。我一直觉得是写作选择了我,借我做一个临时的载体。

黄德海:"从那天起,我的世界里其他东西都跌进了黑暗,只有一件东西奕奕不舍(生造词?)地发着光亮,那就是一种叙述的欲望,它有无数的变形,令我目不暇接,我想我的一生都会被它牵系住。"如果叙事是生命中唯一的光亮,足以抵挡其他的黑暗吗?人会不会不时陷入愁闷情绪?

走走:奕奕不舍是生造词,整部小说中,写作这件事都被拟人化了,你可以想象它是多么容光焕发、神采奕奕,是和黑暗对抗的巨大力量。直到今天,它仍然是我可以完全信任、与我同在的存在,比任何人世的伦理关系都可靠。我的愁闷即使来自于它,那也是我能自主的愁闷,是我和它互动的结果。而生命中其他一切,都不是我能拥有的。

黄德海:"写作就是出卖人,这话我经常挂在嘴边。"是出于相信还是反讽?"为什么我让爱我的那些男人提心吊胆呢?这问题倒值得好好研究。"坐实了问,研究的结果是什么?如果这并非虚构的问题,你怎么回答?或者曾经怎么想过?

走走:写作确实是在不断地出卖人。写《她她》那篇,我的好友看了开头就请求我不要再写下去了(我一直瞒着她,还是按照自己的初衷写完了);我先生是法国人,很注重隐私保护,自从在我的文本里发现自己的身影以来,他基本不再和我聊他的过去,我写专栏期间他也不和我讨论与我专栏有关的问题。当然我出卖得最多的还是自己,从涉及身体的写作到涉及灵魂的写作,其实都在不断出卖。所以你看,写作又有点像魔鬼靡菲斯特了。

"为什么我让爱我的那些男人提心吊胆呢?这问题倒值得好好研究。"(男人应该扩大为人)这个问题我觉得我在"棚户区系列"里慢慢形成了答案。"棚户区系列"的第一篇,我对人与人之间的爱是悲观的,自我与他人之间有着明确的界限。因此,"我"一旦意识到伤害可能存在,"我"就会先去伤害他人。随时拖着行李箱消失是"我"最擅长的,这是为什么"我"会让爱"我"的人提心吊胆的缘故;到了最后一篇,这种自保的界限开始模糊,"我"

接受了作为他者的养母的爱。建立一种稳定的关系其实也是在放弃我对我自己的专制。

黄德海：我也看到别的作家说到小说家的不洁和冒犯问题。其实我很怀疑这种对小说的设想，在这样的声称里，小说写作者很像有某种窥私癖，把别人最隐秘的地方挖掘出来，成就小说。我觉得这里的问题是，当你把别人的生活写进小说的时候，对对方来说，那个生活就不再是他自己的，而是你小说的世界。能否设想一种小说的方式，在你写到别人的时候，别人反而更加心安？也就是说，从某种意义上，不是你打探到了对方的隐秘，而在通过写作对这一隐秘给予安慰？即，小说中写到的这个人、事可能是虚构的，却能给予明白此一事情曲折的真实的或虚构的人以切实的安慰，而不是带来不安？在我看来，写作也可以是清理自己的情感或郁积，而不是为了处理单纯的小说文本（当然，差小说不在此列）。你刚才提到的"棚户区系列"作品，我觉得已经在做这个尝试了。你有没有想过试着把写作这个系列体会到的东西，变换一下用在此前的作品中，把那些作品再想一遍（仅仅是想，不用重写）？是不是可以设想，那些曾经感觉被出卖的人，会同意你以现在的方式写他们？

走走：我觉得你所设想的方式是有某种天真在的。我举《冷血》的例子吧，卡波特一开始是出于写作者的本能，觉得有东西可挖，于是决定通过研究杀人凶手来写书。在写书的过程中他确实安慰到了其中一个凶手贝利,也确实和他产生了真实的感情。但最终快写到结局时,卡波特明白了,只要贝利活着,他就不能写完那本书,为了成就文本,他开始拒绝贝利。我想说的是,文本从诞生开始是有它自己生命的,而且它是贪婪的、吸血的。写作者是文本的人质。对应到文本里,那些被写的人,只有自己也来写,来发声,来造成自己的小世界,才有其完整性。我是钓鱼者,钓上鱼我才完整,我永远都不可能假装自己是鱼,理解鱼,即使我要钓的是我自己。文本先天要控制,和作者争主控权,它是天然带着吞噬性的。写作本身是一种行动,它不是静态地观看他人人生。不造成任何伤害的文本,不成其为文本。

黄德海:你说过,"小说写作是制造欲望或平息欲望",可你小说中的人,制造欲望的多,平息欲望的少(平息欲望,不是变成死水一潭)。这或许就是我在读你这部分小说时,一面觉得很精彩,一面却有一种未尽之感的原因。如果像你所说,一个人其实永远不用外在的东西,只要反复钓自己也就足够了,可你还是需要"他者的故事",为什么需要?

另外,你说到写作者是文本的人质,我听说过很多这种说法,这是要说,对小说中人物的走向,作者也没法控制吧?可是这里有个问题,你如何确认这个走向只是你自身的写作惯性还是真的人物的走向?如果无法辨别这个,所谓文本的控制,就有可能是反省不够。我觉得,只有在反省意义上写作,文本才慢慢消除它仿佛先天而来的贪婪和嗜血,从而"自保的界限开始模糊",跟世界建立另外的联系。

走走：制造了欲望却不负责平息，这和我这个写作者当时的写作年龄有关。欲望都是自私的，忘记责任的。现实生活中当时我还处于只为自己高兴的阶段，文本也是充满欲求的，这种无辜的自私肯定得不到满足；顺着时间线看我的文本，会觉得实际行动的部分越来越少，也就是说，目前我已经过了需要通过那些来体验人生的阶段。至于你的未尽之感，我觉得，欲望只对自己有意义，与他人是有距离的，这也许也是为什么没有一个文本，能让所有人满足的缘故。

为什么我需要他者的故事？因为我最开始是想当自己人生的旁观者，这样能避免人生的痛苦。但我发现，自己的人生如果没有他人作为参照，是无法激发起旁观时的情绪的。但是他人的故事一旦开始书写，就会出现一种明确的抵抗。所以我其实只期望自己的写作精神获得别人的认可，作品本身我从不抱期望。

黄德海：后来为什么停止了类似作品的写作，转而他顾？或许你觉得你已经穷尽了这种类作品的可能，再继续写下去是重复？

走走：2008年发生了一些事，那是第一次，我听到敲门声感到害怕。尽管后来，什么事都没发生。我大概是从那时开始，意识到写作所应该反映的所谓的社会本质，这个本质背后，是要有意义焦虑的。一思考时代，难免上溯。近来很多朋友和我聊过类似你的最后一个问题,像我的同事王继军就提出,你要像那些优秀的画家一样,画一个苹果,就可以画出一个世界。所以我也想过,怎么把那些思索就放进普通角色里,就在一个普通的叙事格局里,也用类似过去的情感叙事,来抛出疑问与挣扎。但是很难。

黄德海:在谈你提到的这批作品之前,我还想谈谈《我快要碎掉了》和《黄色评论家》(待出)。在《我快要碎掉了》这个长篇里,有一种你此前作品里少有的疏朗之感。此前你的作品都紧致、细密,有些情绪浓得化不开,但在这个长篇里,你似乎部分放松了,叙事语调也从之前的郁郁不欢中透出来一些,有不少地方显出明朗的色彩,或许这是技巧的娴熟带来的某种从容之感?为什么你没有沿着这条路线继续写下去?我甚至想,如果沿着这些心理开始疏朗的地方去探索一下,把自己无法安顿的情绪在那些疏朗开阔的空间里放置一下试试看,是不是也会有某种真实放松的可能?

走走:当年木子美专栏被叫停后,我接替她在《城市画报》开了三年的性专栏,那是我写得最开心的一个专栏。混合了性知识、语言学、女权主义……那时我就意识到性与政治的密切度。写这专栏的快乐经验部分传达到《我快要碎掉了》的开头几章,确实有一种游刃有余感。

黄德海:《黄色评论家》前面的三篇也有这种游刃有余感,我甚至觉得这几篇堪称杰作，你的多种阅读经验，各类写作实验，对自我的认知和对所处圈子的认识，真正的伤感和虚拟的疼痛，认真的思考和戏谑的笔调，文体试验的自觉……以往小说单向叙事造成的限制，也在这种试验中克服了，可以从中读出很多以往小说（不止你的）中遗漏的东西。我不太满意的是"肆"往下的部分，某种急切或峻急的情绪又开始笼罩在这几篇之上，其中的讽刺和嘲弄，以及某些迫不及待的结论开始损害作品自身的完整性。你这些作品的写作心境是不一致的吧？你设想过没有，如果按照前面三篇的形式写下来，或者后面几篇的用意再复杂一点，这个作品会是一个什么样子？

走走：《黄色评论家》是我目前最喜欢的，因为它很小部分地呈现了这种尝试的可能性。身体成为一种载体，承载当下稀释了部分压力的知识分子的精神状况。写《黄色评论家》那会儿，我刚写完长篇《重生》，坦克、地震和怪兽的意象压得我没了写作的乐趣。为了舒缓自己的身心节奏，开始写着玩儿。虽然每篇其实有其生活原型，但我只关注性与文本交媾的乐趣。（对，我那时刚读完硕士的三年"文艺学"，所以对文本实验颇有兴趣，其间混合各种貌似正经的专业术语也很有趣。）有意思的是，最开始的两篇，仍然首发在《城市画报》上。

写完第四篇后，我又有了形式上重复带来的厌倦感。那时我有了新的灵感，这就有了后续几篇将性、文本与政治结合在一起的尝试。所以，如果在你所谓的这个疏朗的地方继续下去，应该就是"性+各种文体+政治"的书写。政治的本质是一群人支配另一群人,为此创造出一套制度。两个人的性也是一样。它们都不可能真正自由独立、不可能不受他人支配与控制。我相信,这个作品就是再搁几年,也未必有人能写出和我类似的来。但我总是怀疑其意义……

黄德海: 你大概觉得你那一组跟现代文学史上的名人有关的作品更有意义吧。这些有实际原型,并且跟我们生活的时代不同的人,要想写出他们,必然面对一个挑战,那就是如何比他们的(理想的)传记写得好?小说会比传记多出些什么?一个名人,相对于普通人,他们本身就可能已经把自己活成一个复杂的人物了,你在写这些人的时候,有没有觉得他们本身比你的小说还复杂?如果有这个问题,你是怎么处理的?你最初设想这样一批作品的时候,要表达什么?

走走: 小说和传记没法放在一起比,所以不存在是否写得更好这一问题,只能说,我用小说方式处理,和用传记方式处理有所不同。我最早还是在传统小说的套路上尝试处理各种时期,即以真实事件为背景,以虚构的人物、虚构的情节来推动。实际上只是利用了背景而已。在这个尝试过程中我发现只审视人物,不审视自己,是无法产生对人物的感动的。同情之理解,理解之同情如何尽力接近?小说比传记多出的,是一个虚拟维度。传记是知其然,小说是努力知其所以然。我处理过一个投水自杀的作家,站在他那多年承受背叛的妻子一边，试图寻找出残酷年代下小环境残酷的原因。这不是我预先设定的。传记是客观呈现出 A—Z，我所做的却是从 A 导向 Z 之间的未知数。这些未知数是开放的。应该说，我的工作是用结果去创造原因。

我没有考虑过复杂这一问题。因为我写作这一系列的初衷是破解笼罩在我们之上的意识形态的秘密。我考虑得最多的是形式。我自己是编辑，有不少年轻人告诉我，但凡看到有些题材，自动屏蔽，"我已经知道你们要说什么了，所以不想看"。我想把我严肃的尝试变得普通世俗、浅显易懂。我想到了类型小说，在处理一件真实的失踪案时，我创造了一个警察，他类似阿加莎·克里斯蒂笔下的侦探，通过和当事人有家庭关系、有工作关系、有社会关系的不同人等的对话，拼凑出一个也许更加接近真实的人。我真的是在不断看材料、写成作品的过程中第一次明白了一件事：对事业的进取心和所谓理想化的政治抱负，是无法和生活的失败相提并论的。为此我让警察吸取了人物的教训，他对家庭的爱让他们全家安然度过了特殊时期的冲击，小说最终落进一层柔和的光影里。

黄德海：你说的从 A 导向 Z 之间的未知数，我完全同意。只是传记其实也并非你所谓的客观，每个写传记的人，我想他也是想探索这个从 A 导向 Z 之间的未知数，否则就用不着反复写一个人的传记了，只要有一本扎实点的年谱就够了。更进一步，我觉得这个探索未知数的过程，正是对复杂的探求，如果只是破解意识形态的秘密，弄不好会被简单浅薄的东西带进简单浅薄之中。所以我很想知道——是不是你觉得这种形态的秘密非常难解，你在写作过程中有什么独特的想法？或者你有没有想过，其实你还是不自觉地在写作过程中，把情感更多地投射到人身上了？

走走：回看过去，看那些曾经令人信以为真的虚假之物会比较清晰。这么说吧，我想破解的秘密是我自己身上的软肋。我的现实生活中如今有没有这些虚假之物？有。我在它们面前会怎样改变自己的生活形态？是一种纸上谈兵，纸上给自己打预防针的方式。我希望这样的准备没有用武之日。我二十几岁时恋爱的对象是一位学生领导，当时他对我说，做一个温柔而勇敢的人是多么困难。很多年后，在我面对谈话，面对循循善诱，面对自己内心中一闪而过的卑怯念头时我才意识到，温柔而勇敢，如此困难。温柔是人与人的关系，是意识形态无法清零的那一部分。勇敢是你承受选择的艰难，承受对自己的失望。所以到了后来，我觉得我写的和那些人物没有关系。那些文本只和我自己有关。我写人物删改诗稿背后的恐惧，也是我自己的恐惧。

黄德海："我想破解的秘密是我自己身上的软肋"，说得真好。所有的写作，在我看来，都是指向自身的，而对应该警惕之物，我们就是要提早练习（尽管大多时候只能是纸上的），以防它到来时，我们手足无措。并且，你担忧的事情，自古至今，一直在发生，所以不用担心没有用武之日。但是，如果像你所说，你写这批作品的动机是为了把严肃的尝试变得易懂,那么这批作品的目的就是为了普及某些你认为已经确定的事实?这是不是说,你不过把你已知的东西加了个合适的小说帽子?小说的探索性在哪?我在读你这批作品的时候,一个显然的感觉就是,虽然你的视野开阔了,但很多人物的感觉,不像你前期作品那么丝丝入扣,因而也少了些动人的力量。是不是可以这样说,或许在写作过程中,从你自己到人物,移情还不够,所以人物还缺少血肉,因而动人的力量还比较弱?

走走:我确实是用小说的形式反刍了我已知的东西,如果它们除了对我自己形成的意义之外还有其他的意义,它们的意义不在于探索性,在于试图提醒读者,这些已经被当代记忆排除在外的、被击溃、被消失的人,曾经存在过。

这组小说最大的问题确实是我把那些人物当成了标本,我放弃捕捉他们彼时生命的样貌。他们就像无根之木。我将一个个假人重新抛向自己的世界,去填补自己的问题。但我没有为他们发声,我只是在一个个书写的过程中,试图在那一夜假如到来时,"不要温顺地走进那个良夜"。在"语言即正义"这个层面上,想象他们是可能的,书写他们是不可能的。

目前在我新的尝试里,我将自己放了进去,我希望能将对历史的想象拉回历史伤痛的发生场域。但三代人这样紧密的垂直关系设定又会阻碍时代的横向连接。总之还是困难重重,但我就是没法不去背起过去的负担。

黄德海： 在我看来，你所谓的将假人抛向自己世界的方式，看起来是让这些人物为你服务，梳理你已知的认识，其实这个过程本身反而是消耗的，因为那些曾经在历史上高亮的人物，他们经历的一切和自身的应对之道，本来就跟你思考的问题有关，他们在其中的挣扎和部分挣扎出来之后的欢欣，本来也该化为你自身的能量，但现在这些假人，只是向你索取能量、你写作的热情。也就是在这个意义上，我会说这批小说没有滋养你。

这又要回到前面的问题，就是在写这些人的时候，你必须给他们切切实实的安慰（虽然他们已经是逝者），如果不能给予，这些书写还是外在的，力量就不够大。不妨这样假设，那些已逝的人们在你笔下复活，却无法再过一遍他们的生活，他们要借助你的笔，把自己曾经的人生再走一遍。那么，在从 A 导向 Z 之间的无数未知中，他们如何选择其中一条路来安顿自己？如果他们要自觉承负历史的压力，是不是可以问他们，你在做一些后人不愿接受的事而为了更广大的意义的时候，准备好承受责备吗？责备了，他们不觉得委屈吗？你说你"就是没法不去背起过去的负担"，那么，怎么背？只是换个题材，还用老办法背吗？或者换个背的办法，更好地背负起那些不得不背的东西？

走走： 关于那些已逝的人，后面的写作，我不会再把他们处理成原地等待我的假人，我会让他们在这个世界里有所作为，就是说，主人公不再是以观看者的叙事姿态，而是在自己的流亡岁月里回看自己曾经得到过的来自鬼魂的一次次暗示，但他一次次听从了自己成名、进入历史的野心，最终妻离子散，一个人寓居遥远的异乡。我也想把自己放进主人公的内心，重新认识自己的野心。我意识到，过去那几个作品只是呈现出了伤害本身，但没有作为，没办法开始一个没有过去负担的未来。这样的话，我自己也成了那些伤害的俘虏，我也被我反对的东西伤害了。

关于过去的负担，一种是选择无视，专注自己，依靠自己找寻自身生命的个体存在意义。这样的人不会变成盐柱。但我已经因为各种原因回头看了，我是不是要甘于变成一根盐柱呢？

黄德海：既然是已经回头的人，那就不是不回头的那一类了，剩下的就是在回头的过程中，避免变成一根盐柱。或者，如果变成盐柱是不可避免的（像在这个故事中一样），那么，就通过书写，让这个盐柱成为典故也好吧。

走走：或许是吧。在对这一问题的回答过程中，我大概理清了后面的写作思路。我要确立小说人物的自我能动性。如果我认同了历史是与生俱来的，那其实是天真而危险的。过去的写作我执着于在既定历史层面找出点差异，其实还是被困在原来的位置。如果没有重新建构身份的可能，那么所有的书写又到底所为何来。

黄德海：你不久前写的"棚户区系列"，我觉得是一个很大的变化。你此前的作品中，只存在一个青春期和青春期过后不久的女孩的童年，她对童年最大的看法是怨怼——如果不是那样，怎么会有这样的"我"，这样一个郁郁寡欢、心思复杂、跟社会格格不入的"我"？如果我们把青春期的问题往童年上归因，大概谁都会得出这样的结论。但在"棚户区系列"作品中，我看到一个越过了青春期障碍，开始出现一个童年、少年和青年时期复合在一起的童年，这个童年，像你自己说的，"'我'接受了作为他者的养母的爱。建立一种稳定的关系其实也是在放弃我对我自己的专制"。青春期视角下的童年，整个社会仿佛都欠着自己，其实那不过是一种随突然长大而来的幻觉，等这种对抗性幻觉消散，你对自我的保护也好，你所谓的对自我的专制也好，就慢慢放松了，一个经过反思的童年阶段出现了。这样的童年，就可以避免你朋友所说的出卖童年的嫌疑。你想过没有，你在哪种童年里，自己和被写的人更多地得到了安慰而不是冒犯？联系你前面文本掠夺性的话，你怎么看待这批作品？

走走：应该说，内心活动最接近童年原貌的，肯定是我早期的那些。最新的"棚户区系列"，很多是从我养母口中听来的关于我的童年故事。早期的作品，我只能从我唯一拥有的自己的记忆与情感中去捕捉我以为的事实，所以是向内的写作。很遗憾我那时太年轻，没能由此对生命本质有所领悟。我养母身上有很多值得一写的故事，当年金宇澄说，"你只要写好你妈妈就够了"，当时我心气盛，觉得那是利用题材之便，他说过后我便再也不碰。

写这组的时候自己生了场大病，和养母年轻时的大病经历有所重叠，我们两个都向对方有所敞开，我也开始向外的写作。这一次的系列里，我回看我长成的生命故事，交织进她的人生。其实孩子的人生，也是母亲的人生。另外生病本身也让我意识到，就像我出生后被放弃一样，在我自己的意识之外，总有其他力量存在。所以写着写着，我也明白到：我不只是我以为的一个人。我也和我笔下曾经相处过、曾经认识过的任何人，任何不好的但我必须接受的事物一起生活。我们总是和他人一同生活，我们和他人的相处方式塑造了我们，实际上再构了我们。可能是因为认识到了这一点，这组文本同时向内又向外，有了一种妥协。

另外，我觉得无论是"棚户区"还是早期的那些，其实都谈不上安慰或是冒犯，安慰或冒犯，都是基于"自己是与众不同"这一点，都有某种居高临下。我只能说，我自己得到了满足。因为我真诚地描述了和自己有过交集的众多他人的生活。

黄德海：所谓的内心活动和童年记忆，并不是一个所谓的客观存在，而是可以被不断理解的一段经验，你理解到什么程度，这个童年就起什么作用。我从"棚户区系列"里看到的，是此前的不少怨愤情绪被清理了，其实等于在写作中重新过了一次童年，更新了童年经验。比如你写作过程中意识到的，"我不只是我以为的一个人"，"我们总是和他人一同生活，我们和他人的相处方式塑造了我们，实际上再构了我们"。写作，就是驯养这些他人以及自己，跟这些人"建立感情联系"。对我来说，这才是真正的"向内写作"，认知他人，认识自己，进一步梳理自己的来路。这不是一种好的写作方式吗?

走走：其实我不觉得早年的怨愤有什么不好。我今天也没法自信地说，我真的放下了那一个个瞬间，一幕幕我从未遗忘过的场景。如果你觉得我清理了，不是我重新过了童年，而是我讲述的能力提高了，它们随着我平和的诉说而看似变了样。今天的我有足够的写作能力将事情重新排列组合，使它们符合我需要的结局。但事实上，我不愿意更新自己的童年经验。我明知它在哪里。我现在只是在它周围种上树、种上花，我清清楚楚地看着它说谎，但是别人不知道。

我觉得很难描述这种说谎的比喻。我描述了他人的生活没错，因为我无视了那部分自己。我没有掩盖，但我现在是以"其实并没有发生什么"的态度在说。这其实也是一种说谎。写这一组的几个月里，我自己的精气神不算强悍，而且我真的想去了解自己的生命。我没有感觉到它对我的掠夺和压榨。也许是因为我明白了生命状态就是与他人、他物共存，所以我必须努力和他们/它们建立起责任关系，我学着善待我养母，也善待我身体，焦虑感有所减轻。当然这也使我怀疑：它们到底是散文还是小说呢？

黄德海：你关于文体的担忧，我觉得过虑了，或者这种担忧根本上是一个误解。我们现在太容易把自己归为某种文体的写作者，好像小说天生跟随笔有差别，随笔又跟论文有差别，论文又跟什么有差别。我觉得这是后置的概念影响了写作，写作应该没有这么多条条框框，一个介于虚构和非虚构的作品，一个不知道是散文还是小说的东西，只要是一种尝试〔随笔（essai）一词的本义〕，那就是好作品，至于属于小说，属于散文，属于随笔，跟写作者本身无关。对我来说，我才不管一个作品该归入哪一类，它只要给了我启发，我受益良多，这就够了。"努力和他们/它们建立起责任关系，学着善待我养母，也善待我身体，焦虑感有所减轻"，我觉得这就是好的写作状态。

走走：希望你说的是对的，这也会给我的写作一点鼓励。对现阶段的我来说，重要的是看清这个时代"永恒的当下"，目前我的力量还有所欠缺，所以只能靠时间空间的转换来消解掉一些写作能力的问题。从这个角度继续深化，将良知、敏锐呈现出来，是我可以走下去的一条路。另外我觉得遗憾的是，直到目前为止，我很多文本只停留在嘲讽、批评阶段，还没有写出自己的世界良图。我认为美好的、干净的、正直的心理空间，应该是什么样的风貌呢？这也许也和你批评我的，"取法乎中，仅得其下"有关。如果能"取法乎上"，我也许会呈现出不一样的写作视野。

成为一个真正的发光体

——对话周嘉宁

黄德海：你好像不是写得特别快的作家,但看到你的创作列表,我有点吃惊。2000年开始,你的作品很多了,长篇小说有2003年《陶城里的武士四四》《女妖的眼睛》,2004年《夏天在倒塌》,2006年《往南方岁月去》,2008年《天空晴朗晴朗》,2013年《荒芜城》,2015年《密林中》;短篇小说集有2001年《流浪歌手的情人》,2006年《杜撰记》,2014年《我是如何一步步毁掉我的生活的》。我很喜欢"往南方岁月去"、"天空晴朗晴朗"、"密林中"和"杜撰记"这几个名字,不知为什么,老觉得有一种让人信任的得意在里面。在这些作品里,你现在还愿意谈论哪些?为什么?

周嘉宁: 我小时候写东西很快,是一种为了获取理解和玩得很高兴的写。我非常喜欢《陶城里的武士四四》,也很愿意谈论他。陶城是一座废铁荒城,无所事事的年轻人从各个地方过来,生活在废弃的工厂,船,巴士里。直到政府要把陶城改建成一个绿化城市,于是年轻人组织起来抵抗,打了很多场巷战,最后以失败告终。写那个小说的时候实在太年轻了,那一整个冬天成天都在通宵打枪战游戏,一个真正的浪漫时代。不过不管怎么说,这些东西我绝对不会重版了。我想到要回答你的问题,其实也想起自己过去写的那些小说,我原来那么喜欢胡编乱造故事啊,但是有一些心脏部分的坚固的东西好像又没有变。2003年还写了一个很短的小说叫《苹果玛台风》,讲一个独自住在烂尾楼里的小女孩(而那个城市里好像也没有其他人),始终在等台风来,但是台风一直不来,一切都纹丝不动。我也很喜欢她,想再和她一起在屋顶抽根烟。

黄德海: 不知道我早听到你讲这些年少时跟人一起等待台风的故事,是不是会对你的误解少一点,或许会更深也说不定——你自己说的,有一些心脏部分的坚固的东西好像又没有变。人跟人之间真的相识,很可能从误解开始。原来在我印象中,你是一个对外在世界深闭固拒的人,老是躲在自己的内心里冷冷地打量着世界。当然,虽然没有更早听到你说这些,但随着对你小说的阅读和对你的认识,我在慢慢纠正我的印象,你仿佛对人有一种羞怯的善意,看到别人做错了事,好像自己更难为情似的。或许这就是我产生你对世界拒斥的错觉的原因?是否也是你小说很少有嘲笑和反讽的原因?

周嘉宁:从你后来和我聊天中对我的描述看来,你对我真的是有深深的误解呢!但是我也确实觉得人和人之间的相识不仅是从误解开始,之后也充满误解。不过你的误解也是有点大,哈哈。但是我现在没有办法(也不再愿意)用口头表达的方式告诉他人说——"我不是这样的!"——这种说法非常无力。长久的接触会改变误解,只可惜到了一个年纪以后,很难有机会与人长久相处。或者如果这个印象来自于小说,那么或许小说本身确实存在一些致命的问题。看到别人做错事(或者处于尴尬的困境),尤其是在乎的人,我真的会感觉非常难为情,那种东西不是同情,还有其他复杂的情感——所以真的是不会用反讽和嘲笑啊,值得用反讽和嘲笑的人物,我好像暂时都不想去写,我确实更愿意远离他们。所以你说的一部分大概是对的,有拒斥的一部分,但并没有排斥世界。

黄德海:我的误解也很可能来自于,读你小说的时候,觉得你小说里的人物,不管遭遇到什么,都不抱怨,不解释,就那么一意孤行地承受下来,不借助外在的什么来解决这些问题。我后来大概有点明白了,这是一种"思无邪"的状态,是现在小说里少见的好风姿——把自己面对的问题好好地归在自己身上,可并不就此对世界拒斥。或者我是不是可以这么说,你对世界的感觉,或者你作品里的人物,只是不会轻易跟随别人或别的事流转而已,他们必须经过你内心的确认才行?

周嘉宁:大概就是我和认可的人近距离交往,我写认可的人物。那样的人通常是,认识他们的时候,我被他们身上的发光点吸引,接着便不由想去靠近这个发光点。我是一个先看到他人发光点的人(但是有些人的发光点我看不到,那也没有办法),但是有时候发光点会带有迷惑性,也会带来更大的失望。

黄德海:这个看发光点的说法真好,如果我对文学有什么期许,就是希望能在作品里多看到这样的发光点。这样的发光点,只有写出来,才切切实实地有了,这世界也在荒凉里有了微弱的希望。但就是你这样一个看发光点的人,我在读你的小说时,老感觉笼罩着一层忧伤。这层忧伤是不是因为你说的对发光点的失望造成的?或者,稍微虚一点讲,这个忧伤其实也不知来处,虽然好像是某件具体的事带来的,可又不全是,里面仿佛有种对人生莫名的愁绪,"人生不满百,常怀千岁忧"的那种。有没有可能,这种忧伤就是因为人——每个人——本身的局限造成的(或者,我不知道是不是可以这样说,因为不时而至的某种虚无感造成的),并非真的只因为具体的事?

周嘉宁：哈哈，我真的是一个忧伤的年轻人，而我看到身边很多同龄人都是反成功的虚无主义者（其实我并不知道虚无主义到底是什么）。前几天在微博上转发了春树说的一段话——"感慨大家都退到了舞台后面，可以说是自保或者韬光养晦，没有人愿意再说话，因为没有对话平台，你说的话都会返回到你自己身上，那可特别伤。"——后来我又删掉了，因为她后半段还说了"曾经我们多爱发言啊，后来社会变成了你没钱你就是失败者，那的确没话可说"——我不太认同后半段所以就删掉了。你说到的这种局限性，我自己的体会是，更年轻的时候无忧无虑且无畏，之后的很长一段时间则是承受失望、打击和伤害。忧伤和虚无都是一种逃避啊，或者说是尚未做好准备。但是其中一部分的人会度过这个阶段，会做好准备，会反击。

黄德海：偶尔的忧伤和逃避，也是人之常情吧，只要不是一直在牢骚，就还不错。当然了，更好的是你说的做好准备，然后反击。反击，多壮人胆色的一件事啊！而且，你的反击已经在小说里开始了，不管是《密林中》叙事者给二十多岁的阳阳的出路，还是你今年写作的几个短篇，我觉得你以往小说中某种坚执的东西在消散，而另外一种发光的东西在里面出现，可你小说特有的节制和内敛，仍然保持着。我不太确定这个新的发光的东西是什么，是原先人身上的发光点的扩大？是某种有意为之的视角调整带来的？还是其他别的原因？

周嘉宁：是迷雾暂时消散啦，虽然它可能还会更猛烈地卷土重来，但是谁知道呢，反正此刻，它消散啦。而且不由得想要付出更多的——爱？也有可能是其他的说不上来的东西。我一直记得在青岛你说的有关写作就是在描述那个世界里的东西，大概是类似这样的话。我可能没法用语言复述，但是很清楚那句话的意思。现在也是突然又想起了这个。

黄德海：管它是不是会卷土重来，这暂时的迷雾消散，我觉得就是造物（？）对认真写作的人大度、吝啬但确定无疑的报偿的一种。不由得要付出，就是某种反击的开端，更多的爱里，有更多的杀气——好矛盾。还有，那个世界，你始终在那里，写作就是你写出你在那里看到的东西。那些东西大也好，小也好，都是真的，有某种自内而外的澄澈。你小说里动人的，就是这个澄澈。我很想知道，你是怎么一步一步把这个看到的东西写出来的？你现在小说中表现出来的语言的准确性，是经过某种艰难的实验吧？

周嘉宁：现在仍然很艰难啊，更艰难。这个过程大概是从我有意识地想要抵制陈词滥调开始的，而常年的中文语境和教育常常让人稍不留意就掉入陈词滥调的坑里。语言的准确性是在试图摆脱陈词滥调时自然产生的。但是时刻警惕真的很累，大环境的浊流又太具有迷惑性。我现在写得非常非常慢，但是这一年偶尔会在很轻松的状态下写一些游记作为调剂。

黄德海：对语言的清洁度有要求的人，大概很难写得很快吧。你游记写得快些吗？你称为"游记"的这些作品，跟你小说有一种非常接近的特质，进入你文字里的所有东西，仿佛都蒙上了某种属于你的色彩。你笔下的景也好，人也好，都很奇特地带上了你特有的调子，变得干净明亮。怎么说这种感觉呢？仿佛一个人在做什么事情，背景里一直有音乐轻轻放着。这音乐你仔细去听，却没有了，而你不注意它呢，它又很顽强地成了背景，一直在你耳边萦绕。说得清晰些，好像你文字里有某种特殊的出世之感，抵消了尘世本有的粗重和鄙俗。作品里的这种一以贯之的色彩，是你的有意选择吗？

周嘉宁：一旦写的东西不是小说了，写起来就轻松而飞快，而且能够感觉到一种难得的快乐！你说这是为什么呀。我有点儿知道你说的那个东西是什么，音乐也好，调子也好。那是一种选择。世界是多棱角的，太多大层面和细微层面，我选择去描绘了其中一些视角和层面。我的语言也适用于此。至于其他视角，一部分确实被我排斥了，我给自己制定了标准，一些事件不参与其中，一些人不靠太近，一些东西不描述。另外一部分视角，我也很感兴趣，但是用我的语言不适合去描写，会出现偏差。所以那种色彩是一种契合。

黄德海：你的"游记"，在我看来，品质不比小说低，甚至我都愿意看成是某种类型的小说。可为什么比小说写得快呢,难道小说本身就是魔咒?不管是你的小说也好,游记也好,对话都非常书面,或者不日常化,跟传统所谓的生动鲜活不是一个系统。我很欣赏那种口角毕肖的对话,可你这种写法,我觉得另有一种真实,就像我们说一些好的画,虽然不像实物,可神气上却更接近。并且,我跟你谈话也有个发现,很容易就变得书面化了,当然,这也跟我说话容易书面化有关。这样一种对话写作方式,你是有意为之吗?是不是在写到某些问题的时候,只好如此书面化?

周嘉宁:确实在写完以后拿给几个朋友看,有人问小说的边界到底是什么呀,怎么定义呢。我写不来口语化的文字,尽管在看到那些鲜活的东西时,我也会很投入其中,不过自己偏偏写不出来啊。你真的是一个说话很书面化的人,和你说话很费脑子,所以我很高兴和你说话。这也和话题有关,我最感兴趣的,以及常常谈论的,都是一些很容易被书面化的话题,或者书面化是最贴切的表达方式。当然生活不仅限于此,所以这也是选择,那部分更适用于口语的话题,我没有选择去写。

黄德海:在你这些游记里,你的文字风格,你对微妙心理瞬间的把握,你忧伤里渗透出的刚强神情,都不走样地在里面,所以,这不就是好小说吗?或者换成我更喜欢用的词,这不就是好作品吗?甚至,因为写到的是实实在在的人,作品里还会渗透进些你小说里几乎不大会有的东西,这些东西是那个人自身携带的,顽强地抵抗着你的选择。如果这样看,那个被称为小说边界的区域,是否正是另外一种好作品开始的地方?如果游记写起来轻松而飞快,可不可以写一批,出个集子看看?

周嘉宁:嗯,我不倾向赋予写作过于重大的意义,这让写作者显得煞有介事,而煞有介事太容易滑向陈词滥调。但是我自己在写着"小说"的时候为什么会变得那么缓慢,毫不轻盈呢,或者就算有时候显得轻盈,也是经过筛选以后的轻盈,也是要思索一下。那些"游记"——暂时这样叫它们,否则也不知道该叫它们什么,命名是一切规矩的根源,唉——是更轻盈的东西,也或许是更新鲜的。我目前正在写这些类似的东西,但我的问题是记忆力很差,去过很多地方,结果都忘得差不多了。旅行本身对我来说没有什么意义,我很快会把美景混淆,但是或许含糊的记忆,和经过自己不知道的记忆选择机制留存下来的东西会变得有一点意思。

黄德海:我觉得你的游记——或者叫随笔吧,就是法文原意里那个随笔的意思,尝试——更像是景色之外的东西,一种精神生活别样的表达方式。或者你的小说也是?你作品里的很多东西,我觉得是生活在空间和时间缝隙里的,像柔弱却韧性十足的草,没有生长在宽阔的空间和无尽的时间里的那种从容,却有一种撬开裂缝所需的绵长的力量,在我看来,这就是属于你自己的特殊精神生活方式。是不是对某些东西的毫不留意和坚决遗忘,以及对某些东西持久的留意,才让你的小说和精神生活有了这样一种特殊的样态?

周嘉宁:啊我喜欢你这种说法,你的说法总是给我很大的鼓励,所以我只想回答,是的,是这样的。只不过遗忘很难坚决啊,遗忘常常是非常残酷的过程。我最近在思索要不要写日记,我感觉自己正在加速忘记一些非常美好的事件和物件(因此而感觉伤心,不能多想),记忆太神秘,不知道它是如何自主地进行选择的,抛弃什么,留下什么。但是这种被切割和被混淆的残酷也有美感,所以依然没有开始写日记。

黄德海:哈哈,这种日记要写不要写的状态很好啊,就这样拖拖拉拉着也不错对吧?对一种痛苦必然到来的拖延。我觉得你对遗忘的伤心,跟你的专注气质有关。当你真正专注地做事的时候,仿佛会忘记全世界,只心心念念在这件事上,从而获得一种纯粹的感觉。从你的小说看,你不太容易放松,好像有一件什么重要的事要去专注地做,却也经常不知道那件事是什么,因而会时不时陷入焦灼,并且会在焦灼里做些决定。而近期的小说,包括我看到的这些随笔,某种松弛状态开始出现,我觉得,这种松弛,会带来一种更有效的专注,从而在某种意义上缓解焦虑。你是有意为之吗,或者只是暂时的现象?

周嘉宁:我最近写小说才更专注呢,因为在上一个阶段,我真的不知道自己要干吗,不知道要写什么,像你所说的,不知道那件重要的事情到底是什么,就是单纯地被焦虑折磨。在写完《密林中》,又写了一两个短篇之后,感觉突然打通一个小关口,一个小 Boss 被消灭了。我至少理解了焦虑和勤奋的同样无意义,但这并不是说我不再焦虑或者放弃勤奋,只是不再缠斗。你理解的松弛大概就是这样一个不再缠斗的状态,虽然说要达成的东西尚未能描述,但是至少知道了要抵制什么(感觉我俩讲话是一种形而上的形而上)。

黄德海: 形而上,太形而上的是吧?肯定是因为我有一个不够具体的脑子。但我觉得你描述的状态非常清晰,就是打通了一关的那个感觉,不再缠斗,却并不是放弃。这在你最近的文字里能够发现。然而,过了这一关,或许你会看到我们开始提到的那个世界上更多的东西,有更多的人性秘密,更具体的人的无奈。你有没有这样的感觉?有没有想过,或许在你以后的写作里,需要更加繁复的理解,也需要更为精微的体谅?

周嘉宁: 我很认同需要"更加繁复的理解和更为精微的体谅",这正是最近强烈感受到的。对于我来说,写作是生而为人的一部分,而所有这些理解和体谅需要的并不是方法,而是作为人本身来说的一种进步和完善。我没有想过用怎样的方式去呈现,或许不应该这样谈论问题,却一直在思索,好想成为一个更正直的人,好想更无畏,好想学习,好想成为一个真正的发光体。

黄德海：就像你前面说的，你不是一个对写作过于看重的人，这非常好地避免了某种不当的自恋。而你说想成为一个真正的发光体，让我非常振奋，并让我想起你在一篇小说中的话，要关注"人，人本身的样子，人的心"。这个话肯定会让很多人觉得不可思议吧，一个一直写无用之物的人，怎么会如此关心人身和人心？你自己有没有考虑过小说的某种用场呢？或者，你有没有觉得，成为一个更正直更无畏的人，并在小说里恰当地表现出来，就是一种极大（甚至唯一）的有用呢？

周嘉宁：我同意你的说法。但是我又觉得这件事情如果刻意去做就又糟糕了，你说的是在"作品里恰当地表现出来"。这当中的连结肯定不是用方法来达成的。如果写作是生而为人的一部分，那么一切都会呈现。好的，坏的，都会不可避免地呈现。而写作本身的练习又是另外一回事情了（好绕啊……被自己和你绕晕了……）。

黄德海：好在喜欢绕的我基本明白了：写作是生而为人的一部分，一切都会呈现出来，就是这样。用我的怪词来说，无论深浅，写作就是某种证量的流露。对你这样一个专注的人来说，尤其如此吧。我想起你送我的《我是如何一步步毁掉我的生活的》上题的字"但是生活最伟大"，我觉得在这句话里，有更为豁然的气象，有对世界更为开朗的接纳。你的小说，在可见的部分，已经表现出更伟大的生活的一个面向,而接下来的写作,你有没有什么计划,或者某个朦胧的,却已经开始留意的念头?

周嘉宁:(啊证量又是个什么东西?)我有一点点计划,但是就像前面说的,想抵抗的东西比想到达的地方来得更清晰,所以还需要更长的准备期,不过准备期也很好,那是一个练习的过程。

后　记

"繁花深处无行迹"，来自版画家栋方志功一幅字，写为"花深处无行迹"。有专家认为，这话源于汉语，但我没找到具体出处。日文世界的一种解说，大有幽玄意味，"在大自然中，人的足迹很快就会消失"。另一种说法，则结合了栋方的艺术追求，"开拓独有境界的艺术家，既无先驱可依，亦存不容他人追随之孤绝"。一位日本政坛人物在拒绝某个奖项时，也引过这话，当时的新闻就翻译为"繁花深处无行迹"。

看到画作的时候，我想起近人的一句诗："笑问幽兰何处生，幽兰生处路难行。"花生于幽深之地，人罕能至，于是"花深处无行迹"，或者，"梅花深处无人迹，明月一枝霜外斜"。

没有栋方志功或那位政坛人物的孤绝，这些小文章也远远算不上幽深，我只是喜欢"繁花深处"那茂盛天然的样子，就拿来做了书名。

书分六辑，都跟成长有关。辑一至辑四，既是对他人成长的观察，也是自己读书受益的记录，那些情景或多或少参与了个人成长，我现在还能记起当时领会了某个问题时的欣喜。后两辑多关涉朋辈，或为印象，或为对话，时有切磋琢磨之效——"丽泽，兑，君子以朋友讲习。"

近翻一本日本能剧的秘传之书，提到"良功"和"住功"："学习能乐艺术，获得上手的名声，不但能长久保持，而且不断长进，这就叫作'良功'。……那些造诣很深的高手，上了年纪之后艺术上就显得陈旧了，这是因为陷入了'住功'。本来在观众看来已经陈旧了，他自己却认为：'我从前就是这么演而出名的。'不顾时人的不满而刚愎自用、我行我素，结果是晚节不保，这都是'住功'的缘故，对此不能不提高警惕。"

保持成长，就是"良功"。停止成长，就是"住功"。走入繁花深处，可能需要那么一点成长的自觉。

是为记。

黄德海

2025 年 3 月 31 日

图书在版编目（CIP）数据
繁花深处无行迹 / 黄德海著. -- 上海：上海文艺出版社, 2025. -- ISBN 978-7-5321-9256-4
Ⅰ．I267.1
中国国家版本馆CIP数据核字第2025FQ0405号

责任编辑：胡曦露
装帧设计：胡　枫

书　　名：繁花深处无行迹
作　　者：黄德海
出　　版：上海世纪出版集团　上海文艺出版社
地　　址：上海市闵行区号景路159弄A座2楼 201101
发　　行：上海文艺出版社发行中心
　　　　　上海市闵行区号景路159弄A座2楼206室 201101 www.ewen.co
印　　刷：启东市人民印刷有限公司
开　　本：1240×890 1/32
印　　张：10.875
插　　页：3
字　　数：224,000
印　　次：2025年6月第1版 2025年6月第1次印刷
ＩＳＢＮ：978-7-5321-9256-4/I.7261
定　　价：69.00元
告 读 者：如发现本书有质量问题请与印刷厂质量科联系　T:0513-83349365